QUELQU'UN DE BIEN

ÉGALEMENT CHEZ POCKET

L'HOMME DE LEUR VIE
LA MAISON DES ARAVIS
UN MARIAGE D'AMOUR
UN ÉTÉ DE CANICULE
RENDEZ-VOUS À KERLOC'H
OBJET DE TOUTES LES CONVOITISES
L'INCONNUE DE PEYROLLES
UN CADEAU INESPÉRÉ
LES BOIS DE BATTANDIÈRE
UNE NOUVELLE VIE
NOM DE JEUNE FILLE
SANS REGRETS
MANO A MANO
D'ESPOIR ET DE PROMESSE
LES SIRÈNES DE SAINT-MALO
SERMENT D'AUTOMNE
DANS LE SILENCE DE L'AUBE
COMME UN FRÈRE
LA FOSSE AUX LIONS – BM BLUES
UN SOUPÇON D'INTERDIT
LA PROMESSE DE L'OCÉAN
L'HÉRITIER DES BEAULIEU
LA CAMARGUAISE
AU NOM DU PÈRE
FACE À LA MER
LE CHOIX DES AUTRES
HORS SAISON
QUELQU'UN DE BIEN

Les diptyques

LE SECRET DE CLARA *
L'HÉRITAGE DE CLARA **

LES ANNÉES PASSION *
LE CHOIX D'UNE FEMME LIBRE **

UNE PASSION FAUVE *
BERILL OU
LA PASSION EN HÉRITAGE **

LES VENDANGES DE JUILLET *
& JUILLET EN HIVER **
(en un seul volume)

LE TESTAMENT D'ARIANE *
DANS LES PAS D'ARIANE **

D'EAU ET DE FEU *
À FEU ET À SANG **

GRAN PARADISO *
SI LOIN, SI PROCHES **

Françoise Bourdin
présente
GALOP D'ESSAI

FRANÇOISE BOURDIN

QUELQU'UN DE BIEN

belfond

MIXTE
Papier issu de
sources responsables
FSC® C003309
FSC
www.fsc.org

L'éditeur de cet ouvrage s'engage dans une démarche de certification FSC® qui contribue à la préservation des forêts pour les générations futures.

Pour en savoir plus :
www.editis.com/engagement-rse/

ISBN : 978-2-266-31560-9
Dépot légal : mai 2021

À ma fille Fabienne qui est, elle aussi, quelqu'un de bien, quelqu'un qui sait se battre pour avancer et pour gagner malgré les embûches.

Avec elle j'ai partagé tant de fous rires et de larmes, la passion des chevaux, des maisons... et tant de coupes de champagne à P. M. !

Merci pour les trois merveilleux petits-enfants qu'elle m'a donnés et avec tout l'immense amour de sa Mutti.

1

— Si quelqu'un peut vous conduire à la pharmacie de garde, à Cavaillon, je préférerais que vous commenciez votre traitement sans attendre.

Caroline signa l'ordonnance qu'elle relut d'un coup d'œil avant de la tendre à son patient, un vieux monsieur qu'elle suivait régulièrement pour de multiples pathologies. Cependant, au-delà de ses problèmes de santé, il venait aussi chercher auprès de son médecin une oreille attentive et quelques mots d'encouragement. Caroline était-elle encore capable de les lui offrir ? Fatiguée par une interminable journée de travail, elle se leva néanmoins pour le raccompagner jusqu'à la porte donnant sur la ruelle. On pouvait ainsi quitter son cabinet sans repasser par le secrétariat ou la salle d'attente, et ne pas montrer ses larmes quand on venait d'apprendre une mauvaise nouvelle.

— Prenez soin de vous, dit-elle en lui serrant la main.

Elle n'utilisait jamais l'expression « Bon courage », une formule qu'elle jugeait trop angoissante. Puis elle gagna l'entrée où se tenait Diane, sa sœur, encore installée derrière son petit bureau.

— Dis-moi qu'il n'y a plus personne…, s'enquit-elle d'un ton plein d'espoir.

— Non, c'est fini, je viens de verrouiller.

Diane ajouta, désignant la pendule accrochée en évidence sur l'un des murs :

— À cette heure-ci, je considère que ta journée est terminée. Et je peux t'annoncer que tu as assuré quarante-neuf consultations !

Ce qui n'était même pas un record. Caroline lâcha un soupir de soulagement et alla éteindre la lumière dans la salle d'attente où des magazines s'éparpillaient sur toutes les chaises. Chaque matin, à sept heures, la femme de ménage venait mettre de l'ordre, aérait, lavait les sols, et le cabinet médical ouvrait à huit heures trente. Parfois, et de plus en plus souvent, Caroline n'avait pas le temps de déjeuner, alors Diane allait lui acheter un sandwich à la boulangerie du village.

— Tu n'as pas oublié l'invitation des Lacombe ? On a un petit bout de route à faire et nous sommes déjà en retard…

— Avec un peu de chance, plaisanta Caroline, le restaurant ne voudra plus nous servir, comme ça on pourra se coucher tôt.

Diane leva les yeux au ciel, sachant que sa sœur appréciait beaucoup Louis, l'un des deux frères Lacombe, et que ce dîner à Saint-Rémy-de-Provence lui faisait plaisir. Alors qu'elle ramassait son sac, une voiture freina bruyamment dans la rue, des portières claquèrent et quelqu'un se mit à tambouriner à la porte.

— Docteur Serval ! Ouvrez-nous ! Vite !

— Ah non, pesta Diane entre ses dents, il y a des limites…

— Docteur, s'il vous plaît, ouvrez ! Mon fils pisse le sang !

Les deux sœurs se consultèrent du regard. Les lumières de l'entrée et du cabinet étaient toujours allumées, révélant leur présence.

— Je vais leur dire que tu es partie et qu'ils doivent aller aux urgences, chuchota Diane.

Elle se dirigea d'un pas décidé vers la porte, mais Caroline l'arrêta d'un geste.

— Non, laisse-les entrer. Tu sais bien qu'aux urgences ils en auront pour la nuit entière. Alors, si ce n'est pas trop grave, je vais m'en occuper.

Résignée, Diane alla ouvrir de mauvaise grâce. Un homme d'une cinquantaine d'années soutenait un adolescent qui semblait près de s'évanouir. Caroline les guida vers le cabinet et demanda au jeune homme de s'allonger sur la table d'examen. Une profonde entaille saignait le long de son avant-bras.

— Il s'est blessé avec la tronçonneuse, expliqua son père. Un geste maladroit, et *bam* ! Ces outils ne pardonnent pas.

Tout en nettoyant la plaie, Caroline le rassura.

— Ce n'est pas trop méchant, mais il va lui falloir quelques points de suture.

— Vous allez les faire, n'est-ce pas ? L'idée d'aller à l'hôpital et d'attendre des heures et des heures dans un couloir avant de voir enfin un interne qui ne parlera même pas français…

— Ses vaccins sont à jour ? l'interrompit Caroline. Le tétanos ?

— Oui, oui ! Sur une exploitation agricole, vous pensez bien qu'on ne rigole pas avec ça.

Elle adressa un sourire à l'adolescent qui ne disait rien mais était devenu tout pâle.

— Ne t'inquiète pas, tout ira bien.

Derrière elle, Diane demanda au père :

— Avez-vous un médecin traitant ?

— Le docteur Martelli, mais il a pris sa retraite l'année dernière.

— Et depuis ?

— Depuis, on n'a pas eu besoin de toubib. Une chance, car il n'a pas été remplacé. Comme les autres ! Heureusement, maintenant qu'on vous a trouvée, on saura où aller.

— Je ne prends pas de nouveaux patients, soupira Caroline.

— Vous dites tous ça ! s'emporta-t-il. Alors, pour se soigner, comment on fait ?

— Je n'y peux rien, je…

— Ah, il est dans un bel état, notre fameux système de santé ! Le meilleur du monde, hein ? On se gargarise, on donne des leçons, et pendant ce temps-là, tout s'effondre. Les médocs ne sont quasiment plus remboursés, il faut trois mois pour obtenir un rendez-vous avec un spécialiste, et à peine opéré l'hosto vous jette dehors, nous ne…

— Calmez-vous, monsieur, intervint sèchement Diane. Venez avec moi remplir une fiche de renseignements pendant que le docteur Serval soigne votre fils.

Sans se laisser distraire, Caroline avait fait une petite anesthésie locale au jeune homme et commençait à le recoudre. Les yeux fermés, les dents serrées, il ne protestait pas.

— Encore un peu de patience, murmura-t-elle. Je vais faire des points rapprochés pour que la cicatrice ne soit pas vilaine. Ce qui t'arrive est hélas fréquent, il faut vraiment faire attention avec les outils dangereux. Surtout quand on en a l'habitude.

Sa voix calme n'était pas seulement professionnelle, il y perçait une empathie véritable. Le garçon parut se détendre, allant jusqu'à esquisser un sourire hésitant. Quand il se releva, après qu'elle eut posé un pansement sur la suture, il déclara qu'il n'avait rien senti. Amusée, Caroline le raccompagna dans l'entrée où son père était en train de ranger sa carte Vitale dans son portefeuille.

— Merci de nous avoir ouvert, docteur, dit-il d'un ton radouci. Je vois bien qu'il est très tard. Franchement, vous avez été formidable. Allez, c'est décidé, on vous adopte !

Ils s'éclipsèrent en hâte et Diane verrouilla derrière eux.

— Pendant ta petite séance de couture, j'ai appelé Louis pour nous excuser. Ils ont fini par dîner seuls tous les deux, mais ils remettent leur invitation à demain. Tu es d'accord ?

— Bien sûr. Mais, pour tout te dire, je ne suis pas fâchée de rentrer.

Elles se dépêchèrent d'éteindre et sortirent par la petite porte donnant sur la ruelle. Puis chacune monta dans sa voiture, adressant un joyeux signe de la main à l'autre.

*

Moins d'une heure plus tard, Caroline, douchée et en peignoir, sortit du four un tian de blettes qu'Éliette lui avait préparé. Sans cette brave femme, Caroline aurait été tentée de fermer son cabinet. Mais par bonheur, Éliette était là et veillait à tout. Embauchée quelques années plus tôt pour s'occuper de Gaëlle, la fille de Caroline, elle était restée après le divorce, prenant la maison en main et se rendant indispensable.

Seule dans la cuisine, Caroline hésita à allumer la radio. Elle ne voulait pas réveiller Éliette qui devait dormir à l'étage. Celle-ci n'avait pas eu à coucher Gaëlle ce soir, à lui lire une histoire et à lui promettre que sa maman viendrait l'embrasser dès son retour puisque, comme tous les derniers week-ends du mois, la fillette était chez son père. De plus, sachant que Caroline irait dîner avec des amis, Éliette avait dû en profiter pour monter tôt et regarder la télé sous sa couette, ce qui ne manquait pas de l'endormir. Néanmoins, elle avait pris soin de préparer un tian « au cas où », trois mots qu'elle utilisait souvent pour parer à toute éventualité.

Renonçant à la compagnie de la radio, Caroline souleva la cloche du plateau de fromages et prit un petit chèvre banon. Le lendemain était samedi et la perspective de la grasse matinée qui l'attendait la réjouissait : elle ne travaillait pas le week-end. Du moins, pas encore, car elle finirait sans doute par ouvrir son cabinet quelques heures le samedi matin si elle voulait absorber le surplus de patients qui affluaient chez elle. Comme l'avait aigrement souligné cet homme, tout à l'heure, les médecins généralistes qui partaient à la retraite n'étaient pas remplacés. Aucun jeune médecin n'envisageait une telle charge de travail ni de tels horaires, encore moins de vivre loin d'une grande ville. Caroline elle-même, désirant prendre un associé, avait cherché en vain. Dans ce coin du Luberon, elle se trouvait au cœur de ce qu'on appelait désormais les « déserts médicaux ». Ceux qui y exerçaient encore voyaient leurs salles d'attente bondées, ils ne pouvaient plus prendre le temps de faire déshabiller les malades pour les ausculter, sans parler de répondre au téléphone, et il n'était pas envisageable, sauf cas particuliers, d'effectuer des visites à domicile. Caroline le faisait uniquement pour les gens âgés vivant seuls chez eux, sans famille proche.

Elle se leva pour débarrasser et sursauta en découvrant Éliette sur le pas de la porte.

— Tu manges de bon appétit, ça fait plaisir ! Veux-tu une part de gâteau de riz ? Gaëlle s'est régalée au goûter avant que son père arrive. Comme toujours, il était à l'heure.

— Je croyais que tu dormais.

— Pas ce soir. Il n'y avait que des sottises à la télé, alors j'ai préféré coudre.

De la poche de sa robe de chambre, elle sortit un minuscule vêtement.

— La petite veut des habits pour sa poupée… Toi, tu n'as pas le temps, et de toute façon tu ne saurais même pas remplacer un bouton !

— Détrompe-toi, je viens de recoudre un bras avec de jolis points.

Éliette se mit à rire et déposa une part de gâteau devant Caroline.

— Ton dîner a été annulé ?

— J'ai eu une urgence et j'ai fini trop tard.

— Encore ? Tu n'auras bientôt plus aucune vie !

— Rassure-toi, c'est remis à demain. Les Lacombe ont été très arrangeants.

— Ils ne le seront peut-être pas toujours.

S'asseyant sur un tabouret face à Caroline, Éliette la considéra gravement.

— Ton métier t'a déjà coûté cher. Aucun homme ne peut supporter une femme courant d'air. Ton ex-mari en avait assez de se morfondre tous les soirs et…

— Erwan savait pourtant à quoi s'attendre en épousant un médecin ! répliqua Caroline. Et puis on s'est mariés trop tôt, trop vite, comme des tas de couples qui ne durent pas. Si tu savais ce que j'entends à longueur de consultation ! D'ailleurs, ce n'est plus un cabinet médical, c'est un confessionnal.

— Les gens ont besoin de parler.

— J'aimerais avoir le temps de les écouter parce que, dans bien des cas, s'épancher soulage mieux qu'un anxiolytique.

Elle se leva pour mettre en route la bouilloire.

— Ta mère a téléphoné, annonça Éliette qui avait sorti deux bols. Elle aimerait avoir un peu Gaëlle pendant les vacances de printemps.

— Qu'elle s'arrange avec Erwan. Et qu'elle me dise ce qu'elle compte faire ! Parce que, si c'est pour traîner Gaëlle dans les boutiques d'Aix, merci bien, il y a des occupations plus intéressantes pour une petite fille.

Éliette sourit. Manon, la mère de Caroline et de Diane, était d'une incroyable frivolité. Elle ne songeait qu'à s'amuser et à profiter de l'existence, refusait farouchement de vieillir, avait élevé ses filles de façon plutôt désinvolte. Son mari, Théo, était au contraire un homme sérieux et responsable. Leur seul point commun résidait dans leur amour pour leurs deux filles et pour Gaëlle, leur unique petite-fille. Pour cette raison, ils ne s'étaient pas officiellement séparés mais vivaient chacun à un étage différent au-dessus de l'épicerie fine où se vendaient, entre autres, les produits provenant de la petite entreprise de Théo. Calissons, nougats et fruits confits étaient fabriqués de manière traditionnelle, selon les recettes familiales qui avaient assuré la relative prospérité de la famille Serval. Un temps, Manon s'était occupée de l'épicerie, mais d'une façon si occasionnelle et fantaisiste que Théo avait vite renoncé à sa collaboration.

— Elle l'emmènera au cinéma et la gavera de popcorn, prophétisa Éliette, ensuite elle lui achètera des tas de vêtements parce qu'elle adore l'habiller comme une poupée, pour finir elle lui offrira un burger avec des frites, et Gaëlle sera aux anges. Tu ne peux pas rivaliser, Caroline !

Elles se mirent à rire et reprirent place à table pour boire leurs infusions. Peu après, elles montèrent se coucher. Caroline se plaisait beaucoup dans cette petite maison accrochée à flanc de colline et construite comme un mas typique du Luberon. Des murs de pierre, une partie plus haute qui formait une sorte de tour carrée abritant les chambres, un jardin de curé où poussait de la lavande. Après son divorce, Caroline l'avait choisie avec soin et s'était endettée pour l'acquérir.

Comme chaque soir, elle ouvrit la fenêtre et contempla un moment le paysage en contrebas avant de se glisser enfin sous sa couette. Elle n'était pas mécontente que le dîner avec les Lacombe ait été repoussé. Demain, elle aurait le temps de se préparer, elle arriverait au rendez-vous à l'heure et de bonne humeur, prête à profiter d'une soirée agréable. De plus, elle se réjouissait d'en avoir bientôt fini avec l'hiver qui avait été particulièrement rigoureux. Hormis au moment de Noël, elle n'aimait pas la neige et le verglas qui rendaient les petites routes dangereuses, ni le vent glacial qui balayait les vallées et provoquait immanquablement une recrudescence des cas de grippe. Contrairement aux idées reçues, le climat de la Provence pouvait être vraiment rude en janvier ou en février. La végétation semblait morte, et aucune cigale ne sortait de la terre où elle et ses semblables étaient enfouies jusqu'au retour de la chaleur.

Avant de s'endormir, Caroline eut une pensée pour sa fille, puis elle songea à sa sœur. Diane si affectueuse, si indispensable et… si secrète. Aussi brune que Caroline mais plus grande, elle avait des épaules carrées de nageuse, une silhouette bien charpentée et quelques kilos superflus, dus à sa gourmandise. Parfois, elle affichait une sorte de mépris agressif, voire de cynisme, parce qu'elle avait souvent été déçue par les gens, et peut-être aussi par elle-même. Si elle estimait leurs parents responsables de ce mal-être – Théo trop occupé par son entreprise et Manon par ses futilités –, en revanche elle adorait sa sœur, la protégeait, savait l'écouter. Mais pour sa part, elle ne se livrait pas, préservant farouchement son jardin secret, un territoire où nul ne pouvait pénétrer.

Caroline était petite, menue, pleine d'énergie et de volonté. Elle avait confiance en elle, aimait les gens et la vie. De sa mère, elle avait hérité une certaine fantaisie, mais pas l'insouciance. De son père, le sérieux sans la gravité. Avec ses boucles brunes coupées court et souvent en désordre, son sourire de gamine enthousiaste et ses yeux dorés, elle plaisait. Pas uniquement aux hommes mais à tout le monde. Elle avait mené ses études tambour battant, puis soutenu sa thèse avec brio. Débordant de fierté, Théo lui avait offert en récompense le voyage de son choix. À un tour du monde, elle avait préféré un simple tour de France et elle était partie durant plusieurs mois, s'arrêtant un peu partout avant de s'attarder en Bretagne où elle avait rencontré Erwan. Leur idylle avait duré plusieurs semaines, ensuite Caroline était rentrée.

Pour parfaire son expérience hospitalière avant d'ouvrir son cabinet, elle avait d'abord pris un poste aux urgences de l'hôpital d'Aix-en-Provence. C'est à ce moment-là qu'Erwan avait débarqué, bien décidé à la reconquérir. Il n'avait pas supporté leur éloignement, n'acceptait pas que l'histoire s'arrête et proposait carrément de s'installer dans la région. Subjuguée par tant de détermination, Caroline était retombée sous son charme de Breton entêté. Si entêté, d'ailleurs, que le mariage avait été décidé rapidement, bientôt suivi par la naissance de Gaëlle. Mais les horaires de Caroline aux urgences, comportant de fréquentes gardes de nuit, étaient incompatibles avec une vie de mère et d'épouse. Elle avait donc quitté l'hôpital pour ouvrir son cabinet. Erwan aurait préféré qu'elle fasse une pause, qu'elle attende un an ou deux durant lesquels elle aurait pu se consacrer à leur bébé… et à lui. Caroline était passée outre, elle voulait exercer, soigner, sa vocation de médecin étant, après sa fille, la chose la plus importante de son existence. Le couple avait commencé à battre de l'aile, surtout quand Caroline avait annoncé qu'elle ne comptait pas s'établir à Aix, où ils habitaient et où Erwan avait monté son agence de voyages, mais plutôt en milieu rural. C'était là que le manque de généralistes se faisait sentir, là qu'elle voulait vivre. Moins d'un an après l'ouverture du cabinet, ils avaient décidé de divorcer.

*

Sous le regard de son frère, assis sur un muret de pierres sèches, Paul Lacombe souleva délicatement des feuilles pour observer les bourgeons. Il en apprécia la forme, la texture et la couleur.

— Pas mal, lâcha-t-il.

— On dirait un diamantaire ! s'esclaffa Louis.

Il riait de bon cœur, néanmoins il était un fervent admirateur des vignes de son frère. D'autant plus qu'en ayant fait le choix de produire un vin bio, puis finalement un vin nature, Paul avait pris de gros risques. Il avait aussi scandalisé leur père, qui ne croyait ni à l'écologie ni au réchauffement climatique et qui était brouillé depuis des années avec son fils cadet. Pire encore, il avait tenté de prendre Louis à témoin du désastre qui n'allait pas manquer de survenir – en pure perte, l'aîné donnant raison à son petit frère.

Au pied des vignes poussait un enchevêtrement de plantes plus ou moins sauvages avec des pissenlits, des trèfles ou même des fleurs, qui d'après Paul favorisaient l'équilibre du sol.

— Si tu as fini de chouchouter tes embryons de grappes, on va y aller, c'est l'heure, suggéra Louis en se levant.

D'un geste machinal, Paul repoussa une mèche de cheveux tombée devant ses yeux.

— Tu me laisses cinq minutes pour changer de chemise ? réclama-t-il. Tu es sur ton trente et un alors que j'ai l'air d'un va-nu-pieds !

— Mais tu ne cherches à séduire personne, si ? Ou peut-être Diane ?

— Bien sûr que non. Je la connais depuis assez longtemps pour savoir que ça ne l'intéresse pas. Et d'ailleurs, moi non plus. En revanche, je l'aime beaucoup, à l'école elle était déjà une chouette copine.

Ils partirent d'un bon pas vers la maison située en surplomb des vignes.

— Papa se plaint de ne jamais te voir, déclara soudain Louis.

— La dernière fois que j'y suis allé, il s'est montré désagréable, agressif. Il ne digère toujours pas les changements que j'ai effectués malgré lui. À chaque visite, j'ai droit à une leçon de morale quand il va bien, et à un torrent d'injures s'il est mal luné. Je ne fais que le perturber, l'agiter, aviver ses regrets d'avoir dû céder sa place avant l'heure.

— Tu n'y mets pas du tien, Paul… Sur le fond, tu as raison, mais il est âgé, malade, furieux d'être devenu dépendant, et désespéré de finir sa vie dans une maison de retraite.

Paul faillit répliquer vertement, comme chaque fois qu'il était question de ses rapports avec leur père. Cependant il resta silencieux, méditant les paroles de Louis. Quand ils arrivèrent devant la bastide, le soleil disparaissait déjà derrière l'horizon.

— Je vais garder mon tee-shirt, tant pis, allons-y, je vois que tu t'impatientes.

— Merci, petit frère, je ne veux pas faire attendre Caroline !

Louis était tombé amoureux de Caroline au premier regard, lors d'un dîner chez des amis. Réaliser que sa sœur Diane avait eu le même professeur de solfège puis de piano que Paul en primaire avait facilité un rapprochement et ils étaient sortis tous les quatre ensemble à plusieurs reprises.

Revenu en Provence depuis quelques mois, après avoir travaillé à Paris durant quatre ans, Louis préférait désormais exercer son métier d'informaticien auprès des siens. Il s'était installé dans une aile de la propriété familiale, ce qui lui permettait de conserver son indépendance. Paul vivait dans l'aile opposée, et, depuis le départ de leur père, le cœur de la maison restait vide. Sauf certains soirs où les deux frères se retrouvaient dans l'imposante cuisine aux cuivres ternis, et alors ils passaient des heures à parler, à refaire le monde, à se remémorer leur enfance. Ils s'entendaient bien depuis toujours mais avaient choisi des voies radicalement différentes. Paul était viscéralement attaché à la terre et ses vignes le passionnaient, tandis que Louis avait voulu connaître autre chose, changer d'horizon, réussir sa vie ailleurs. C'était sans compter la profondeur de ses racines qui avaient fini par le ramener ici, où il se sentait apaisé et à sa place. D'autant plus qu'à Paris il avait connu des désillusions sentimentales, y compris l'échec d'un mariage éclair qui lui laissait un goût amer.

Ils s'arrêtèrent devant la BMW de Louis qui était restée près du perron de la bastide.

— Tu as tort de la mettre en plein soleil, fit remarquer Paul. La flemme de la garer sous la grange ?

— Je la trouve belle, et comme ça je la vois par la fenêtre de mon bureau, plaisanta Louis.

Il aimait les voitures alors que Paul choisissait les siennes pour leur utilité.

— J'ai réservé une table à la Maison Prévôt, à Cavaillon, ajouta-t-il. C'est moins loin que Saint-Rémy, et il y a un bon chef.

— Tu fais les choses en grand ! C'est pour épater Caroline ?

— Et aussi pour être certain de bien dîner.

De ses années dans la capitale, Louis avait conservé l'habitude d'aller souvent au restaurant et, le reste du temps, de commander des pizzas ou des sushis. À présent, il les achetait surgelés et en remplissait l'un des congélateurs. Paul, au contraire, cuisinait régulièrement des légumes et des poissons qu'il accommodait avec toutes sortes d'herbes aromatiques. Louis se moquait gentiment de lui mais dévorait ses plats dès qu'il en avait l'occasion. Toutefois, Paul n'était pas un ayatollah de l'écologie, il voulait seulement bien manger, et avant tout produire un vin qui ne donnerait pas mal à la tête, un vin selon son goût, sans sulfites ajoutés, avec une robe gris-rose assez pâle et de subtiles notes d'agrumes. Longtemps, il avait vu leur père pratiquer une viticulture de plus en plus intensive, stérilisée par les pesticides. Leurs affrontements sur ce sujet avaient fini par les fâcher pour de bon. Paul avait dû patienter, rageant seul dans son coin sans pouvoir compter sur l'aide de son frère « monté » à Paris. Jusqu'au jour où leur père, qui avait multiplié les alertes sans vouloir se soigner, s'était retrouvé handicapé pour de bon. Cloué sur un fauteuil roulant, il avait été contraint d'accepter son départ pour une maison de retraite. Avec aigreur, il avait alors prétendu que cette situation arrangeait bien Paul et que celui-ci le verrait s'en aller sans regret. Or, c'était faux. Les deux frères avaient été aussi touchés l'un que l'autre par le déclin de leur père. Il avait perdu tôt sa femme, emportée en quelques mois par un cancer foudroyant, élevé seul ses fils, collectionné les maîtresses mais sans jamais en laisser une seule prendre de l'importance dans sa vie. À mi-chemin entre un vieux loup solitaire et un homme à femmes, il possédait une forte personnalité qui l'avait fait entrer en conflit ouvert avec Paul. Car lui aussi aimait sa terre, ses vignes, sa propriété, et jamais il n'aurait passé la main sans ses graves problèmes de santé. Pourtant, bien qu'il ait refusé de l'avouer, la dernière fois qu'il avait goûté le vin de Paul – Louis s'étant risqué à lui en apporter une bouteille –, il avait concédé le trouver bon.

— On prend deux voitures, décida Louis.

— Tu comptes proposer le dernier verre ?

Paul plaisantait mais Louis ignora sa réflexion. Parvenus à la Maison Prévôt, les deux frères furent embarrassés de constater que Caroline et Diane les y attendaient déjà.

— Arriver en avance est un plaisir rare pour moi ! s'esclaffa Caroline en voyant leurs mines déconfites.

Elle portait un jean étroit, des boots à hauts talons, un pull bleu saphir agrémenté d'un sautoir de boules de corail, tandis que Diane arborait une jupe noire et un chemisier multicolore. Paul regretta aussitôt de n'avoir pas eu le temps de se changer, mais personne ne semblait remarquer son tee-shirt délavé sous sa veste froissée.

Ils commandèrent des asperges et du poisson sauvage accompagné de légumes racines rôtis, puis se mirent à bavarder joyeusement. Chacun parlait de ses propres difficultés et les tournait volontiers en dérision. Diane voulut savoir si Paul aimait toujours le piano et il avoua avec humour qu'il lui arrivait, certains soirs d'hiver, de jouer quelques pages de Chopin. Ayant été désigné d'office pour choisir le vin, il opta sans hésiter pour un château-sainte-marguerite blanc.

— J'ai eu l'occasion d'apercevoir votre père à la Villa Fontenille, déclara Caroline.

— Tu soignes les pensionnaires de cette maison de retraite ? s'étonna Louis.

— Non, ils ont leur médecin référent. Je suis seulement passée saluer une vieille dame que j'aime beaucoup et qui a été ma première patiente quand j'ai ouvert mon cabinet. Elle s'ennuie, évidemment, en revanche elle ne tarit pas d'éloges sur le personnel.

— Papa n'est pas si enthousiaste, déplora Louis. Ce qui est probablement dû à son mauvais caractère. Et au fait qu'il voulait rester chez lui.

— Depuis combien de temps est-il là-bas ?

— Bientôt deux ans, et il ne s'y habitue toujours pas.

— La plupart des gens ne quittent leur maison qu'à regret, contraints et forcés par leur état de santé.

— À condition d'avoir les moyens financiers nécessaires, marmonna Diane d'un air dégoûté.

— Et c'est loin d'être le cas pour nombre d'entre eux.

— Tu ne te sens pas trop découragée ? demanda Louis à Caroline.

— Pas encore. Mais j'avoue être tombée de haut. Je ne voyais pas les choses comme ça.

— Tu avais des illusions ? La vocation, tout ça ?

— Eh bien… Tu sais, à la fin des études, quand tu prononces le serment d'Hippocrate, c'est une envolée lyrique, une profession de foi, à ce moment-là tu es totalement sincère, mais rien ne te prépare à affronter la réalité. Le désarroi des gens, leur misère, leur angoisse de la maladie, de la vieillesse, de la solitude…

— Pourtant, tu avais déjà l'expérience de l'hôpital, non ?

— Dans un service d'urgences, c'est différent. D'abord, tu fais partie d'une équipe, tu n'es jamais seul à prendre en charge, à décider, et tu disposes de tous les moyens techniques de l'hôpital. Et puis, tu n'as pas le temps d'écouter le malade ou le blessé parce que tu dois agir très vite. En revanche, dans ton cabinet, personne n'est là pour t'aider, tu es en tête à tête avec ton patient. Il raconte son histoire, parfois elle te touche, elle t'émeut… Parfois elle t'exaspère !

Caroline avait failli montrer une de ses failles mais avait finalement choisi d'en rire. Louis se contenta de plaisanter :

— Un petit coup de blues ?

Elle le considéra comme s'il venait de proférer une insanité.

— Et si nous parlions d'autre chose ? suggéra-t-elle avec un sourire crispé.

Paul vola à son secours en évoquant la polémique qui faisait rage au sujet des loups. Défenseurs de l'espèce protégée et bergers s'opposaient violemment dans le Vaucluse, sans trouver de réelle solution.

— La transhumance ne commencera que début juin, ensuite durant tout l'été les querelles se multiplieront jusqu'à l'affrontement.

— Parmi mes patients se trouve un berger qui a un point de vue très sage. Il a acheté des chiens, des clôtures démontables, il sait que les loups ont peur de l'homme et qu'il faut monter la garde pour les éloigner parce qu'il n'est pas question de tous les exterminer. De plus, il n'y a pas que les loups, il y a aussi les chiens errants. Que les patous n'aiment pas davantage !

— C'est quoi, un patou ? s'enquit Louis.

— Oh, tu débarques ! railla son frère. Un chien de la race montagne des Pyrénées. Ils sont énormes, et très protecteurs. D'ailleurs, mieux vaut ne pas les approcher ou, pire, tenter de les caresser comme certains randonneurs inconscients.

Louis jeta à son frère un regard agacé. Devant Caroline, il voulait se montrer sous son meilleur jour, mais il sentait qu'il n'était pas en phase avec elle. À la fin du repas, il fut le premier à se lever pour aller régler l'addition. Il pouvait se montrer généreux, car il gagnait bien sa vie. Il créait des logiciels, savait à qui les vendre et il s'était fait un nom dans le milieu des ingénieurs informaticiens.

— Tu ne veux pas qu'on partage ? proposa Paul en le rejoignant.

— Garde ton argent pour l'exploitation. Moi, je n'ai pas de charges, même plus de loyer ! À Paris, c'était devenu dément.

— Tu voulais tellement vivre là-bas…

— Eh bien, j'en ai fait le tour, et j'ai aussi fait mon trou professionnellement, un démarrage de carrière quasi impossible ailleurs. Il existe un endroit propice pour chaque chose. Tu ne te vois pas viticulteur dans la capitale, j'imagine ?

— Il paraît qu'il y a des vignes à Montmartre, plaisanta Paul.

— Merci pour cet excellent dîner, les interrompit Caroline.

Escortée de Diane, elle s'apprêtait à partir. Louis comprit qu'il n'avait que quelques instants pour saisir sa chance.

— Un dernier verre ? suggéra-t-il en prenant Caroline par l'épaule.

À l'évidence, son offre ne s'adressait qu'à elle. Paul regarda Diane qui sortait déjà et se dirigeait vers le parking. Il trouvait l'attitude de son frère assez cavalière mais il en prit son parti et alla récupérer sa propre voiture. Il manœuvra pour s'arrêter à côté de celle de Diane, baissa sa vitre.

— Et toi, ça te tente ? lança-t-il gentiment.

— Merci, non, je rentre, refusa-t-elle en démarrant sur les chapeaux de roues.

Sans doute était-elle vexée, peut-être même peinée. À moins qu'elle n'ait prévu cette fin de soirée, Louis ne cachant pas son attirance pour Caroline. Les deux sœurs semblaient très complices, elles avaient dû en parler avant de venir. Où son frère comptait-il emmener

Caroline ? Les bars de nuit n'étaient pas nombreux à Cavaillon. Tout en conduisant, Paul essaya de les imaginer ensemble, ce qui lui procura une sensation mitigée. Bien sûr, il se réjouissait pour Louis, Caroline étant une femme formidable. Mais peut-être la jugeait-il tellement formidable qu'il aurait voulu être le premier à tenter de la conquérir. Cependant, pas question de se mettre en situation de rivalité avec son frère, ils avaient toujours été loyaux l'un envers l'autre. Louis l'avait pris de vitesse, il devait se montrer beau joueur.

Il s'engagea sur le chemin menant à la bastide, et quelques instants plus tard ses phares éclairèrent la façade. Comme souvent en Provence, les murs avaient été couverts d'un enduit ocre, la pierre apparente étant, pour les générations précédentes, un signe de pauvreté. Les portes-fenêtres cintrées et les volets de couleur bleu paon donnaient beaucoup d'élégance à la maison, et Paul ne s'imaginait pas vivant ailleurs qu'ici, où il était né. Aussi, lorsqu'il songeait à son père, malgré leur antagonisme, il comprenait quelle avait été sa peine de devoir partir.

Avant d'entrer, il s'immobilisa un moment sur le perron pour écouter les bruits de la nuit. Le printemps était là, une belle saison allait commencer, avec les aléas du climat sur les vignes. Comme chaque année, Paul se sentait plein d'enthousiasme et d'énergie, prêt à surmonter toutes les difficultés jusqu'aux vendanges. En revanche, il était toujours seul. Sa dernière liaison un peu régulière s'était achevée deux ans auparavant, et depuis il n'avait connu que des aventures éphémères, sans véritable coup de cœur. Il en venait parfois à se demander si le malheur d'avoir perdu sa mère très tôt ne l'empêchait pas d'aimer, ou même d'être simplement en confiance avec les femmes.

Il reconnut le cri d'une chouette hulotte qui avait élu domicile dans l'un des grands arbres qui bordaient le chemin menant à la bastide. Depuis plusieurs années, il l'entendait presque chaque nuit et avait décrété qu'elle serait la mascotte de la propriété. Quand elle se tut, il se décida à rentrer.

*

À peu près au même moment, Jean-François Lacombe ralluma sa lampe de chevet. Il ne parvenait pas à trouver le sommeil malgré le somnifère qu'on lui distribuait chaque soir. Il détestait cette façon qu'avait l'infirmière de lui présenter un unique cachet dans un petit gobelet de carton, comme craignant qu'il ne décide de tout avaler d'un coup si on lui laissait la boîte. Pourquoi le traitait-on comme un vieillard sénile alors qu'il avait toute sa tête et seulement soixante-quinze ans ? Bon, il lui arrivait de piquer des colères, mais ça, il l'avait fait durant toute sa vie, ni plus ni moins ici qu'ailleurs.

Il tourna la tête vers la table de nuit où Louis avait cru bon de poser une photo encadrée de Marie. Sa femme, partie trop tôt, la mère de ses deux fils, qu'il avait un peu oubliée avec le temps. Les chagrins s'apaisaient, même quand on se croyait inconsolable. Dans ce décès, c'étaient surtout la brutalité et la rapidité du cancer qui l'avaient traumatisé. Quoique le mot soit trop fort. Plutôt blessé ? Peiné ? En tout cas, il s'était retrouvé veuf. Veuf et donc… libre de courir à sa guise, ce qu'il avait fait, mais sans rien imposer à ses gamins. Ces deux-là ne pouvaient pas se plaindre, ils n'avaient pas eu de belle-mère à supporter.

Ses fils… Une déception, impossible de se mentir. Louis avait décidé de monter à Paris, comme si la Provence était sans intérêt pour lui, et Paul avait choisi de rester pour tout bousculer avec ses grandes idées *novatrices*. Être « dans l'air du temps » n'était pas forcément une preuve d'intelligence ! Négligeant ce que les anciens avaient patiemment mis en place depuis trois générations, Paul n'en avait fait qu'à sa tête. Pourtant, au début, Jean-François y avait cru, le petit ayant manifesté dès son enfance un attrait pour la vigne, qui promettait de faire de lui un bon successeur. Jean-François avait donc solennellement promis qu'il s'effacerait un jour pour lui confier les rênes de l'exploitation. Hélas, ce jour était venu plus tôt que prévu… D'abord, des douleurs dans les articulations, des crampes dans les jambes, puis une incapacité à contrôler ses mouvements. Toutes les misères de la maladie s'étaient ensuite abattues sur lui, et un triste matin il avait été incapable de se lever pour marcher jusqu'à la salle de bains. L'humiliation cuisante l'avait poussé à accepter d'intégrer cette foutue maison de retraite, car comment descendre l'escalier ? En chaise à porteurs ? Avec un de ces affreux fauteuils fixés à la rampe ? Non, la maison n'était pas conçue pour un handicapé, et il n'était pas question de la transformer en annexe d'hôpital. Jean-François avait trop de fierté pour infliger ça à la bastide Lacombe, qui devait rester en l'état, telle que ses parents la lui avaient léguée. La bastide, oui, mais les vignes ? Sachant ce que Paul mijotait, le départ avait été un douloureux renoncement. Louis, qui venait de rentrer au bercail, s'était pour sa part montré un fils attentif en installant son père au mieux dans ce… mouroir ? Oh, il n'irait pas jusque-là, il ne fallait pas noircir le tableau ! Mais la chambre dont il disposait ici avait beau être grande, une fois quelques-uns de ses meubles en place elle semblait bien étriquée. Un horizon bouché, sans joie ni espoir. Et même le jardin, assez beau en ce printemps, ne le consolait pas.

Il coucha le petit cadre afin de ne plus voir Marie. L'avait-elle suffisamment aimé pour l'attendre au ciel ? Si toutefois l'au-delà existait, et ça… Se redressant sur son oreiller, il attrapa un recueil de mots fléchés auquel était accroché son stylo. Un piètre passe-temps, qui distrayait néanmoins ses insomnies. Quelques années plus tôt, lorsqu'il ne parvenait pas à dormir, il se plongeait dans les comptes de l'exploitation. Paul en faisait-il autant désormais ? Qu'il se tape donc la tête contre les murs, lui qui n'avait rien voulu entendre ! Au moins, Jean-François était dégagé de ces soucis-là. Que, bien sûr, il regrettait.

*

La première chose que vit Caroline en se réveillant furent les rayons de soleil qui zébraient les tomettes. Elle n'était pas chez elle, pas dans son lit. Elle n'avait pas bu plus de deux verres, la veille, et l'alcool n'était pour rien dans sa décision de suivre Louis. Il s'était montré respectueux, habile, charmeur, provoquant le désir, puis procurant le plaisir. Un bon moment, dont elle avait profité en évitant de se poser des questions. Elle était libre de céder à la tentation sans éprouver de remords. Se tournant vers lui, elle constata qu'il dormait encore. Tant mieux. Le réveil à deux pouvait être embarrassant quand on se connaissait mal. Avec précaution, elle repoussa la couette et sortit du lit, puis elle ramassa ses vêtements épars avant de gagner la salle de bains qui se trouvait de l'autre côté du couloir menant aux chambres. Sous la douche, elle se surprit à sourire puis à rire silencieusement. Depuis combien de temps n'avait-elle pas découché, et qu'est-ce qu'Éliette allait en penser ?

Une fois prête, elle hésita à retourner dans la chambre. Mieux valait laisser Louis dormir, il n'aurait peut-être pas envie de lui préparer le petit déjeuner. Et pour sa part, elle ne souhaitait décidément pas s'attarder. Néanmoins, ne voulant pas non plus partir comme une voleuse, une fois au rez-de-chaussée elle chercha la cuisine afin de laisser un mot près de la cafetière.

Ce fut justement l'odeur du café qui la guida jusqu'à une pièce immense qui tenait lieu de cuisine, de salle à manger, et où on apercevait même un canapé d'angle adossé à des étagères pleines de livres. Elle s'arrêta net, contrariée, en découvrant Paul attablé devant un bol fumant et une pile de toasts.

— Je ne voulais pas te déranger, bredouilla-t-elle.

Il la considéra d'un air étrange avant de se décider à sourire.

— Ta voiture étant devant la porte, j'ai prévu des tasses supplémentaires… Louis dort encore ?

— Oui, je crois.

— Assieds-toi et sers-toi. Tu prends du lait, du sucre ?

Embarrassée par son regard insistant, elle estima plus courtois de jouer le jeu.

— Le dîner d'hier était très réussi, déclara-t-elle pour dire quelque chose.

— L'ensemble de la soirée, j'espère ?

Le sous-entendu la mit encore plus mal à l'aise. L'attitude de Paul n'était pas hostile, mais pas amicale non plus. Elle le devinait tendu lui aussi malgré son apparente désinvolture. Après avoir beurré un toast n'importe comment, elle l'engloutit le plus vite possible, pressée de partir enfin.

— Tu vas t'étouffer, plaisanta-t-il en poussant une tasse de café vers elle.

Il la regarda boire avant de proposer :

— Veux-tu m'accompagner dans les vignes ? Je vais faire ma tournée matinale et le temps est superbe…

— Merci, mais je dois rentrer. Ton café est très bon !

Elle n'avait pas davantage envie de se promener avec Paul que d'attendre le réveil de Louis. Une fois dehors, elle constata que, en effet, le soleil était déjà haut dans un ciel sans le moindre nuage. Avant de monter en voiture, elle prit le temps d'observer la façade de la bastide qu'elle n'avait pas bien vue la veille au soir. Les frères Lacombe avaient de la chance d'habiter une si belle maison de famille, élégante et patinée par le temps. Mais elle était bien trop grande à son goût. Si toutes les pièces avaient la taille de cette drôle de cuisine, comment se chauffer l'hiver sans se ruiner ? Louis avait expliqué qu'il habitait d'un côté, son frère de l'autre, qu'ils se retrouvaient parfois au milieu mais ne se gênaient jamais. Louis s'était ainsi aménagé un vaste bureau au rez-de-chaussée de son aile, où il pouvait s'absorber en toute tranquillité dans ses programmes informatiques. Un travail assez lucratif, qu'il appréciait beaucoup. Interrogé sur sa vie à Paris, il s'était avoué déçu mais ne regrettait pas les années qu'il y avait passées. Quant à son mariage si vite défait, il l'avait évoqué en riant et s'était déclaré seul responsable d'un si mauvais choix. Ces quelques confidences, faites autour du fameux dernier verre, le rendaient sympathique aux yeux de Caroline, toutefois elle n'éprouvait pas de véritable coup de cœur. Et surtout, elle ne tenait pas à s'attacher, encore marquée par son divorce d'avec Erwan. Que celui-ci ait voulu l'empêcher d'exercer son métier comme elle l'entendait avait été une grosse désillusion. L'amour pouvait devenir très égoïste, et une vie de couple heureuse tourner au désastre.

Elle s'engagea dans l'allée bordée de grands arbres, une alternance de cyprès, de chênes et de Ginkgo biloba. L'ensemble était bien entretenu, et on apercevait les rangées du vignoble Lacombe en contrebas. Paul s'occupait-il seul de la propriété ? En tout cas, une prochaine fois, si prochaine fois il y avait, Caroline irait volontiers faire un tour dans les vignes. Et, en attendant, elle allait chercher où acheter leur vin rosé pour le tester.

*

En fin de journée, Erwan raccompagna leur fille chez Caroline. Toujours ponctuel et souriant, il accepta comme d'habitude une tasse de thé. Devant Gaëlle, ils conservaient une attitude amicale et s'efforçaient de ne jamais dire de mal l'un de l'autre. Grâce à cet accord,

Gaëlle semblait bien vivre la séparation. D'autant mieux qu'elle adorait Éliette, qui savait lui faire oublier le travail très prenant de sa mère, et qu'elle passait de bons moments avec ses grands-parents, Manon et Théo. Là aussi, le couple était plus ou moins séparé mais donnait le change devant la fillette. Se gaver de confiseries dans l'épicerie fine de Théo ou suivre Manon dans les boutiques la réjouissait toujours. En compagnie de son père, elle vivait des week-ends sportifs, Erwan l'emmenant nager ou jouer au tennis, et, avec toute cette famille à sa dévotion, elle s'épanouissait.

Une fois le thé bu, Caroline accompagna Erwan dehors tandis qu'Éliette montait avec Gaëlle pour le bain du soir.

— Je t'ai aperçue à Cavaillon hier soir, lâcha-t-il d'un air faussement indifférent. Tu paraissais sous le charme du type qui t'accompagnait… Qui est-ce ?

— Si tu ne le connais pas, je ne vois pas l'intérêt d'en parler ! répliqua-t-elle, sur la défensive.

— Tu es libre, admit-il à regret.

— Oh, Erwan ! Tout ça est derrière nous, non ?

— Bien sûr. Mais sois prudente, ne fréquente pas n'importe qui.

Avant qu'elle ait pu répliquer, il s'engouffra dans sa voiture et démarra, se reprochant d'avoir cru bon de la mettre en garde. L'homme qu'il avait vu face à elle dans un bar semblait tout à fait correct. Et se mêler de la vie de son ex-femme n'était plus d'actualité, il le savait pertinemment. Mais il ne pouvait pas s'empêcher de regretter les débuts de leur mariage, ces années heureuses finalement gâchées par les disputes. À l'époque, Caroline avait une idée très précise de la manière dont elle voulait exercer son métier, sans comprendre qu'elle accordait trop peu de place à son mari et qu'il ne pouvait pas s'en contenter. Pourquoi n'avait-elle pas accepté de travailler à l'hôpital, pas aux urgences, bien sûr, mais dans un service de médecine générale, avec des horaires normaux ? Pour sa part, il sortait tous les jours de son agence de voyages à dix-huit heures trente et s'en portait très bien. Durant des mois, il avait attendu, le soir, que sa femme rentre et qu'ils puissent enfin dîner. Vingt heures, vingt et une heures, parfois plus tard encore si elle devait effectuer des visites à domicile. Gaëlle réclamait sa maman, alors il lui lisait des histoires jusqu'à ce qu'elle s'endorme, boudeuse, ensuite il se servait un apéritif et le buvait seul, morose, devant la télé. S'il se plaignait, Caroline levait les yeux au ciel, exaspérée.

Il l'avait beaucoup, beaucoup aimée… Au point de quitter sa Bretagne pour venir s'installer en Provence et y monter sa petite affaire, qui aurait suffi à les faire vivre le temps qu'elle s'occupe de Gaëlle, au moins les premières années jusqu'à l'entrée en maternelle. Mais elle n'avait pas voulu, se révoltant même devant cette suggestion. Erwan soupçonnait Diane d'avoir mis son grain de sel et encouragé Caroline à n'en faire qu'à sa tête au nom de l'indépendance des femmes. Les deux sœurs étaient complices et s'entendaient sur tous les sujets, c'était parfois très pesant. Pourtant, avec le recul, Erwan admettait qu'il s'était peut-être montré égoïste en refusant d'écouter les arguments de sa femme quand elle parlait de carrière et de vocation. Leur incompréhension mutuelle avait provoqué des affrontements, jusqu'à la séparation. Mais Erwan pensait que celle-ci ne serait que momentanée, que la partie n'était pas perdue, et lorsque Caroline avait annoncé sa décision de divorcer, il était resté incrédule, atterré.

Chassant ces pensées nostalgiques qui ne lui valaient rien, il prit la route d'Aix-en-Provence pour rentrer chez lui.

*

Le lundi matin, en arrivant au cabinet, Caroline trouva Diane déjà installée devant son ordinateur. Chargée de gérer les dossiers des patients et l'agenda des rendez-vous, de régler les factures, de répondre au téléphone, de tenir la comptabilité et d'adresser les déclarations aux différentes caisses, elle soulageait sa sœur de toutes les tâches administratives. Elle savait aussi décourager les visiteurs médicaux dont les laboratoires n'intéressaient pas Caroline, et faire patienter les autres pour les glisser entre deux consultations. À ses moments perdus, qui étaient rares, elle effectuait volontiers de petits bricolages pour entretenir les locaux. Elle s'était ainsi rendue indispensable, justifiant amplement le salaire de secrétaire que sa sœur lui versait.

— Alors, ta fin de soirée avec Louis ? lança-t-elle gaiement.

— J'ai dormi chez les Lacombe, avoua Caroline.

— Juste dormi ?

— Non. Le reste aussi.

— Et c'était comment ?

— Très bien.

Diane la dévisagea avant d'éclater de rire.

— Tu dis ça avec si peu d'entrain ! Dois-je en déduire que tu n'es pas tombée amoureuse ?

— Le mot serait trop fort.

— Beaucoup trop ?

— Eh bien… Je ne sais pas.

— Mais tu vas le revoir ?

— Sans doute.

Devinant que sa sœur allait continuer à la questionner, Caroline éluda l'interrogatoire d'un geste insouciant.

— Tu as préparé du café ? J'en prends un et je m'y mets.

— Deux patients étaient en avance, ils sont dans la salle d'attente.

— Envoie-moi le premier dans cinq minutes.

Elle gagna son bureau, constata que les volets étaient ouverts, la porte sur la ruelle déverrouillée, et que le réservoir mural de désinfectant pour les mains avait été rempli. Diane ne laissait décidément rien au hasard. En revanche, elle n'avait fait aucun commentaire concernant Louis Lacombe, alors qu'elle ne se privait jamais de donner son avis. Était-il défavorable, en l'occurrence ?

— Mme Tissier, annonça Diane en introduisant la première patiente de la matinée.

Comme toujours, la journée allait être longue et apporterait sans doute son lot habituel d'émotions ou d'agacement. Caroline n'avait pas réussi à s'endurcir malgré ses années de pratique. La détresse des gens, parfois maladroitement dissimulée sous la pudeur, la touchait encore et elle s'en félicitait. Exercer la médecine avec indifférence, comme un simple gagne-pain, lui semblait très méprisable. Mais qu'en serait-il dans dix ans, vingt ans ? À quel moment serait-elle usée par les tracasseries administratives, les circulaires du ministère de la Santé contredisant les précédentes, le manque de moyens, de praticiens, de maisons de retraite abordables, sans oublier la cupidité de certains laboratoires pharmaceutiques dénués de scrupules, le coût exorbitant des remèdes anticancéreux ou la polémique sur les vaccins, et bientôt les consultations par écrans interposés rompant le contact direct avec les malades ?

— Docteur ?

La femme assise en face d'elle semblait attendre que Caroline lui accorde son attention.

— Désolée, s'excusa-t-elle, j'étais perdue dans…

— Vous avez des soucis ?

La question arracha un sourire amusé à Caroline.

— N'inversons pas les rôles, madame Tissier ! Allez, je suis toute à vous. Qu'est-ce qui vous amène ?

Elle tendit la main vers la pile de documents que Diane avait déposée sur un coin du bureau. Comme elle s'y attendait, les premières feuilles étaient les résultats d'analyses de sa patiente, qu'elle parcourut attentivement.

— Eh bien, c'est encourageant, votre taux de cholestérol est maîtrisé grâce au traitement… et le reste est assez satisfaisant. Passons à côté, je vais vous ausculter et prendre votre tension.

Oubliant tout ce qui l'avait démoralisée cinq minutes plus tôt, elle se glissa avec bonheur dans son rôle de médecin bienveillant.

2

Théo quitta la fabrique, très satisfait des résultats des ventes pour le premier trimestre. Rester modeste en conservant des méthodes artisanales lui avait évité les pièges de l'expansion. Ses fruits confits, ses nougats et surtout ses calissons se révélaient d'une qualité bien supérieure à la production industrielle, et les connaisseurs ne s'y trompaient pas. Il ne cherchait pas à s'agrandir, même si sa renommée restait locale. Diane avait essayé de lui expliquer qu'avec un site internet attrayant, ainsi qu'un service d'expédition performant, il aurait pu vendre bien au-delà de la Provence, mais il restait réfractaire au changement. Caroline approuvait sa sagesse tandis que Diane déplorait son manque d'ambition.

Ambition ! Pour quoi faire ? Pour crouler sous les soucis ? Pour que Manon dépense encore davantage en idioties ? Si la folie consumériste de sa femme ne l'avait pas totalement ruiné, c'est qu'il veillait au grain, en bon gestionnaire du budget familial comme de son entreprise. Et sa seule véritable ambition était de mettre les siens à l'abri, dans la mesure du possible.

Avec l'expérience de son âge, il jugeait l'époque affolante, pleine d'incertitudes et de dangers. Caroline tirerait toujours son épingle du jeu avec un métier qui ne risquait pas de la mettre au chômage, mais il s'inquiétait pour Diane. Sa grande fille, sa fille aînée si mystérieuse qui, déjà enfant, gardait tous ses secrets et tenait le reste du monde à distance. Avant de travailler pour sa sœur, elle n'avait pas réussi à trouver sa voie, s'essayant à divers métiers sans conviction. Chez Caroline, elle semblait s'être enfin fixée, mais était-il sain pour elle de vivre ainsi dans l'ombre de sa sœur ?

Il regagna le centre-ville d'Aix-en-Provence où se trouvait son épicerie fine, et le trajet le fit passer près de l'agence de voyages d'Erwan. Comme chaque fois, il songea avec un peu de nostalgie au jour où il avait pris le bras de Caroline pour entrer dans l'église. Elle était ravissante dans sa robe de mariée, elle rayonnait et il s'était senti très fier, très ému. Tout comme le jour de la naissance de Gaëlle, même s'il n'avait pas apprécié ce prénom purement breton imposé par Erwan. Toujours très fier et très ému devant le nourrisson, jamais il n'avait cherché à savoir à qui ressemblait ce bébé, puis cette enfant. À personne du côté des Serval, en tout cas… Après avoir enfoui ses doutes au fond de son cœur, il s'était promis de ne plus se poser la question. Caroline était sa fille, Gaëlle sa petite-fille, voilà tout, et il les aimait comme telles. Bien sûr, il s'en souvenait, Manon avait eu des amants, elle était si attirante et si exubérante quand elle était jeune ! Théo avait fermé les yeux, à ce moment-là il ne s'était pas encore fatigué d'elle et de ses frasques, mais il constatait qu'autant Diane était son portrait craché, autant

Caroline… Néanmoins, certains sujets ne devaient pas être abordés, et il était homme à se taire.

Il alla garer sa voiture sur le parking le plus proche et rejoignit son épicerie en sifflotant, une vieille habitude dont il n'avait jamais pu se défaire. Manon lui avait souvent dit qu'on ne sifflait pas dans la rue, plus récemment elle avait ajouté que ce n'était plus de son âge. Mais son âge ne l'inquiétait pas, il se portait bien et considérait qu'il avait eu une belle vie. Il n'avait pas démérité avec l'entreprise héritée de son père, et en son temps il avait épousé, avec Manon, la plus jolie fille d'Aix. Que demander de mieux ? En bonus, il allait avoir sa petite-fille quelques jours pendant les congés scolaires, et même si Manon la traînait de boutique en boutique durant des après-midi entiers, il aurait la joie de lui lire une histoire chaque soir et de la regarder s'endormir au milieu de ses peluches. Avant son départ, le dernier matin, il la ferait descendre à l'épicerie, la verrait ouvrir de grands yeux émerveillés et la laisserait choisir tout ce qu'elle voudrait. À cette perspective, son cœur de grand-père se gonflait de bonheur. Grand-père… Vraiment ? Eh bien, il faisait comme si, et ça lui suffisait.

*

Appelée en urgence par le fils d'une dame âgée qu'elle soignait depuis des années et qui habitait au bout de la rue, Caroline avait quitté son cabinet en catastrophe. Sur place, elle avait entamé une réanimation en attendant l'arrivée du Samu, et la vieille dame avait été sauvée de justesse. Le fils, qui avait lui-même une soixantaine d'années, avait serré Caroline dans ses bras, éperdu de reconnaissance, avant de monter dans l'ambulance pour accompagner sa mère à l'hôpital.

En les regardant partir, Caroline était restée songeuse un moment, immobile sur le trottoir, jusqu'à ce qu'un homme vienne lui taper sur l'épaule.

— Docteur Serval…

— Monsieur le maire !

— Vous aviez promis de m'appeler Jacques. Encore un sauvetage ?

— J'ai fait le déplacement, car je savais que le Samu mettrait un bon quart d'heure. Je suis arrivée *in extremis*.

— Les secours sont loin, mais vous êtes là.

— Je suis là mais je ne suffis pas à la tâche.

— Je sais bien. Toujours pas d'association avec un confrère ?

— Personne ne répond à mon offre. Je suppose que les éventuels candidats, en regardant où je me trouve sur la carte, préfèrent ne pas donner suite.

— Pourquoi ? Ils auraient une clientèle assurée dès le premier jour !

— Mais un mode de vie qui les rebute. Un village loin de tout… Il faut aimer la nature et l'isolement.

— Il y a aussi des paysages magnifiques, un climat idéal et une vraie qualité de vie. En tout cas vous ne pouvez pas rester seule, sinon vous finirez par vous décourager et partir vous aussi. Je ne veux même pas y penser ! Ajoutez donc à votre annonce que la mairie peut fournir un logement.

— Gratuit ?

— Quasiment. Disons un loyer symbolique, ridiculement bas. J'en ai parlé en réunion avec mes adjoints l'autre jour, et nous serions prêts à faire cet effort pour le bien de la commune. Nous avions mis la même opération en place avec la boulangerie qui allait fermer, et le couple qui s'était présenté il y a quatre ans est toujours là, plutôt satisfait de son chiffre d'affaires.

Caroline esquissa un sourire et tapa amicalement sur l'épaule du maire.

— Vous vous démenez pour que le village continue à vivre, on ne peut qu'approuver.

— Oh, tout le monde n'est pas d'accord ! Il y en a qui protestent, qui voudraient qu'on attribue les locaux ou les terrains disponibles à des trucs fantaisistes et inutiles. Je préfère aller à l'essentiel. Mais je vous retiens, beaucoup de gens doivent vous attendre, non ?

— La salle d'attente est pleine, comme toujours… À bientôt, Jacques.

— Et pensez à ce que je vous ai dit.

— Je ne risque pas d'oublier !

Elle regagna son cabinet à grandes enjambées et trouva Diane sur le pas de la porte.

— Tu prends l'air ?

— J'en grille une.

— Tu ne devrais pas.

— Il y a tant de choses qu'on ne devrait pas faire ! Mais c'est mon petit plaisir et je n'abuse pas. Bon, un patient s'est désisté, ça rattrapera un peu le temps perdu. Mais tu en as cinq qui t'attendent.

— Je n'ai pas perdu mon temps ! s'indigna Caroline.

— Façon de parler. Allez, vas-y, et prends donc un café au passage, il est tout frais. Enfin, tout chaud…

Caroline hocha la tête, sachant que sa sœur n'avait pas voulu la blesser. Cependant, les gestes d'urgence qu'elle venait de pratiquer la ramenaient en arrière, à l'époque où Erwan se plaignait de ses absences alors qu'elle tenait des vies entre ses mains. Il lui avait demandé de quitter le service des urgences, avant d'exiger qu'elle s'installe à Aix et pas dans un trou perdu. Des directives qu'elle avait jugées insupportables. Une entrave à son envie d'exercer là où on manquait cruellement de médecins. Comment Erwan avait-il pu croire que parce qu'ils étaient mariés et parents d'un bébé, elle se laisserait dicter sa conduite, en épouse soumise ? Depuis, l'expression « chef de famille » la hérissait. Pourquoi vouloir un chef dans un couple d'adultes ?

Durant tout le reste de la matinée, elle reçut ses patients sans se laisser distraire. Un récent sondage, publié dans un magazine, révélait que de nombreux médecins manquaient d'empathie envers les malades, et que lorsqu'ils voulaient bien donner des explications ils usaient souvent d'un jargon incompréhensible. Ce n'était pas le cas de Caroline, elle y veillait quotidiennement.

À une heure et demie, elle eut enfin un peu de répit et put manger le sandwich que sa sœur était allée lui acheter.

— Personne ne respecte les horaires affichés sur la porte et sur tes ordonnances, fit remarquer Diane. Consultations, de neuf heures à midi sur rendez-vous, et de quatorze à dix-huit heures librement ! Nul n'en tient compte, il y a toujours une bonne raison pour se présenter n'importe quand. Du coup, les rendez-vous programmés se décalent et on finit à vingt heures si tout va bien.

Caroline haussa les épaules en murmurant :

— Les gens ne viennent pas ici pour se distraire, ils ont de vrais besoins.

Elle balaya d'un revers de main les miettes du sandwich tombées sur son pull.

— Je dis ça parce que tu ne te préserves pas, insista Diane.

— Je me préserverai quand je serai vieille !

— Si tu y arrives.

— En revanche, tu as raison sur un point, je ne suis pas suffisamment présente pour Gaëlle…

Elles se tenaient dans le bureau de Caroline et elles entendirent la porte d'entrée s'ouvrir, puis un raclement de pieds de chaise dans la salle d'attente. Échangeant un regard, elles eurent le même rire silencieux.

— Nous avons eu un grand quart d'heure de pause, chuchota Diane, quel luxe !

Un long après-midi de consultations allait commencer, comme chaque jour.

— J'ai oublié de te dire que Louis Lacombe a téléphoné ce matin. Il m'a demandé ton numéro de portable, que tu as omis de lui donner. Je n'ai pas voulu le faire, au cas où tu ne le souhaiterais pas, et je lui ai suggéré de rappeler.

— Ah…

Dubitative, Caroline hésita. Elle avait délibérément quitté la maison des Lacombe avant le réveil de Louis. Elle aurait pu attendre, en compagnie de Paul, et même aller faire un tour dans les vignes, ou au moins inscrire son numéro sur un bout de papier. Mais elle n'y avait pas songé, ce qui n'était peut-être pas un hasard.

— S'il rappelle, passe-le-moi.

Un nouveau bruit de porte leur fit comprendre qu'elles ne devaient plus s'attarder.

— Vas-y, envoie-moi le premier, ajouta Caroline en s'installant à son bureau.

*

Paul replia son journal et resta songeur un moment. Un article très intéressant sur la pénurie de médecins dans certains départements avait ramené ses pensées vers Caroline. Impossible, évidemment, de lui dire à quel point il l'avait trouvée jolie quand elle était entrée dans la cuisine, douchée et les cheveux en bataille, avec l'air embarrassé de quelqu'un qui aurait préféré fuir. Il savait qu'elle sortait du lit de Louis, et pour la première fois de sa vie il avait été jaloux de son frère.

Il se leva pour aller contrôler la cuisson de sa soupe au pistou. Trois quarts d'heure plus tôt, il avait jeté dans l'eau bouillante, selon un ordre précis, les haricots cocos rouges et blancs, puis les verts, les carottes, les pommes de terre, le poireau et la tomate. À présent, il pouvait ajouter les petites pâtes coudées.

— Qu'est-ce que tu nous prépares ? lança Louis. Ça sent bon…

— Tu veux en profiter ?

— Si tu en as assez.

— J'en ai pour six ! Mets le couvert, je m'attaque au pistou.

Paul savait que Louis n'aimait pas recevoir d'ordres, pas plus que lui-même d'ailleurs, mais la cuisine restait son domaine, vu le peu d'usage que son frère en faisait. Il prit du basilic et de l'ail qu'il fit fondre dans de l'huile d'olive, avec un peu de parmesan. Une des fenêtres était grande ouverte, laissant entrer l'air léger du printemps, et les effluves de la soupe se mêlaient à une bonne odeur d'herbe coupée.

— Tu as trouvé le temps de passer la tondeuse sur ce fichu bout de pelouse, bravo !

— Le bruit ne t'a pas dérangé, j'espère ? ironisa Paul.

Il respectait le travail de Louis, mais il considérait que les bruits liés à l'exploitation et à la propriété étaient légitimes.

— Alors, tu l'as obtenu, ce numéro ?

— Sa sœur m'a dit de rappeler au cabinet, elle n'était pas certaine que Caroline soit d'accord pour me le donner. Quel cerbère, cette Diane… Elle a nos numéros, j'ai le sien, mais tout ce qui concerne Caroline semble sacré.

— Elle protège sa sœur des importuns.

— Je ne crois pas en être un ! se rebiffa Louis.

— Ce n'est pas ce que je voulais dire.

Paul se demanda pourquoi Caroline n'avait pas donné spontanément son numéro personnel à son frère, et aussitôt il se reprocha d'en éprouver une sorte de stupide satisfaction.

— Tu as envie de la revoir ? s'enquit-il prudemment.

— Ah oui !

— Alors, tu vas y arriver. Elle n'a pas passé la nuit avec toi pour rien, ce n'est pas son genre.

— Tu ignores à quel « genre » elle appartient. À aucun, d'ailleurs.

— Oh là là, railla Paul en servant la soupe dans deux grands bols, tu es ferré, mon vieux !

— Peut-être…

Supposant que Louis ne souhaitait plus en parler, Paul était prêt à changer de sujet, mais son frère le devança.

— C'est une femme très intéressante, atypique et séduisante. J'ai envie de l'emmener dîner à l'hôtel de Tourrel, le chef vient de recevoir sa première étoile.

— À Saint-Rémy ? L'adresse est bonne, mais pour dîner sur le toit et profiter de la vue, tu ferais mieux d'attendre que les soirées soient plus chaudes.

Ils commencèrent à manger et, dès la première cuillère, Louis s'exclama :

— Vraiment délicieux !

— Que des produits frais, de bonne qualité.

— Du bio ?

— Bio ou pas, je m'adresse de préférence aux maraîchers que je connais.

— Tu as toujours été proche de la terre, je t'envie pour ça. Moi, tu le sais, je n'ai jamais réussi à m'y intéresser. Mais j'adore notre maison, et rien ne ressemble à la couleur du ciel ici, ce bleu profond qu'on ne trouve nulle part ailleurs.

— Ne réécris pas l'histoire, tu as aussi adoré Paris.

— Au début, oui, j'étais sous le charme. Le choix infini des spectacles, les expos les plus pointues, l'animation de la rue dès que tu sors de chez toi… et les jolies Parisiennes qui savent si bien s'habiller, ce qui m'a fait succomber à la pire des idiotes ! Bref, j'étais grisé et très content d'avoir réussi à m'intégrer grâce à un métier à la mode. J'avais l'impression de faire partie d'une élite ! Mais après quelques années de réunions interminables dans les grosses entreprises, de soirées trop arrosées dans les endroits où il faut être vu, d'un train de vie qui t'oblige à dépenser plus que tu ne gagnes, j'ai compris que j'avais fait le tour. Donc je suis heureux d'être revenu, je me sens à l'aise et je travaille bien, mais sans toi la propriété se casserait la figure car je suis incapable de cultiver quoi que ce soit. Je préfère être à mon bureau que penché sur une plante ou debout sous une averse, me promener les mains dans les poches plutôt qu'avec un sécateur, créer tout seul sans avoir besoin de main-d'œuvre comme toi pour les vendanges, et j'aime mieux aller au restaurant plutôt que de rester des heures devant des fourneaux au milieu des épluchures. Néanmoins… ta soupe vaut deux étoiles !

Paul se mit à rire avant de planter son regard dans celui de son frère.

— Tu me racontes ça comme si je ne te connaissais pas, Louis.

— Tu pourrais te demander ce que je fais là, nous n'en avons jamais vraiment parlé depuis mon retour.

— Mais tu es chez toi autant que moi ! Ou plus exactement, nous sommes tous les deux chez papa… Et pour ne rien te cacher, je détesterais que tu viennes te mêler de ma façon de cultiver nos vignes.

— Alors, tout est pour le mieux. Je peux en avoir encore ?

Il tendait son bol à Paul d'un air innocent.

— Absolument ! Si tu vas te servir tout seul.

— Je compte passer voir papa demain. Veux-tu m'accompagner ?

— Pas vraiment.

— Tu pourrais faire l'effort. Rien qu'une fois.

— Je ne tiens pas à lui gâcher son bon moment avec toi. Et comme il ne pourra pas s'empêcher de m'envoyer quelques piques bien senties…

— Empêche-toi de répondre.

— Pourquoi ?

— Pour avoir la paix !

Louis alla chercher la soupière qu'il posa carrément sur la table.

— Il est fatigué, Paul. Malade et de mauvais poil, mais qui aimerait se voir dans cet état ? Il a déjà du mal à conserver sa dignité, et tu voudrais lui expliquer qu'il s'est trompé toute sa vie avec son vignoble ?

— Pas trompé, non. Quand il était jeune, le rosé n'avait aucune prétention. On ne le vendait pas cher parce que les gens en buvaient uniquement l'été et le consommaient si frais que le goût importait peu. Je pense que papa cherchait davantage la rentabilité que la qualité. Son vin était correct grâce à nos coteaux bien exposés, ce qui lui permettait de traiter avec n'importe quel négociant. Grâce aux pesticides, il a amélioré son rendement sans vouloir admettre qu'il empoisonnait la terre. Sa génération ne se posait pas la question, il fallait produire. J'ai vainement essayé de lui faire comprendre que les temps avaient changé, tout comme les désirs des consommateurs. Il y a d'excellents rosés aujourd'hui…

— Tu y arrives ?

— J'y aspire.

Louis hocha la tête, partagé entre doute et admiration. Son frère était courageux, obstiné, travailleur, mais il aurait besoin de temps pour tout changer et trouver d'autres filières de vente.

— Allez, insista-t-il, viens avec moi.

Paul hésita encore quelques instants, puis il acquiesça en marmonnant :

— Si ça se passe mal, ce sera ta faute.

Il débarrassa et revint avec un petit panier d'osier couvert d'un torchon que Louis souleva aussitôt.

— Tu as fait des merveilles ? Je rêve ! Ah, quel souvenir…

Leur mère, partie trop tôt, préparait parfois pour le goûter, durant leur enfance, ces beignets en forme de nœud, parsemés de sucre glace.

— J'ai une idée, déclara-t-il après en avoir mangé goulûment trois. Et si j'invitais plutôt Caroline ici ? Ce serait moins conventionnel que dans un restaurant et tu…

— Ne compte pas sur moi pour cuisiner, répliqua Paul un peu sèchement. Débrouille-toi tout seul, tu sauras bien faire une omelette aux cèpes ou aux truffes avec une salade ! Je ne suis pas ta fée du logis, Louis.

— Je n'allais pas te demander de me préparer le dîner, inutile de te braquer. Je pensais aller chez un traiteur acheter de bonnes choses.

— Fais donc ça.

— Entendu. En revanche, j'aimerais bien que tu sois là.

— Pourquoi ? C'est ta copine, je ne compte pas vous tenir la chandelle.

— Bien sûr que non. Mais on pourrait aussi inviter Diane, ce serait plus agréable à quatre, plus détendu.

— Mauvaise idée. Je ne drague pas Diane, qui d'ailleurs m'enverrait sur les roses.

— Alors, invite une de tes amies, tu n'en manques pas !

— Je te rappelle que j'ai rompu avec Charlotte il y a deux mois, vu qu'elle m'exaspérait, et je n'ai personne en vue pour le moment. Tu ne m'auras ni pour faire de la figuration ni pour entretenir la conversation.

— Tu prends les choses bien mal. Je trouvais ça sympa.

Paul quitta la table, s'éloigna de quelques pas et se retourna pour toiser son frère.

— Si je suis là, je vous tiendrai compagnie. Si je ne suis pas là, c'est que j'aurai autre chose à faire. Bon, je te laisse la vaisselle, je vais regarder pousser mes rameaux et mes feuilles. Parce que, tu sais quoi ? La sève s'est mise à circuler. Tu dois bien te souvenir de ce que ça signifie ?

Éberlué, Louis regarda sortir son frère. Quelle mouche l'avait donc piqué ? En général, il était convivial, sociable, souriant. Quand il se mettait en colère, c'était toujours pour une bonne raison, or là, il n'y en avait pas.

Il recouvrit soigneusement les merveilles avec le torchon après en avoir pris une dernière. Parfois, il ne comprenait pas son frère. Depuis son retour, ils cherchaient à rétablir leur ancienne complicité. Mais Paul avait été seul face à leur père durant quatre ans, et cet affrontement avait dû l'endurcir. Peut-être, aussi, en avait-il assez d'être seul, cependant il semblait incapable de s'attacher sérieusement à une femme. Louis, au contraire, s'emballait vite – son mariage précipité et raté l'attestait – et croyait chaque fois avoir trouvé la femme de sa vie. Caroline était une candidate idéale, il allait tout faire pour ne pas en rester à une simple nuit. Et l'inviter ici était une bonne idée, il n'en démordait pas.

*

Diane ne partageait pas ses secrets, mais elle aimait écouter, voire provoquer, les bavardages. Dans les petits commerces du village, où elle s'attardait de bonne grâce, elle passait pour une femme agréable et d'un abord facile. En conséquence, on se confiait volontiers à elle, ce qui lui permettait de savoir à peu près tout sur tout le monde. Certes, elle n'était pas née là, néanmoins elle était une pure Provençale, avec le même accent chantant que les autres, et surtout elle était la sœur du médecin, ce qui lui conférait un statut privilégié. D'emblée, elle avait cependant expliqué qu'elle ne pouvait en aucun cas donner de rendez-vous préférentiel au cabinet, encore moins dispenser des conseils médicaux.

Elle louait une petite maison récente à la sortie du village, un peu à l'écart, et cultivait dans son jardin des fleurs et des herbes aromatiques. L'un de ses loisirs préférés était la peinture, mais elle était assez intelligente pour savoir qu'elle manquait de talent et que ses tableaux n'avaient pas d'autre valeur que le plaisir qu'ils lui procuraient. Quand elle ne peignait ou ne jardinait pas, elle lisait, s'intéressant à des genres divers, romans, essais ou biographies. Régulièrement, elle installait une étagère supplémentaire pour accueillir tous ces volumes, et son séjour encombré ressemblait de plus en plus à une bibliothèque municipale. Relégué dans un coin, un piano droit semblait abandonné. Contrairement à Paul, elle n'y touchait plus jamais.

Ses études d'art, puis d'histoire, ne lui avaient pas donné envie d'exercer un métier mais seulement d'en apprendre davantage, en dilettante et pour sa satisfaction personnelle. Afin de mettre en pratique le sage proverbe « Un esprit sain dans un corps sain », elle avait aménagé au sous-sol une sorte de salle de sport avec un vélo d'intérieur très sophistiqué, un tapis de gymnastique et divers agrès. Elle consacrait une demi-heure chaque matin à des exercices, ce qui ne la faisait pas maigrir mais entretenait ses muscles.

Cette vie bien réglée la satisfaisait pleinement. Et si travailler plutôt que se distraire lui avait toujours semblé un affreux pensum, assister Caroline lui convenait tout à fait. D'un point de vue sentimental, elle s'était essayée à quelques aventures sans réel enthousiasme et y avait trouvé peu de joie. Elle ne croyait pas au grand amour, sinon dans la littérature, et pensait n'avoir besoin de personne pour être heureuse. Le centre de son existence demeurait Caroline, qu'elle s'efforçait de protéger, de préserver. Adolescente, elle avait surpris des conversations édifiantes qui lui faisaient, depuis, tenir sa mère en piètre estime. Quant à son père, elle l'aimait bien, le plaignait, mais s'agaçait de sa trop grande naïveté. N'avait-il vraiment rien vu, pressenti, deviné ? En tout cas, il avait le mérite d'aimer ses deux filles de façon égale, voire de mal dissimuler une petite préférence pour la cadette, soit par ignorance de la vérité sur sa paternité, soit pour compenser.

Levée très tôt, après ses exercices physiques elle se douchait puis prenait un copieux petit déjeuner en bouquinant. Quand l'heure venait, elle sautait dans sa voiture pour gagner le cabinet où elle arrivait presque toujours la première, Caroline tenant à déposer elle-même Gaëlle à l'école.

Pour rien au monde Diane n'aurait changé quoi que ce soit à son existence. Cependant elle n'avait pas conscience qu'à force de vouloir protéger sa petite sœur, elle faisait parfois le vide autour d'elle. À ses yeux, aucun homme n'était assez bien pour Caroline ; aucun n'échappait à ses critiques acerbes, et avec son humour mordant elle les dévalorisait l'un après l'autre. Erwan en avait pâti le premier, Diane ayant déclaré qu'il finirait par faire de sa brillante épouse une simple femme au foyer afin d'assurer son confort et d'apaiser son ego, car il était bien conscient qu'une agence de voyages était moins utile à la société qu'un cabinet médical là où on en avait un besoin essentiel.

Ce matin-là, comme tous les matins, lorsque Diane monta dans sa voiture, elle avait déjà en tête l'organisation de la journée à venir.

*

Au même moment, Caroline regardait sa fille traverser la cour de l'école, son cartable rose accroché sur son dos. Gaëlle avait beaucoup d'amies et souvent, le mercredi, elle était invitée pour goûter chez l'une ou l'autre. Éliette se chargeait de l'y accompagner avec sa petite Fiat hors d'âge mais soigneusement entretenue. Caroline n'aimait pas trop les savoir toutes les deux sur les routes, mais elle n'avait pas d'autre choix que de s'y faire. Gaëlle était sociable, polie sans être timide, bonne joueuse et très bavarde, ce qui la rendait populaire. Attendrie, Caroline se revoyait au même âge, présentant les mêmes traits de caractère. Mais elle pouvait chuchoter le soir avec sa grande sœur et lui confier ses chagrins d'enfant, alors que Gaëlle était fille unique.

Caroline avait souhaité autre chose. Jeune fille, lorsqu'elle s'imaginait mariée, elle voyait deux ou trois enfants autour d'elle, formant toute une famille. Elle croyait que Diane en fonderait une aussi, la devancerait sans doute, et que les cousins composeraient une joyeuse bande de gamins. Peut-être même que les beaux-frères s'entendraient comme larrons en foire. Ce rêve s'était éteint il y a longtemps. Diane ne désirait ni compagnon ni enfant, Caroline était divorcée, et Gaëlle grandissait seule.

La cour de l'école était à présent déserte, les enfants et les instituteurs étaient rentrés dans leurs classes. Caroline étouffa un petit soupir et se détourna de la grille, mais elle s'entendit héler :

— Docteur Serval !

La directrice de l'école accourait vers elle en agitant la main, et elle la rejoignit sur le trottoir.

— J'avais peur de vous manquer ce matin, déclara-t-elle, un peu essoufflée. Je voulais absolument vous parler de la réunion de parents d'élèves…

Caroline se sentit aussitôt coupable. Elle n'avait jamais le temps d'assister aux réunions, de participer aux activités ou d'accompagner les sorties. Elle était sûrement la mère la moins disponible de toute l'école.

— On vous voit trop peu, docteur. Le papa de Gaëlle est venu au début de l'année scolaire, mais depuis… Je sais que vous êtes très occupée et que vos patients ont besoin de vous, toutefois l'avis de tous les parents d'élèves est indispensable à la bonne marche de notre école. Je m'efforce d'apporter des améliorations qui doivent être décidées en concertation avec les familles, que ce soit pour la cantine, les horaires, l'aménagement des classes…

Elle eut un geste vague en direction des bâtiments et de la cour, attendant une réponse qui ne venait pas.

— J'aimerais au moins votre concours pour notre infirmerie, reprit-elle sans se décourager, savoir si nous disposons des produits adaptés pour soigner les petits bobos, et aussi passer en revue avec vous nos règles de sécurité. L'avis d'un médecin nous serait précieux.

— Oui, bien sûr. Je n'ai pas le temps maintenant, mais demain matin, si vous voulez, je m'arrangerai.

— C'est vraiment gentil, merci. Même heure ? Alors, à demain.

Caroline rejoignit sa voiture à grands pas. Elle était mal à l'aise, et en plus elle était en retard. Pourquoi ses journées étaient-elles minutées, épuisantes, interminables ? Pourquoi ne parvenait-elle pas à tout concilier ? Parce qu'elle avait beaucoup trop de patients et qu'aucun confrère ne semblait disposé à s'associer avec elle. Mais Diane avait rédigé une annonce professionnelle faisant suite à la proposition du maire, et peut-être y aurait-il des candidats ? Une clientèle toute prête et un logement au loyer dérisoire constituaient deux bons arguments.

« Je ne tiendrai plus très longtemps comme ça, j'en ai par-dessus la tête de ne pas pouvoir m'occuper suffisamment de Gaëlle, ni de moi d'ailleurs… »

À quand remontait sa dernière visite chez un coiffeur ? Dans une parfumerie pour y choisir une nouvelle eau de toilette ou des produits de maquillage ?

Si l'extrême futilité de sa mère l'avait dégoûtée des après-midi shopping, elle devait néanmoins songer à se comporter comme une jeune femme de son âge en prenant soin d'elle.

« Un samedi où Gaëlle sera chez Erwan, j'irai passer la journée à Aix, rien que pour le plaisir… »

Elle allait proposer à Diane de l'accompagner, elles feraient les folles dans les boutiques comme lorsqu'elles étaient gamines, et s'offriraient un massage pour finir.

Arrivée au cabinet, elle trouva Diane à son poste, en train de téléphoner.

— Eh bien, justement la voilà, je vais voir si elle peut te parler…

Mettant la main sur le combiné, elle articula :

— C'est Louis, ça fait deux fois qu'il appelle.

Caroline n'hésita qu'un instant avant d'acquiescer.

— Je te le passe dans ton bureau, ajouta Diane en désignant la salle d'attente mitoyenne dont la porte était ouverte.

Caroline réalisa qu'elle n'avait quasiment plus pensé à Louis, comment était-ce possible ? Bien sûr, elle était très – trop – occupée, mais pourquoi avait-elle relégué cet homme dans un coin de sa tête ?

— Tu n'es pas facile à joindre ! attaqua-t-il sur le ton de la plaisanterie. Mais je suis heureux de t'avoir enfin. Tu vas bien ?

— Oui, très bien, merci.

— Parfait. Je ne serai pas long, je suppose que tes patients t'attendent déjà ?

— Absolument.

— Si tu me donnes ton numéro personnel, je ne te dérangerai plus à ton cabinet.

— Ah oui…

Elle le lui dicta, se sentant plus ou moins obligée de le faire.

— Quand serais-tu libre pour venir dîner à la maison ? reprit-il gaiement.

— Je ne peux me libérer que quand ma fille est chez son père, ou chez mes parents.

— À savoir ? Ta date sera la mienne.

C'était l'instant voulu pour choisir de le revoir ou pas. Baissant les yeux vers le calendrier qui lui servait de sous-main, elle se livra à un rapide calcul et proposa le samedi suivant.

— Tu me fais très plaisir ! s'enthousiasma-t-il.

Puis il se dépêcha de lui dire au revoir, comme s'il avait peur qu'elle ne revienne sur sa décision. Songeuse, elle raccrocha, et aussitôt le téléphone se mit à clignoter. La ligne du cabinet ne sonnait heureusement pas dans son bureau, car elle refusait d'être dérangée lorsqu'elle était en consultation. Chaque patient avait droit à toute son attention, et Diane ne lui passait une communication qu'en cas d'extrême urgence.

En s'asseyant, elle se demanda si elle avait eu raison d'accepter la proposition de Louis. Aller dîner chez lui sous-entendait de passer la nuit avec lui, et même si elle en avait finalement envie, elle ne souhaitait pourtant pas commencer une véritable histoire.

— Mais ça n'engage à rien…, marmonna-t-elle.

— M. Valmeux et son fils ! annonça Diane en ouvrant la porte.

Caroline se leva pour les accueillir et chassa en un instant Louis de sa tête.

*

Paul se redressa, le dos douloureux à force de rester penché sur ses pieds de vigne. Il avait hâte de découvrir les petites fleurs annonçant les fruits, mais ce ne serait pas avant le mois de mai. Bientôt… Le bruit d'une voiture s'arrêtant en haut du chemin lui arracha un soupir d'agacement. La BMW noire de Louis attendait, moteur au ralenti.

— Tu viens ? cria son frère en baissant sa vitre.

Paul savait tenir parole, aussi se résigna-t-il à remonter le rang de vigne. Il ouvrit la portière côté passager, adressa un sourire mitigé à son frère et s'installa.

— Tu seras content de l'avoir fait, assura Louis.

— Tu disais la même chose de toutes les corvées quand nous étions petits, rappela Paul dont le sourire s'était élargi.

— Je lui apporte ses chocolats préférés. Et toi ?

— Ma présence indésirable. Où as-tu trouvé tes chocolats ?

— En ville, puisque tu m'as obligé à courir les traiteurs. Mon dîner est pour demain, et je te rappelle que tu seras le bienvenu si tu es… libre.

— Quel est le menu ?

— Salade de homard, rougets grillés.

— C'est toi qui vas les griller ?

— Seulement les réchauffer.

— On ne réchauffe pas un poisson fragile comme le rouget. Et en accompagnement, un sachet de riz précuit ?

— Tu es caustique, mais ça ne me décourage pas.

Louis conduisait vite sur les petites routes, et il ne lui fallut que vingt minutes pour arriver à la maison de retraite médicalisée où se languissait leur père. La directrice, qui se trouvait à l'accueil, parut étonnée mais ravie de voir les deux frères ensemble. Néanmoins, elle voulut savoir si son pensionnaire était au courant de cette visite.

— C'est une surprise, affirma Louis.

Elle prit alors un air dubitatif qui amusa Paul.

— Je suppose qu'il dit beaucoup de mal de son cadet ? demanda-t-il avec un clin d'œil.

— Oh, à un certain âge, avec toutes les misères de santé, on s'aigrit un peu ! répondit-elle prudemment.

— Bien, nous montons, trancha Louis qui ne souhaitait pas que cet échange se poursuive.

Leur père se répandait sans doute en imprécations contre Paul, tout le personnel devait être au courant de cette colère qui ne le quittait pas. Peut-être avait-il eu tort de traîner son frère ici, mais c'était trop tard pour changer d'avis. Négligeant l'ascenseur, ils montèrent au second en silence. Devant la porte de la chambre, ils échangèrent un regard.

— Ne te braque pas au premier mot, d'accord ? chuchota Louis.

Paul leva les yeux au ciel puis frappa et ouvrit en lançant un retentissant :

— Bonjour, papa !

Jean-François était installé dans son fauteuil, d'où il considéra avec stupeur ses deux fils.

— Bonjour, les garçons…, finit-il par lâcher sans le moindre sourire.

Après un instant de flottement, il reprit :

— Que me vaut l'honneur de votre présence ? Vous avez mis le feu à la maison ? La vigne est devenue sauvage et n'a pas résisté à une attaque de parasites ?

Sa manière de persifler hérissa aussitôt Paul.

— Tout va très bien, répliqua-t-il, nous sommes venus pour le plaisir de te voir.

— Plaisir ! s'emporta Jean-François. N'exagère pas, je suppose que tu es là par devoir, rien de plus affectueux.

— Tes chocolats préférés, intervint Louis. Et aussi des calissons. Comment vas-tu aujourd'hui ?

— Pas plus mal et pas mieux. Je m'ennuie à mourir, mais ce n'est hélas pas ça qui me tuera, même si vous êtes pressés…

Paul ouvrit la bouche mais reçut en même temps un coup de coude de son frère dans les côtes.

— As-tu vu ton médecin ces jours-ci ? demanda Louis d'un ton encourageant. La dernière fois que j'ai parlé avec lui, il était satisfait du traitement qu'il te donne.

— Oui, ricana Jean-François, il est comme ça, toujours très satisfait de lui-même. Bon, j'ai moins de douleurs, c'est vrai, mais je ne marche pas. Et il n'est pas foutu d'avouer que je ne remarcherai jamais ! Quant à ces ridicules séances de kiné qu'il m'impose, je m'en passerais volontiers.

Il ne s'adressait qu'à Louis, sans regarder Paul.

— Quitte à parler à quelqu'un, reprit-il, tu devrais dire au cuistot qu'il ne s'améliore pas. Certains jours, c'est immangeable.

Après avoir attrapé les béquilles appuyées à son fauteuil, il se leva au prix d'un gros effort et entreprit, un pas laborieux après l'autre, de gagner son lit. Il réussit à s'asseoir au bord, où il reprit son souffle. Louis le rejoignit et l'aida à allonger ses jambes puis, machinalement, il redressa le cadre où se trouvait la photo de sa mère. Une fois bien installé, Jean-François se décida à regarder Paul.

— Alors ? Où en es-tu ? lança-t-il.

— La vigne commence à pleurer.

Paul faisait allusion aux gouttes de sève affleurant au bout des rameaux, preuve que la vie reprenait.

— Elle pleure surtout d'être envahie de mauvaises herbes, j'imagine ! C'est le foutoir au pied des ceps, hein ?

— Tu sais très bien que le sol est mieux équilibré comme ça.

— Ben voyons ! Tu crois que les pissenlits fertilisent ?

— Et toutes les fleurs, oui.

— C'est ridicule. D'ailleurs, tu attires les nuisibles. Quand tu auras des sphinx et des vers à tête noire partout sur tes grappes, tu courras chercher des bidons d'insecticide !

— En ayant enherbé tous les interrangs, j'ai réduit les populations d'insectes ravageurs, et j'utilise aussi des phéromones pour les leurrer.

— C'est toi que tu leurres avec tes idées écolos. Le mildiou, l'oïdium, tu les combattras avec quoi ? On ne répand pas les pesticides pour le plaisir mais par nécessité. Et malgré tes beaux discours, tu ne m'apprendras pas le métier !

Louis tenta de ramener le calme en leur rappelant qu'ils avaient déjà eu cette discussion et qu'ils feraient mieux de parler d'autre chose.

— Vous ne tomberez jamais d'accord, alors…

— Mais c'est l'histoire d'un désastre annoncé que me raconte ton frère !

De nouveau, Jean-François s'agitait, et Louis alla remonter les oreillers dans son dos.

— Toi, tu t'en fous, soupira son père. Moi, je me ronge les sangs. Trois générations ont travaillé sur ce vignoble, mon père et mon grand-père avant moi, et ton frère arrivera à tout bousiller.

— Je vais vous laisser, décida Paul.

— Ah non, reste ! Pour une fois que tu daignes venir me voir, ne fuis pas, même si tu n'as pas envie d'entendre tes quatre vérités.

— Vérités d'une autre époque, le monde a changé.

— Oh oui, il a changé ! De mon temps, je n'aurais jamais osé parler sur ce ton à mes parents. Tu es arrogant, Paul…

— Moi ?

Éberlué, Paul secoua la tête en s'efforçant de ne rien répondre. La modestie faisait partie de ses qualités, il se mettait rarement en avant et considérait que rien n'était jamais acquis.

— Oui, toi. Et tu sais quoi ? Eh bien, je l'ai goûté, ton vin. Ça t'épate, hein ? Louis m'en a apporté une bouteille l'an dernier, sans que je le lui aie demandé, évidemment. Je vois à ta tête que tu n'en savais rien, n'est-ce pas ? Pour être franc, je ne l'ai pas trouvé mauvais. Un peu fade, peut-être. En tout cas, la robe est trop claire, je suppose que tu veux être à la mode. Mais j'ai surtout été choqué d'apprendre la chute vertigineuse du nombre de bouteilles. C'est tout ce que tu as réussi à produire sur neuf hectares ? C'est nul, archinul, tu vas te casser la gueule et ce sera bien fait !

Content de sa tirade, Jean-François croisa les bras. Il continuait de défier Paul, qui soutenait son regard sans sourciller. Louis, mécontent d'avoir été trahi par son père au sujet de cette fichue bouteille, avait envie de les laisser se disputer. Pourtant, il tenta une ultime médiation.

— Tes mots dépassent ta pensée, papa. Paul se débrouille très bien et…

— Qu'est-ce que tu en sais ? vociféra Jean-François.

— Je sais que si tu ne te calmes pas, une aide-soignante va débarquer et nous demander de partir. Prends plutôt un chocolat.

Il lui tendait la boîte ouverte, un geste risqué, car son père pouvait tout envoyer promener. Après une longue hésitation, Jean-François poussa un soupir éloquent et se décida à prendre un carré croquant noir qu'il mâcha consciencieusement.

— Bon, on s'énerve, finit-il par admettre. Mais comprends-moi, Paul. Ce vignoble a été toute ma vie ! Je te l'ai légué, je t'ai transmis mon savoir-faire, et depuis que je suis cloué ici tu t'es livré à un vrai chamboule-tout, comme à la foire. Alors, forcément…

Il ferma les yeux quelques instants, puis les rouvrit pour observer ses fils l'un après l'autre.

— Je vais me reposer, maintenant.

Soudain, il paraissait vulnérable, presque pathétique, et Paul eut un élan vers lui.

— Je viendrai te voir plus souvent, papa.

— Ne te donne pas cette peine ! répliqua Jean-François en retrouvant son expression dure. Tu vas avoir beaucoup de travail, même si le résultat ne sera pas à la hauteur. Merci pour les chocolats, Louis.

D'un signe impérieux en direction de la porte, il les congédia. Le long du couloir, puis dans l'ascenseur, les deux frères restèrent muets, mais une fois dehors, Paul explosa.

— Quelle bonne visite, tu as bien fait de m'y encourager ! Comme tu as pu le voir, il était ravi. Je n'ai pas été désagréable, encore moins agressif, d'ailleurs, je n'ai pas dit grand-chose, mais ma seule présence a gâché ce moment. Vous auriez été mieux sans moi.

— Peut-être pas. Il est furieux de te voir, mais au fond de lui il est content.

— De pouvoir déverser son venin ?

— Que tu aies fait l'effort de venir. Il a beau avoir toujours eu un côté vieux loup solitaire, ici il doit se sentir *vraiment* seul.

Paul n'ajouta rien, méditant les paroles de son frère. Jean-François n'avait pas été un mauvais père, sans doute avait-il fait de son mieux pour élever ses deux garçons, et Paul avait de bons souvenirs de longues matinées passées dans les vignes. Dans ces moments-là, la transmission de père à fils réjouissait Jean-François, soucieux d'inculquer le savoir-faire et les traditions à celui qui prendrait la relève. Certes, il ne se remettait jamais en question, et les bouleversements de l'époque ne l'atteignaient pas. Néanmoins, c'était son expérience qui avait permis à Paul de se lancer à son tour dans la viticulture en y apportant les modifications qui lui avaient semblé indispensables.

Dans la voiture, Louis rappela à son frère l'invitation pour le lendemain soir.

— Je m'occuperai de tout, pour une fois tu n'auras rien à faire, juste mettre les pieds sous la table et bavarder avec Caroline.

La proposition tentait Paul, ce qu'il se reprochait. Car rencontrer Caroline lui plaisait beaucoup trop. Cette femme l'attirait alors qu'il aurait dû se l'interdire. Et passer du temps en sa compagnie n'arrangerait probablement pas les choses. Mais comment expliquer son refus à Louis ? En lui avouant la vérité ? Impensable. Paul allait devoir prendre sur lui, faire taire tout sentiment autre qu'une sympathie amicale sans la moindre ambiguïté.

— Et bien sûr on boira ton vin, même si sa robe est trop claire, et à condition qu'il reste quelques bouteilles de ta maigre production ! plaisanta Louis, tournant en dérision les propos de leur père.

Sa bonne humeur arracha un sourire à Paul.

— Quand je pense que tu le lui as fait goûter sans me le dire…

— Il était dévoré de curiosité !

— Évidemment.

— Et malgré toute sa mauvaise foi, il l'a apprécié, je l'ai vu. Vous devriez arrêter de vous faire la guerre.

— Je ne fais la guerre à personne, Louis. Je fais seulement les choses à mon idée.

Louis hocha la tête sans rien ajouter. Cette visite à leur père n'avait pas provoqué la réconciliation espérée et il était déçu. Au moins, Paul était venu et n'avait pas quitté la chambre en claquant la porte. D'un caractère entier, il acceptait mal les critiques acerbes que Jean-François lui assenait avec cynisme, mais il les supportait pour ne pas rompre définitivement tout lien.

Lorsqu'ils furent en vue de la propriété, Paul demanda à Louis de le laisser dans les vignes. Soit il avait encore du travail à faire ce jour-là, soit il voulait oublier ce qui venait de se passer en cajolant ses ceps.

*

Caroline fit défiler sur son écran les images du scanner. Le diagnostic du radiologue était sans appel, il s'agissait bien d'une tumeur cancéreuse. De l'autre côté du bureau, sa patiente se tenait très droite, frottant nerveusement ses mains l'une contre l'autre, tendue comme un arc. Elle connaissait le verdict, qui lui avait été annoncé dans le centre d'imagerie où elle avait passé l'examen, et à présent elle attendait de Caroline des explications précises quant aux traitements possibles.

Relevant la tête, Caroline plongea son regard dans celui de la jeune femme. Durant quelques instants, elle chercha ses mots. Son rôle était d'apporter du réconfort, sans mentir pour autant. Depuis le premier jour de son installation, elle s'était promis de ne jamais infantiliser aucun patient. Elle s'en tenait à la vérité, qu'elle essayait néanmoins d'adoucir.

— Je vais vous adresser à un oncologue qui vous prendra en charge pour les premiers traitements. Mais je sais que vous avez beaucoup de questions à poser, et je suis là pour y répondre.

— Combien de temps ? bredouilla la jeune femme.

C'était toujours le premier réflexe. Chiffrer en mois ou en années son espérance de vie. Et à l'âge de cette femme, on ne s'interrogeait normalement pas encore sur sa fin. Une échéance lointaine, floue, qui resterait à préciser bien plus tard. Sauf en cas de maladie grave, incurable, comme ces cancers aveugles qui semblaient frapper au hasard et auxquels on s'imaginait échapper pour toujours. Mourir jeune, de façon injuste, après d'insupportables souffrances, qui pouvait l'accepter ?

— Votre cancer fait partie de ceux qui sont difficiles à traiter. Difficile ne veut pas dire impossible, et chaque patient réagit différemment. Par ailleurs, vous êtes en forme, vous avez une bonne hygiène de vie, ce qui fait de vous une personne apte à lutter, à se battre. Votre participation aux traitements sera essentielle.

— Chimio, rayons ?

— Le cancérologue décidera. Il vous proposera plusieurs options, toujours avec votre accord. Dans les centres dédiés, les équipes sont formées pour vous prendre en charge et vous soutenir. Ne redoutez pas par avance les hospitalisations qui jalonneront peut-être votre parcours, car le repos fait partie des soins.

— Mais si rien ne marche ?

— Pourquoi pensez-vous au pire ? Pourquoi ne pas attendre de voir l'évolution ? La tumeur peut régresser, bien sûr que ça arrive.

— Je vais vomir du matin au soir, perdre mes cheveux…

— Et si c'était le prix à payer pour guérir ?

De grosses larmes roulaient sur le visage de la jeune femme. Caroline ne voulait pas se laisser aller à l'émotion, mais la détresse de sa patiente la bouleversait. Elle ne s'était pas blindée, et elle s'en félicitait. Lorsqu'elle travaillait à l'hôpital, elle avait croisé quelques confrères blasés par des années de pratique, d'un abord froid, presque indifférents. Ceux-là s'adressaient aux malades dans un jargon technique incompréhensible et semblaient toujours pressés de quitter la chambre.

Heureusement, il y en avait d'autres, dont elle avait fait partie, capables de s'attarder et de prononcer des mots de réconfort.

— On ne guérit pas d'un cancer, n'est-ce pas ? On est seulement en rémission…, bredouilla la jeune femme.

— Les rémissions durent parfois des années ! Et rappelez-vous qu'aucun cas ne ressemble à un autre. Pour ma part, je serai à vos côtés dans cette bataille, vous pourrez venir me voir si vous avez besoin d'explications ou de soutien. Il ne faudra pas hésiter à appeler le cabinet, on vous trouvera un rendez-vous prioritaire, je vous le garantis.

Caroline inscrivit les coordonnées d'un centre de cancérologie et rédigea une lettre à l'intention de son confrère. Elle glissa le tout dans une grande enveloppe, avec les résultats du scanner, et raccompagna la jeune femme jusqu'à la porte donnant sur la ruelle. En guise d'au revoir, elle lui serra affectueusement l'épaule avec un sourire encourageant.

Puis elle revint à son bureau et attendit un peu avant d'appuyer sur le signal qui prévenait Diane de faire entrer le patient suivant. Elle avait besoin de quelques instants pour se reprendre, retrouver la sérénité bienveillante à laquelle ses patients étaient habitués. Elle s'appliqua à ranger dans un coin de sa tête l'avenir problématique de la jeune femme qui venait de partir. Une tache de soleil jouant sur le sol lui fit lever les yeux. La journée s'annonçait magnifique et une brusque envie de se retrouver dehors la prit à la gorge. Le ciel était d'un bleu profond, comparable à aucun autre, et la nature explosait de couleurs vives, même dans la rue de ce village où tous les petits jardins étaient bordés de fleurs. Caroline songea que le moment était venu de ressortir les fauteuils sur la terrasse de sa maison. Gaëlle pourrait y prendre son goûter avec Éliette en rentrant de l'école. Des instants que Caroline ne partageait que trop rarement avec sa fille, hélas.

— Un problème ? demanda Diane en passant la tête par la porte.

— Non, ça va, je vais recevoir le suivant.

Sourcils froncés, sa sœur la scruta.

— Il n'en reste que deux dans la salle d'attente, déclara-t-elle. Ensuite, je t'emmène chez moi manger une omelette aux truffes, d'accord ? Ça te requinquera, parce que, je te préviens, l'après-midi est chargé…

— Comme toujours.

— Exactement. Mais la bonne nouvelle est que j'ai eu deux appels concernant ton annonce. Je t'ai noté les coordonnées de tes deux confrères éventuellement intéressés, et tu pourras les joindre l'un comme l'autre ce soir.

Caroline éprouva une bouffée de soulagement. La perspective d'avoir bientôt un associé était enthousiasmante, mais elle ne voulait pas se réjouir trop vite.

— Téléphone au maire pour t'assurer que sa proposition tient toujours, et essaie d'obtenir des détails sur le logement qu'il doit mettre à disposition.

Diane hocha la tête et voulut refermer la porte, mais Caroline l'arrêta d'un geste impérieux.

— Attends une seconde, il faut que je te demande quelque chose.

— Quoi donc ? Dépêche-toi, ils s'impatientent dans la salle d'attente.

— Pour toi, deux médecins ici, ce sera gérable ?

— À voir… Je suppose que vous vous partageriez les charges, y compris mon salaire ?

— Bien sûr.

— Alors, je vais réclamer une belle augmentation !

Diane éclata de rire avant de sortir, et une minute plus tard, en introduisant le patient suivant, elle arborait toujours un large sourire. Caroline se demanda si elles n'étaient pas, l'une comme l'autre, en train de bâtir des châteaux en Espagne. Elle fit asseoir le jeune homme qui venait d'entrer puis alla ouvrir la fenêtre. L'air léger et plein d'odeurs printanières lui donna de nouveau envie de s'évader. En aurait-elle le loisir si elle trouvait enfin un associé ?

— Vous n'avez pas froid ? demanda-t-elle en se retournant.

Le jeune homme secoua la tête, devint rouge et se mordit les lèvres. Instantanément, Caroline sut qu'il était là pour un problème intime dont il allait avoir du mal à parler. Sans doute aurait-il préféré un homme comme interlocuteur, mais la pénurie de médecins ne lui avait pas laissé le choix. Revenant vers lui, elle s'assit sur un coin du bureau, dans une attitude décontractée.

— Je vous écoute, dit-elle d'une voix douce.

Et en effet, elle écoutait toujours attentivement, que les soucis de santé soient sérieux ou mineurs. Pour ce garçon-là, d'après l'histoire qu'il racontait, le traitement serait sans doute simple. Néanmoins, elle allait devoir lui demander de se déshabiller.

3

Comme promis, Caroline avait conduit Gaëlle à Aix, chez ses parents, pour quelques jours de vacances. Théo se trouvait dans l'arrière-boutique de son épicerie, où il établissait un bilan avec son comptable. Il accueillit sa fille et sa petite-fille à bras ouverts, laissant aussitôt tomber les livres de comptes.

— Ta mère est en haut, elle a préparé le déjeuner.

— En haut chez toi ou chez elle ?

Théo habitait toujours au premier, dans l'appartement familial, et Manon s'était aménagé un charmant deux-pièces au second. Les deux logements communiquaient par un escalier intérieur en colimaçon, ainsi étaient-ils ensemble sans vraiment l'être. Manon recevait ses amies chez elle, pour d'interminables parties de bridge ou de tout aussi interminables séances d'essayage des derniers vêtements achetés, des derniers gadgets dénichés. Mais quand Gaëlle séjournait chez ses grands-parents, Manon réintégrait le premier étage, à la fois pour sauver les apparences et pour éviter de se disputer la fillette avec Théo. Dans ces cas-là, elle dormait dans l'ancienne chambre de Diane, et Gaëlle dans celle où avait grandi sa mère. Durant les visites de la petite, Manon se réappropriait la cuisine, où elle élaborait des recettes fantaisistes et parfois savoureuses, toutes dédiées aux goûts d'une enfant.

— Chez nous, au premier, précisa-t-il en souriant.

Gaëlle virevoltait entre les comptoirs, lorgnant les confiseries dont elle ne pourrait faire provision que le jour de son départ.

— Tu restes un peu ? Tu déjeunes avec nous ? s'enquit Théo d'un air inquiet.

Il adorait sa fille cadette et ne s'en cachait pas.

— C'était prévu ! répliqua Caroline en lui passant la main dans le cou.

Elle lui rendait son amour et ne voyait que ses qualités, contrairement à Diane.

— Ta sœur doit venir aussi, ajouta-t-il. La famille sera réunie, ça me fait toujours plaisir, bien que ce soit trop rare. Je sais que vous n'avez que peu de temps libre, elle et toi…

— Comme tu dis ! Mais figure-toi que j'ai peut-être trouvé un associé.

— Seulement peut-être ?

— Il y avait deux candidats éventuels, l'un s'est désisté en apprenant la taille du village, et je reçois l'autre demain.

— En quoi la taille de ton village serait-elle un obstacle ?

— Pour y vivre à l'année, ça peut décourager un citadin. Et celui-là n'avait pas l'air de croire à l'affluence de la patientèle. Sauf que les gens viennent de tous les environs et que le cabinet est saturé. J'aurais pu le lui prouver, mais devant son manque d'enthousiasme j'ai préféré laisser tomber. En revanche, le confrère que je dois rencontrer est un amoureux de la nature en général, et de la Provence en particulier. Il vient de la région de Lille, où il a fait ses études, mais il ne peut plus supporter les problèmes inhérents aux grandes villes, ni d'ailleurs le climat du Nord. Il va faire l'aller-retour en TGV un dimanche, c'est de bon augure quant à sa motivation.

— Tu iras le chercher à la gare ?

— Non, il loue une voiture. Il paraît débrouillard, et je le soupçonne de vouloir visiter les environs pour se faire une idée précise.

Tout en parlant, Caroline observait la jeune vendeuse qui servait les nombreux clients du samedi. Leurs achats étaient emballés dans de jolis petits cartons décorés, portant le logo de la fabrique Serval.

— Magali est en congé maternité, expliqua Théo. Il ne reste que Clémence, qui a fort à faire…

— Maman ne lui donne pas un coup de main ?

— Je préfère que ta mère ne vienne pas semer la pagaille, répondit-il à voix basse.

Il appuya sa phrase d'un clin d'œil complice. Les quelques essais de Manon pour tenir la boutique n'avaient pas été concluants, Caroline s'en souvenait.

— Voilà ta sœur ! s'exclama Théo.

Diane fit une entrée fracassante, salua la vendeuse d'un signe de tête et annonça à la cantonade qu'un vent violent s'était levé.

— L'orage arrive, précisa-t-elle avant de rejoindre son père et sa sœur.

Au passage, elle leva la main au-dessus d'une vitrine et prit un calisson qu'elle engloutit, ensuite elle en saisit un second qu'elle tendit à Gaëlle.

— Tu donnes le mauvais exemple, maugréa Théo.

— Je l'ai toujours fait, non ?

Théo haussa les épaules puis s'adressa à Clémence pour lui demander de fermer à treize heures. La jeune fille acquiesça d'un signe de tête, affairée à emballer des nougats.

Arrivés à l'appartement, ils virent que Manon avait dressé une très jolie table.

— Un nouveau service de vaisselle ! lança-t-elle en sortant de la cuisine. Il est superbe, et je l'ai eu à un prix défiant toute concurrence.

Elle vint embrasser sa petite-fille et ses filles tandis que Théo marmonnait une protestation incompréhensible, sauf pour sa femme.

— Oui, mon chéri, je sais que nous avions déjà des assiettes, on ne mangeait pas à même la table, mais c'est amusant de changer. Je déteste les habitudes...

Parfaitement à l'aise dans son rôle de maîtresse de maison, qu'elle n'endossait pourtant pas souvent, elle sourit à chacun avant d'aller chercher la salade César dont Gaëlle raffolait.

— Je nous ai concocté un programme formidable, on ne va pas s'ennuyer, dit-elle à la fillette.

En voyant la tête de Caroline, qui ne semblait pas approuver le genre de réjouissances qu'affectionnait leur mère, Diane se demanda soudain pourquoi elle était venue déjeuner ici. Elle avait mille choses plus intéressantes à faire durant le week-end, et les réunions de famille étaient sans intérêt pour elle. En observant son père, qui avait pris Caroline à sa droite et la couvait d'un regard à la fois affectueux et admiratif, elle eut un petit sourire ironique. Que Théo chouchoute sa cadette ne la gênait pas, elle aimait trop sa sœur pour être jalouse d'elle, mais elle comprenait mal cette préférence affichée. Que compensait-il ainsi ? Ses doutes ? Avait-il fini par en avoir ?

— Qu'est-ce qui t'amuse, ma chérie ? s'enquit Manon d'un ton suspicieux.

Elle redoutait l'humour incisif de sa fille aînée, avec laquelle elle ne s'entendait plus depuis longtemps.

— Le soin que tu prends à divertir Gaëlle. Nous n'avons pas eu droit au même traitement quand nous étions petites, si ma mémoire est bonne.

Manon leva les yeux au ciel sans répondre. Elle détestait être prise en faute et aurait voulu qu'on l'approuve sans réserve.

— J'étais très occupée à cette époque-là, déclara-t-elle. Il y avait la boutique à faire marcher, le…

Un éclat de rire général la coupa dans son élan. Même Théo paraissait s'amuser pour de bon. Manon, à la trentaine, s'était surtout occupée d'elle et de ses fantaisies. Se sachant jolie, elle en avait profité, voire abusé, et être mère de famille ne l'avait freinée en rien.

La fin du repas se passa sans incident, et Diane partit la première. Caroline s'attarda, le temps de câliner sa fille, puis elle descendit à son tour. Dans la rue, à quelques pâtés de maisons, là où elles avaient l'habitude de se garer, Caroline découvrit que Diane l'attendait.

— Maman va bien s'amuser ces jours-ci, Gaëlle aussi, et papa continuera de travailler, comme d'habitude, prophétisa Diane. Je n'aurais pas dû venir, je n'éprouve aucun plaisir à tenir mon rôle dans la famille Bisounours.

— Tu exagères. Les parents étaient contents de nous voir.

— Tant mieux pour eux ! Mais moi, maintenant, je vais profiter de mon week-end. Tu as quelque chose de prévu ce soir ?

— Je dîne chez les Lacombe.

— Encore ? Waouh, c'est sérieux !

— Distrayant, en tout cas.

— Bon, tu me raconteras.

Ce n'était pas une question : Caroline confiait toutes ses joies et ses peines à sa sœur.

— Fais attention sur la route en rentrant, recommanda-t-elle.

Le vent avait forci durant le déjeuner, le ciel était couleur de plomb et le tonnerre roulait au loin.

— L'orage tourne, mais quand il va éclater…

— Sois prudente aussi ! lui lança Caroline.

Les changements de temps brutaux pouvaient annoncer de violents orages sur la montagne du Luberon, et Caroline se dépêcha de rentrer chez elle, abandonnant toute idée de s'attarder dans les rues d'Aix. Une bonne initiative car, alors qu'elle arrivait devant sa maison, un déluge de pluie s'abattit sur sa voiture. Elle hésitait à sortir quand elle aperçut Éliette qui accourait vers elle avec un parapluie que des bourrasques menaçaient de retourner. Elles se réfugièrent à l'intérieur en quelques enjambées, claquèrent la porte et se mirent à rire.

— Sauvées ! s'exclama joyeusement Éliette. Mais les éléments sont en train de se déchaîner.

Il faisait très sombre, comme si la nuit allait tomber, et Caroline alluma plusieurs lampes.

— Heureusement, mon confrère ne vient que demain. Quel vilain temps ce serait pour visiter les environs…

— Le maire est passé en ton absence, pour te confier les clés du logement qu'il mettra à la disposition de ton associé. Poussée par la curiosité, je dois t'avouer que je suis allée le visiter.

— Et alors ?

— Pas mal du tout. Refait à neuf, tout propre.

— Grand ?

— Séjour avec cuisine ouverte, deux belles chambres, une salle de bains, un garage au sous-sol.

— Et un jardin ?

— Petit, mais bien clos. Tu n'auras pas honte de lui montrer l'endroit.

— Je croise les doigts pour qu'il soit conquis !

La pluie continuait de tambouriner sur le toit et giflait les fenêtres.

— Tu vas toujours chez les Lacombe ce soir ? s'enquit Éliette.

Son air dubitatif intrigua Caroline.

— Est-ce que ça t'ennuie ?

— Oh non, ma belle ! Tu fais ce que tu veux, bien entendu. Mais Louis Lacombe est parti s'installer à Paris, puis il est revenu…

— Comment le sais-tu ?

— Tout se sait, voyons ! Et je me demande s'il ne finira pas par repartir. La vie n'a rien de trépidant, ici, il pourrait rapidement s'ennuyer.

— Et alors ?

— Eh bien, si tu… Enfin, si tu entames une histoire, je n'aimerais pas que tu sois déçue.

— Tu vas trop vite en besogne, Éliette ! On peut avoir un petit coup de cœur et ne pas s'investir pour autant. Je ne crois plus aux contes de fées, Erwan m'en a guérie.

Elle ne cherchait pas à rassurer Éliette, elle était sincère, et Louis n'était pas, pour l'instant, au centre de ses pensées. Elle le trouvait séduisant, plutôt brillant, habile au lit, et bien élevé. Que demander de plus à un homme ? Cependant, elle ne sentait pas son cœur battre à l'idée de le rejoindre pour la soirée. Elle était presque plus impatiente de rencontrer son futur confrère et de le convaincre d'accepter son offre d'association.

— Je monte prendre un bain et me changer, décida-t-elle.

Mais au même instant un violent coup de tonnerre fit vibrer les murs de la maison, immédiatement suivi d'une coupure d'électricité. Après une seconde de sidération, Caroline s'exclama :

— Je prends des bougies, reste là !

À tâtons, elle trouva la console sur laquelle était posé un superbe chandelier en argent, cadeau de mariage de ses parents conservé après le divorce. Elle chercha la boîte d'allumettes de secours qui se trouvait juste à côté et alluma les bougies.

— Nous sommes en bout de ligne, rappela-t-elle, ça risque de durer un moment…

Pour parer à l'éventualité des coupures, trois lampes à pétrole étaient rangées dans un placard de la cuisine. Éliette alla les chercher, en disposa deux dans la pièce et tendit la troisième à Caroline.

— Monte ça dans la salle de bains, tu pourras te préparer.

— Et l'eau chaude ?

— Le ballon est plein, autant t'en servir avant qu'il ne refroidisse.

— Mais toi ?

— J'ai pris ma douche ce matin.

— Dans ce cas…

Caroline gagna la salle de bains où elle installa la lampe en sécurité sur une large tablette. Pendant que la baignoire se remplissait, elle envoya un SMS à Diane qui lui répondit aussitôt que chez elle l'électricité fonctionnait. Sa maison était moins isolée que celle de sa sœur et ne subissait pas les mêmes coupures de courant.

— Autant prendre les choses du bon côté, marmonna Caroline en se déshabillant.

Elle ajouta une crème moussante parfumée dans l'eau et s'y glissa avec un frisson de plaisir. Prendre un bain au lieu d'une douche était l'un de ses petits bonheurs du week-end, elle comptait s'y prélasser un moment. L'orage semblait s'éloigner, le tonnerre grondait plus loin, mais la pluie continuait de fouetter les carreaux et, à intervalles réguliers, des éclairs embrasaient le ciel toujours sombre. Caroline songea à sa fille, mais si le même temps sévissait à Aix, Manon l'avait forcément mise à l'abri dans un magasin quelconque.

Après s'être accordé dix minutes de paresse, Caroline se lava les cheveux puis quitta la baignoire. Tout en se préparant, elle se demanda si la route qui menait à la bastide des Lacombe n'était pas inondée. Leur propriété était loin de tout, et certains désagréments qui allaient des coupures de courant aux ruptures de connexion Internet étaient le prix à payer pour vivre dans un bel endroit isolé, en pleine nature. Pour Paul, qui passait surtout son temps dans ses vignes, ce n'était pas grave, mais comment Louis gérait-il ces interruptions dans son travail ? Éliette avait-elle raison de croire qu'il finirait par se lasser ? S'il décidait un jour de repartir vers un horizon plus citadin et mieux adapté à son métier, tomber amoureuse de lui risquait de lui valoir une déception. Et d'ailleurs, avait-elle envie de tomber amoureuse ? Sa vie était déjà si pleine ! Quant au long chemin pour arriver à bien connaître l'autre… Elle s'était trompée sur Erwan, elle ne l'avait cru ni égoïste ni timoré, alors qu'il rêvait d'une petite existence sage, arrangée à son idée. Il l'avait aimée, elle n'en doutait pas, pourtant il avait été incapable de faire des concessions. Leur divorce, douloureux, était un souvenir assez vif pour l'avoir rendue prudente, voire méfiante.

— Tu es prête ? lança Éliette depuis le couloir. J'ai appelé EDF, ce sera réparé dans la soirée.

Caroline pouvait donc partir tranquille et, si elle arrivait sans encombre chez les Lacombe, y passer la nuit.

Elle sortit, emportant sa lampe à pétrole, et fila dans sa chambre pour s'habiller. Gaëlle adorait les pannes d'électricité, qui lui permettaient de jouer à se faire peur avant d'aller se réfugier dans le lit de sa mère. Souriant à cette évocation, Caroline jeta un coup d'œil au-dehors. La pluie tombait moins dru mais régulièrement et ne s'arrêterait sans doute pas de sitôt. Un bon pull chaud semblait nécessaire, avec un jean en velours et des boots. Des vêtements confortables qui manquaient un peu de féminité et qu'elle décida d'adoucir avec un sautoir, des boucles d'oreilles, un jeu de bracelets. De toute façon, elle n'avait qu'une seule robe et deux jupes d'été dans sa penderie. Durant ses longues journées de travail, elle tenait à être à l'aise, et pour une soirée pluvieuse comme celle-ci aussi.

*

Louis pestait depuis plus d'une heure, et il tournait comme un lion en cage en attendant que le courant revienne. Interrompu en plein travail, il n'était pas inquiet pour ses documents, mis à l'abri des incidents par un onduleur qui sauvegardait les fichiers et fermait le programme en cours, mais il était sur le point d'apporter une modification importante à son logiciel lorsqu'il s'était retrouvé devant un écran noir. Le temps d'aller chercher des bougies, il s'était répété dans sa tête tout ce qu'il comptait faire dès que son PC redeviendrait opérationnel, puis il avait pris une série de notes manuscrites. Ensuite, il s'était mis à aller et venir, se demandant si son frère, toujours dehors, était allé s'abriter dans le chai. Finalement, il s'était planté devant une fenêtre et avait profité du spectacle qu'offraient les éléments déchaînés. À Paris, il avait oublié à quel point un orage pouvait être spectaculaire dans ce coin de Provence, et des souvenirs de son enfance lui étaient soudain revenus. Avec Paul, ils grimpaient au grenier, ouvraient l'œil-de-bœuf pour mieux voir l'eau ruisseler en larges rigoles et les branches d'arbres plier sous les bourrasques. Après chaque éclair, ils comptaient les secondes en se tenant par la main jusqu'à ce qu'un grondement de tonnerre ébranlant les murs les fasse hurler d'excitation.

Au bout d'un moment, tandis que le déluge perdait de son intensité, Louis finit par réaliser que Caroline avait peut-être du mal à passer sur la route forcément inondée. Inquiet à l'idée qu'elle se décommande, il jeta un coup d'œil à son portable, mais il n'avait aucun message. Donc, elle allait venir, de toute façon ce n'était pas le genre de femme à reculer devant les difficultés, sinon elle aurait choisi un autre métier. Après ses longues études, elle avait pratiqué la médecine d'urgence à l'hôpital, où elle avait dû en voir de toutes les couleurs, et en décidant finalement de s'installer dans un village, elle avait montré qu'elle ne manquait pas de cran. Et puis, elle était tellement craquante… Impressionnante, aussi, et c'était bien la première fois que Louis se sentait bluffé par une femme.

Soulagé d'apercevoir enfin les phares d'une voiture, il abandonna son poste d'observation pour se précipiter dans l'entrée, un chandelier à la main. Le temps de chercher un parapluie, Caroline frappait déjà.

— Quelle galère ! s'exclama-t-elle avec un sourire irrésistible.

Elle repoussa la capuche de son ciré pour l'embrasser, se mettant sur la pointe des pieds. Au même instant, la lumière revint, ce qui les fit rire.

— Tu es magique, ma belle ! D'autant plus que, sans électricité, mon dîner était compromis.

La porte s'ouvrit de nouveau : c'était Paul, trempé des pieds à la tête.

— Tu étais dehors tout ce temps-là ? s'étonna son frère.

— Beaucoup, oui, car j'ai dû revenir du coteau le plus éloigné, et un peu dans le chai où j'avais un truc à voir… Bonsoir, Caroline.

Parcouru d'un frisson, il enleva son blouson mouillé, retira ses bottes pleines de boue.

— Tu devrais aller prendre une douche chaude, suggéra Caroline.

Il acquiesça d'un signe de tête avant de filer vers l'escalier. Louis attendit qu'il ait disparu pour murmurer :

— Il est cinglé, il finira par dormir dans ses vignes.

La prenant par le bras, il la conduisit jusqu'à l'imposante cuisine dont elle se souvenait.

— Assieds-toi là, tu seras bien. Je te sers un petit verre de rosé et je t'abandonne cinq minutes, le temps de vérifier la remise en route de mon ordinateur.

Caroline prit place au milieu des coussins moelleux du canapé d'angle. Derrière elle, des étagères de chêne blond croulaient sous les livres. Lequel des deux frères était un si grand lecteur ? Elle prit une gorgée du vin que Louis lui avait servi, qu'elle trouva délicieux, puis elle posa son verre sur un accoudoir. Autour d'elle, la pièce lui parut encore plus étonnante que lors de sa première visite. Quelle était l'histoire de cette salle unique où on aurait pu dîner à vingt en faisant rôtir un cochon de lait dans la cheminée ? Était-ce la disposition initiale de la bastide ? Celle-ci, à côté de sa petite maison douillette, semblait faite pour Gargantua.

— Louis t'a laissée seule ? Quel goujat…

Vêtu d'un gros pull irlandais et d'un jean délavé, Paul lui adressa un clin d'œil avant d'aller se verser un verre.

— Il contrôle son ordinateur, expliqua-t-elle.

— C'est son outil de travail, il y tient. Mais je ne sais pas comment il fait pour rester enfermé toute la journée devant une machine. Enfin, chacun sa vie, tu travailles dans l'humain, moi dans le végétal, et Louis dans le virtuel !

Caroline réprima un sourire, amusée par la légèreté du ton de Paul. Les deux frères semblaient beaucoup s'aimer et très bien s'entendre.

— Qui a eu l'idée de faire de cette cuisine tout un appartement ? demanda-t-elle avec curiosité.

— Notre père. Au décès de ma mère, il a abattu la cloison qui séparait la salle à manger de la cuisine, pourtant déjà très vaste. Grâce à cet agencement, il nous surveillait plus facilement. On faisait nos devoirs et on mangeait ici, on pouvait aussi bouquiner ou même s'endormir.

— Pas de télé ?

— Si, si. Dans le salon, qui est glacial l'hiver. Nous y avions droit le samedi soir, alors on superposait les pulls !

— Il vous a élevés seuls ? Personne ne l'aidait ?

— Uniquement une femme de ménage, qui partait en fin d'après-midi et qu'on aimait beaucoup, même si on la faisait parfois tourner en bourrique.

— Votre père a eu du courage.

— Il était très volontaire. Et il l'est toujours.

— Une femme ne lui manquait pas ?

— Je pense qu'il les trouvait ailleurs, pour de brefs moments. Mais aucune n'a mis les pieds ici, sans doute pour nous préserver d'une belle-mère.

— Et vous vous entendiez bien avec lui ?

— Pas si mal… En ce qui me concerne, j'ai passé de bons moments à le suivre et à l'écouter.

— Louis ne venait pas avec vous ?

— Rarement. Il est vite devenu évident que ça ne l'intéressait pas. Mais papa n'en prenait pas ombrage, il devait estimer qu'un seul successeur serait préférable. On ne peut pas diriger une exploitation à deux sans finir par s'affronter. Louis paraissait doué pour autre chose, papa l'a laissé tranquille quand il a choisi une école d'ingénieurs avec prépa intégrée.

— En quoi consiste son métier ?

— Il te répondrait mieux que moi. Pour ce que j'ai compris, il s'agit de la conception, du développement et de la maintenance des applications informatiques.

— Ah… Il peut gérer ça ici ?

— Comme il s'est fait un nom dans son milieu, il a des clients. Mais si ça te passionne, interroge-le directement.

Décelant une pointe d'agacement chez Paul, Caroline pensa qu'il fallait changer de sujet, mais elle n'en eut pas le temps.

— Pourquoi ne pas parler un peu de toi ? suggéra-t-il. Je sais que les hommes ont la réputation d'être égocentriques, néanmoins j'aimerais bien en apprendre davantage sur ton parcours.

— Classique, banal. Ma famille est sans mystère. Du moins, je le crois ! Et mes études ont été assez faciles, j'étais très studieuse, très désireuse d'arriver au but le plus vite possible. Mais l'hôpital m'a déçue, il peut se montrer inhumain faute de moyens.

— Tu ne te sens pas trop seule, pas trop débordée ?

— C'est parfois compliqué, admit-elle.

Louis les rejoignit enfin, s'excusa de les avoir laissés seuls et s'empressa de leur resservir du vin.

— Ta bécane a redémarré ? voulut savoir Paul.

— Sans problème. J'avais juste un petit truc à finir.

S'adressant à Caroline, Paul précisa :

— Un « petit truc » peut lui prendre des heures ou même des jours. Tu as de la chance ! J'en ai aussi, d'ailleurs, puisque ce soir je vais goûter la cuisine de mon frère… Il t'a dit qu'il m'avait invité ?

— Non, mais j'en suis ravie.

— Rassure-toi, je ne troublerai pas longtemps votre tête-à-tête, je suis crevé.

Sa façon de s'exprimer semblait un peu artificielle, et Caroline le scruta quelques instants. Au lieu de soutenir son regard, il se détourna, comme s'il était mal à l'aise. Elle reporta son attention sur Louis qui venait de glisser un plat au four. Les deux frères étaient des hommes séduisants, avec les mêmes yeux gris et les mêmes cheveux blond cendré, que Paul portait trop longs. Un peu plus grand que Louis, il avait des traits plus marqués et la peau plus mate, sans doute parce qu'il vivait dehors à longueur de saison. Il était aussi plus sauvage et moins sociable que son frère, n'ayant quasiment jamais quitté la propriété. Cependant, il avait forcément eu l'occasion de rencontrer des femmes, alors pourquoi était-il seul ? Pour Louis, c'était plus facile à comprendre, avec son mariage vite suivi d'un divorce. Au moins, il avait essayé…

— On va pouvoir attaquer ma salade de homard ! décréta Louis en leur faisant signe de venir à table. Caroline, tu présides entre nous deux.

— C'est un honneur, plaisanta-t-elle. Tu as vraiment cuit un homard, tu l'as coupé en deux, tu as décortiqué les pinces ?

— J'en serais tout à fait incapable, je l'avoue. Paul sait faire ça, moi pas. Mais mon traiteur est fiable, ce sera bon.

En effet, c'était délicieux, avec des fruits exotiques et une sauce au citron vert. Louis, très en verve, menait gaiement la conversation, tandis que Paul restait taciturne.

— Et maintenant, annonça Louis, des rougets aux petits légumes, accompagnés d'un risotto.

— J'adore ça, décréta Caroline.

Pourtant, comme prévu, les poissons, très délicats, étaient desséchés.

— Moins fort, le four, marmonna Paul en repoussant son assiette.

Navrée pour Louis qui s'était donné tant de mal, Caroline vint à son secours.

— Tu ne fais jamais d'erreur de cuisson, Paul ? Moi, ça m'arrive tout le temps, je suis nulle aux fourneaux. Heureusement, j'ai Éliette.

— Qui est-ce ?

— Une dame d'un certain âge, qui vit avec moi pour s'occuper de ma fille quand je ne suis pas là, ce qui arrive trop souvent. Elle fait très bien la cuisine, et quand je m'y risque, elle ne me fait jamais aucun reproche.

Louis se pencha vers elle et l'embrassa. Paul en profita pour se lever.

— Vous m'excuserez, mais je suis vraiment fatigué…

Il leur adressa un sourire forcé avant de s'éclipser.

— Je l'ai vexé ? s'inquiéta Caroline.

— Non, tu n'as rien dit de désagréable. Il est parfois un peu ombrageux.

— Mais j'aurais dû le féliciter pour son vin, qui est vraiment bon !

— Tu trouves ?

— Sincèrement, oui.

Constatant que Caroline avait fini son assiette, il se mit à rire.

— Tu n'étais pas obligée !

— J'avais faim.

— Pour un petit dessert aussi ? J'ai trouvé des fruits confits dans une épicerie fine d'Aix où tu achèterais tout. Et devine comment elle s'appelle ?

— Tu es allé chez papa ?

— J'étais curieux, je l'avoue. En cherchant de bons produits, quand j'ai vu le nom de Serval je n'ai pas pu résister. Mais ton père n'était pas là, j'ai eu affaire à une charmante vendeuse. Ta sœur et toi avez grandi dans une véritable caverne d'Ali Baba pour enfants ! Ta vocation pour la médecine t'est venue après une crise de foie ?

— « Crise de foie », ça n'existe pas, on parle plutôt d'« indigestion ».

— Merci, docteur.

Il débarrassa les assiettes, enleva le couvert de Paul.

— Je suis désolée qu'il soit parti comme ça, soupira Caroline.

— Tu le lui diras toi-même demain, si tu passes le week-end avec nous.

— Impossible, je reçois un confrère qui vient de loin.

— L'associé dont tu rêves ? Je croise les doigts pour qu'il ne soit pas trop charmant !

— On va bien voir…

Elle espérait beaucoup de cette rencontre, et y penser la rendit distraite. Louis se penchait de nouveau vers elle pour l'embrasser, de manière plus appuyée cette fois, et elle s'aperçut qu'elle n'avait pas une folle envie de passer la nuit avec lui. Mais comment le lui dire ? En ayant accepté ce second rendez-vous, elle savait pourtant à quoi elle s'engageait.

— Je suis si content que tu sois là, murmura-t-il. J'ai beaucoup pensé à toi ces derniers jours, en attendant cette soirée.

— Moi aussi, répondit-elle machinalement.

Puis, se sentant obligée d'ajouter quelque chose :

— On est bien, chez toi. Enfin, chez vous deux.

— Et tu es bien avec moi ?

Il avait dû deviner sa réticence, ce qui lui offrait une chance de s'échapper, qu'elle saisit au vol.

— Écoute, je suis préoccupée par ce rendez-vous de demain, qui pourrait changer tant de choses pour moi. Est-ce que tu m'en voudras si je ne reste pas ?

La déception se lut aussitôt sur le visage de Louis.

— Tu veux partir ? demanda-t-il, déconfit.

— Ça n'a rien à voir avec toi, Louis.

Il hésita, fit un effort pour dissimuler sa contrariété.

— Si c'est ce que tu préfères…

Beau joueur, il alla chercher le ciré qu'elle avait laissé près du canapé et l'aida à l'enfiler.

— Tu vas me manquer, je me réjouissais de la nuit à venir, mais je comprends.

Caroline apprécia son attitude et se blottit une seconde dans ses bras.

— Nous aurons d'autres occasions, je te le promets, chuchota-t-elle.

Pourtant, elle n'en était pas certaine. Si Louis affirmait qu'il la comprenait, elle ne se comprenait pas elle-même et n'en revenait pas de fuir de cette façon.

La route était encore mouillée mais il ne pleuvait plus. Tout en conduisant, elle essaya d'analyser la situation. Louis était prévenant, gai, attirant, il avait voulu lui faire plaisir avec son repas gastronomique, pourtant elle l'avait planté là. Pourquoi ?

— Parce qu'il n'est pas question de se forcer…, dit-elle entre ses dents.

On ne s'obligeait pas à coucher avec un homme uniquement parce qu'il était aimable. Et au cours de la soirée, quelque chose l'avait mise mal à l'aise. Était-ce la présence de Paul, qui oscillait entre gentillesse et aigreur ?

Arrivée devant sa maison, elle constata que la fenêtre d'Éliette était obscure, et elle en fut soulagée. Elle n'aurait pas d'explications à donner, rien à raconter. Une fois dans sa cuisine, en mettant de l'eau à chauffer pour une infusion, elle eut soudain envie de rire. Cette pièce était ridiculement petite ! Mais aussi très chaleureuse, et surtout, elle était chez elle. Sa tasse fumante à la main, elle monta se coucher, de nouveau préoccupée par son rendez-vous du lendemain. Pour ça, au moins, elle n'avait pas menti à Louis.

*

Au même moment, Paul, incapable de trouver le sommeil, était descendu dans son bureau. Tout naturellement, lorsque son père avait quitté la maison, il s'y était installé pour reprendre les comptes de l'exploitation, sans rien changer au mobilier : un grand bureau de chêne patiné par trois générations et surmonté d'une lampe bouillotte, des dossiers de couleurs différentes rangés en ordre dans une bibliothèque, un lustre vieillot que Paul n'allumait jamais. En prenant possession des lieux, il s'était contenté d'apporter son ordinateur portable, comme si son père pouvait rentrer d'un jour à l'autre. Car contrairement à ce que Jean-François Lacombe semblait croire, Paul le respectait, à défaut de s'entendre avec lui. Et le changement d'orientation qu'il avait voulu pour leur vin ne constituait pas une manière de se révolter, mais une nécessité pour l'avenir.

Un peu plus tôt, à sa grande surprise, Paul avait entendu partir la voiture de Caroline. Pourquoi n'était-elle pas restée ? Résistant à la curiosité, il n'était pas allé voir Louis. Si celui-ci avait envie de parler, il saurait où le trouver. De toute cette grande maison, Paul n'habitait réellement que trois pièces, sa chambre, la cuisine et ce bureau. D'ailleurs, ni lui ni son frère ne s'intéressaient aux chambres d'amis, au grand salon, au petit boudoir où se tenait leur mère pour coudre, dont ils avaient si peu de souvenirs, et où trônait encore le piano. Parfois, il y entrait pour s'asseoir devant le clavier. Il passait sa manche sur les touches poussiéreuses avant de jouer, mais il s'arrêtait vite en constatant que ses mains, si habiles avec les grappes de raisin, étaient devenues maladroites pour interpréter les préludes de Chopin.

Caroline… Paul s'en voulait de penser à elle, et il se sentait horriblement coupable d'avoir pu se réjouir de son départ, tout à l'heure. *A priori*, Louis attendait beaucoup de cette soirée qui semblait s'être terminée en fiasco, il devait être déçu ou vexé.

Quoi qu'il en soit, et jusqu'à preuve du contraire, Caroline était la petite amie de son frère, donc elle était intouchable, sacrée. Il ouvrit un coffret de bois où son père rangeait à l'époque ses cigarillos. Il en restait une douzaine et il hésita à en prendre un. Combien de plaisirs Jean-François avait-il dû abandonner en vieillissant puis en devenant pensionnaire d'une maison de retraite ? Rabattant le couvercle, il considéra son propre paquet de cigarettes posé sur un coin du bureau. Il fumait peu, sauf quand il avait de gros soucis, et ce soir la tentation était forte. Il finit par en allumer une, tira deux ou trois bouffées avant de l'écraser. Le tabac ne l'empêcherait pas d'avoir l'image de Caroline au fond de la tête. Et le remède était sans doute de trouver à son tour une jeune femme à aimer. Ce ne serait pas Caroline mais une autre, tout aussi jolie, avec laquelle avoir enfin une relation sentimentale suivie, ce qu'il avait été incapable d'établir jusque-là. Il ne parvenait pas à s'attacher, toutes ses aventures tournaient court par sa faute.

Baissant les yeux sur le registre ouvert devant lui, il considéra les chiffres d'un œil critique. Une chute « vertigineuse » du nombre de bouteilles, avait prétendu son père. Certes, la production était en baisse, mais Paul s'y était préparé. Pour retrouver le caractère vivant du vin, avec l'expression naturelle du terroir, ses qualités et sa pureté, il avait fallu accepter de laisser la vigne donner ce qu'elle voulait, sans la forcer. Des vendanges manuelles, puis une vinification longue et calme, étaient nécessaires pour obtenir ce que la nature avait de meilleur. Pour Paul, il n'était pas envisageable de revenir en arrière, il ne changerait pas d'orientation, tant pis s'il connaissait quelques années difficiles financièrement.

Il ferma le registre, alla le ranger sur son étagère. Louis n'était pas venu le voir, donc il ne souhaitait pas discuter du départ inopiné de Caroline. À moins qu'il n'ait cru son frère endormi. Habitant chacun une aile de la maison, la plupart du temps ils ignoraient ce que faisait l'autre, et c'était très bien ainsi.

Espérant qu'il allait enfin pouvoir dormir sans que l'image de Caroline vienne s'imposer, il monta se coucher.

*

Lucas Tellier était arrivé à Aix-en-Provence à dix heures vingt, avait pris la voiture de location réservée et était parti tranquillement, curieux de tout ce qu'il voyait. Le GPS avait calculé le chemin le plus court vers le village de Caroline, pourtant il avait préféré emprunter les petites routes afin de profiter des paysages. Le soleil était au rendez-vous, mais un léger mistral courbait les coquelicots et les plants de lavande, faisait frissonner les buissons d'aubépines et de genêts. Il ralentissait pour observer les champs d'oliviers ou les petits bois de chênes verts, s'interrogeait sur l'utilité des nombreux murets de pierres sèches à flanc de collines. Plus il découvrait la beauté des sites et la richesse d'une végétation sauvage, plus il se sentait conquis. C'était exactement le décor qu'il avait imaginé, espéré.

La petite auberge où il avait fini par s'arrêter, dans un de ces villages perchés qu'il était curieux de visiter, lui avait permis de se restaurer après ce long périple. La veille, il était venu de Lille à Paris en train, avait mal dormi dans un hôtel très simple, puis il s'était levé à l'aube ce matin pour attraper le TGV qui partait à sept heures de la gare de Lyon. Se retrouver à l'autre bout de la France était assez exaltant, et si les choses se présentaient bien, peut-être s'y installerait-il. Tout dépendait de sa consœur, et de ce qu'elle allait lui proposer.

En début d'après-midi, il était arrivé devant la petite maison de Caroline. Lorsqu'il la vit sortir, dévaler son perron et venir vers lui en souriant, il fut surpris de découvrir une femme aussi jeune. Jeune, et plutôt jolie, en tout cas sympathique.

— Lucas Tellier ? Caroline Serval, je vous attendais ! Aimeriez-vous un petit café avant que je vous emmène au cabinet ? Avez-vous fait bon voyage ?

— Pas terrible en ce qui concerne les trains et leurs retards, mais formidable ce matin. Je me suis baladé en admirant tout ce que je voyais.

— La Provence au printemps est magique. Toute l'année, d'ailleurs !

Elle l'installa dehors et lui servit un café avec des nougats. Ils bavardèrent un moment à bâtons rompus, chacun désirant en apprendre davantage sur l'autre. Lucas se sentait étonnamment à l'aise, tout de suite mis en confiance par la personnalité charismatique de Caroline et par son entrain.

— Prenons ma voiture, finit-elle par suggérer. Je vais vous montrer mon installation ainsi que le logement dont je vous ai parlé au téléphone. Êtes-vous pressé de repartir ?

— Eh bien, ça dépendra…

— Je comprends. Si ça ne correspond pas à vos attentes, vous filerez ?

Sa gaieté, spontanée, était communicative. Ses patients devaient l'adorer, et travailler avec elle serait sans doute agréable.

— Mais c'est peut-être moi qui ne correspondrai pas à vos attentes, docteur Serval.

— Appelez-moi Caroline, je vous en prie. Je pourrais vous dire que toute aide, quelle qu'elle soit, sera bonne à prendre, mais il faut bien s'entendre pour exercer ensemble. Et surtout, avoir la même vision de notre métier.

— C'est-à-dire ?

— Être à l'écoute, ne pas bousculer les gens pour en finir plus vite. Ce qu'ils ne disent pas est parfois aussi important que ce qu'ils veulent bien confier. Pour certains d'entre eux, la visite chez le médecin est un événement, pour d'autres une corvée. En ce qui me concerne, je ne lésine pas sur les demandes d'examens, mais je tiens compte de l'éloignement des laboratoires ou des centres de radiologie. Se déplacer n'est pas toujours évident. Inutile de vous dire qu'aucun bus ne passe dans le coin !

Elle riait, comme si elle prenait les choses à la légère, mais il devina qu'il n'en était rien. Alors qu'ils entraient dans le village où se trouvait le cabinet médical, elle lui désigna les rares commerces.

— Une boulangerie, qui fait du très bon pain et des sandwiches à l'heure du déjeuner, une boucherie, un bar-tabac. Ce n'est pas si mal ! Il y a aussi une école primaire, à côté de la mairie que voilà. Nous sommes arrivés.

Diane avait laissé son bureau parfaitement en ordre, et c'était la première chose qu'on voyait en entrant.

— La secrétaire travaille ici… À propos, il s'agit de ma sœur. Elle a un contrat de travail, évidemment, et elle s'occupe aussi bien de recevoir les patients, de répondre au téléphone qui sonne sans cesse que de gérer la paperasserie administrative. Elle est indispensable. Si vous êtes partant, nous nous la partagerons.

Elle lui fit visiter son cabinet, puis la salle d'attente.

— Derrière la porte du fond, condamnée pour l'instant, se trouve une autre pièce où vous pourriez vous installer. Comme vous le voyez, les locaux se prêtent bien à une association.

Constatant qu'il restait silencieux, elle se sentit vaguement inquiète.

— Qu'en pensez-vous ? finit-elle par demander. Soyez franc, n'hésitez pas.

— Ces locaux me semblent bien adaptés pour deux praticiens.

— Parfait. Maintenant, je vous montre ceci.

Elle désigna l'agenda, sur le bureau de Diane, ouvert à la page de la semaine suivante. Chaque jour, les rendez-vous se succédaient sans interruption du matin au soir.

— Là où vous voyez des blancs, il s'agit des plages horaires de consultation libre. Mais ce n'est pas une très bonne option, les gens sont trop nombreux et certains doivent attendre dehors.

Elle feuilleta les pages précédentes, entièrement noircies elles aussi.

— Ma sœur note tout à la main, ça va plus vite, avant de transférer les données sur ordinateur. À la fin de l'année, nous payons un comptable pour les déclarations fiscales.

— Comment avez-vous tenu le coup jusque-là ? Tout ce travail…

— Je n'ai pas le choix. Il y a des malades, il faut les soigner. En contrepartie, je gagne bien ma vie.

— Mais vous n'en profitez pas.

— C'est ça…

Lucas regarda de nouveau autour de lui, repartit visiter la pièce qui pourrait devenir son cabinet, puis il revint vers elle.

— On va voir le reste ?

— La maison ? Oui, je vous y emmène. Ce n'est pas loin, allons-y à pied.

Tandis qu'ils remontaient la rue principale, elle lui posa quelques questions sur son expérience. Après avoir travaillé un certain temps en milieu hospitalier, il avait intégré un cabinet de groupe, à la périphérie de Lille, où il était resté cinq ans.

— Des quartiers difficiles où sévit la racaille, une circulation catastrophique, des ordures qui traînent, du bruit, du béton, quasiment pas d'espaces verts… Lille n'est pas pire que n'importe quelle métropole, mais je n'en pouvais plus, je rêvais d'autre chose.

Levant la tête, il désigna le ciel.

— Et cette lumière, ici…

— Nous avons aussi des hivers rigoureux et des orages d'été ! répliqua-t-elle en riant.

Ils visitèrent la maison puis reprirent la voiture de Caroline pour rentrer chez elle. Ils s'installèrent de nouveau dehors, sur les chaises de jardin.

— On fait le point ? proposa-t-elle.

Après quelques instants de silence, il se lança :

— Ce que j'ai vu me plaît. Je vais y réfléchir, bien sûr, mais je crois être prêt à faire le grand saut. À condition de vous convenir, parce que dans le cas d'une éventuelle association, votre avis compte autant que le mien.

— J'ai de toute façon désespérément besoin d'un confrère. Et j'aurais pu tomber plus mal !

Elle éclata de rire puis se leva.

— Si vous avez un train à prendre, on peut en rester là pour aujourd'hui. Pensez-y de votre côté et donnez-moi des nouvelles quand vous aurez pris une décision.

— Je pense qu'elle est déjà prise, mais je vous appelle en milieu de semaine, d'accord ?

— C'est parfait.

Elle le regarda monter dans sa voiture de location, manœuvrer et s'éloigner. Trois secondes après, elle se lança dans une petite danse de joie.

— Youpiii ! Ça va marcher, ça va marcher !

Éliette, qui ne s'était pas montrée jusque-là, sortit sur le perron et se mit à applaudir.

— Alors ? Tu es sauvée ?

— Quasiment.

— J'ai risqué un petit coup d'œil par la fenêtre et je lui ai trouvé une bonne tête.

— Sa tête, on s'en fiche.

— Non, non… Il n'est pas mal du tout. Quel âge a-t-il ?

— Quarante-trois ans.
— Marié ? Des enfants ?
— Pacsé, sans enfants.
— Sa compagne viendrait avec lui ?
— Je suppose, mais nous n'en avons pas parlé.

La curiosité d'Éliette l'amusait, et elle s'aperçut qu'elle n'était pas sortie du terrain professionnel avec son confrère. Évidemment, c'était le plus important, la vie privée de Lucas Tellier restait secondaire. Il lui avait proposé d'appeler les médecins du cabinet de groupe avec lesquels il avait travaillé, bref il s'était montré prêt à fournir tous les renseignements voulus quant à sa manière d'exercer, mais il n'avait rien livré de lui-même.

— En attendant d'avoir de ses nouvelles, je croise les doigts.

Une des nombreuses petites superstitions familiales. Manon ne passait jamais sous une échelle, redoutait de rencontrer des chats noirs, ou priait saint Antoine pour retrouver un objet perdu. Quant à Théo, il avait un saint Christophe dans sa voiture, ne renversait jamais de sel sans en jeter une pincée par-dessus son épaule gauche, et n'écrasait pas les araignées. Enfants, Caroline et Diane s'en amusaient, mais plus tard elles avaient adopté ces façons de conjurer le mauvais sort.

— Un petit apéritif ? proposa Éliette. Il fait bon, on peut rester dehors.

Lorsqu'elle revint avec un bol d'olives, deux verres et une bouteille de rosé bien frais, Caroline eut soudain une pensée pour Louis, qu'elle avait complètement oublié.

— Hier soir, j'ai goûté leur vin chez les Lacombe. Il est très agréable !

— Mais tu es rentrée après le dîner, je t'ai entendue. Tu ne voulais pas… t'attarder là-bas ?

Caroline hésita avant de répondre, alors Éliette lui tapota gentiment la main.

— On ne sait pas toujours ce qu'on veut, hein ?

— Non, pas toujours… Et si ce n'est pas une évidence, on devrait passer à autre chose. As-tu connu ça, toi ?

— Comme tout le monde.

Vingt ans plus tôt, Éliette s'était retrouvée veuve, et elle parlait encore avec tendresse de celui qui avait été son mari.

— Quand j'étais jeune, j'ai connu deux ou trois flirts, rien de convaincant. Mais quand j'ai rencontré Marcel, j'ai su que c'était le bon.

Caroline resta songeuse un moment. Louis n'était sûrement pas « le bon ». Pourtant, elle devinait qu'elle retournerait à la bastide. Une contradiction sur laquelle elle allait devoir réfléchir.

Le crépuscule, magnifique, nimbait la colline d'une lumière flamboyante. Les deux femmes, méditant les paroles qu'elles venaient d'échanger, trinquèrent en silence.

4

Nerveux, Louis faillit lancer la souris de son ordinateur à travers la pièce. Il ne parvenait pas à se concentrer sur son travail, et la matinée touchait à sa fin. Trois heures perdues à rêvasser, à supputer, à échafauder des hypothèses. Pourquoi n'avait-il aucune nouvelle de Caroline malgré les deux SMS qu'il lui avait envoyés ? Il aurait aimé savoir si elle était satisfaite de sa rencontre avec son confrère, si elle avait une soirée à lui accorder, et surtout, ce qu'il s'était bien gardé de demander, si elle pensait parfois à lui. Qu'est-ce qui s'était détraqué dans leur relation naissante ? Il se repassait en boucle le film de leur dernier dîner et ne comprenait toujours pas pourquoi elle était partie. Il avait fini par se confier à Paul, qui n'avait pas d'idée sur la question. Alors, à tout hasard, il avait appelé Interflora pour lui envoyer des roses rouges. Une attention un peu mièvre, peut-être, mais quelle femme n'appréciait pas les roses ?

Comprenant qu'il valait mieux abandonner son dossier en cours plutôt que de s'acharner, il gagna la cuisine. Malheureusement, elle était déserte : son frère devait encore arpenter ses vignes et rien ne mijotait sur les fourneaux. De quoi regretter tous les sushis et toutes les pizzas qu'il avait pu se faire livrer à Paris. Ici, ces facilités n'existaient pas. Morose, il entreprit de se confectionner un sandwich avec du jambon cru, de la tapenade et quelques rondelles de tomate. Il posa son téléphone à côté de lui sur la table et prit le temps de réfléchir. Plutôt sentimental, il s'emballait vite avec les femmes, contrairement à Paul qui ne parvenait pas à s'attacher, mais ce qu'il éprouvait pour Caroline était différent. Il voyait en elle la possibilité d'un grand amour durable, constructif. S'y était-il mal pris ? Attendait-elle autre chose d'un homme ? Il se sentait prêt à lui offrir tout ce qu'elle voudrait... à condition qu'elle veuille quoi que ce soit de lui.

— Oh, le joli déjeuner ! s'exclama Paul en entrant.

— Protéines, sucres lents, vitamines... Que prévois-tu pour toi ?

— Un haddock avec du riz sauvage de Camargue. N'étant pas assis toute la journée, j'ai besoin d'un vrai repas. Ou plutôt, j'en ai envie.

— Faire la cuisine t'amuse, hein ?

— Disons que ça me distrait.

— Bon, quand tu fais les courses, pense à moi, je te paierai ma part rubis sur l'ongle.

— Et le salaire du cuistot, je l'ajoute à ta note ?

Paul riait, et il sortit du réfrigérateur une assiette pleine de lait, où son haddock dessalait depuis la veille.

— Je compte le dorer à la poêle dans de l'huile d'olive.

— Ah, non ! Si tu fais ça, j'en veux. Allez, juste un peu...

— Bon, d'accord, je vais partager. À condition que tu me cites l'autre nom du haddock.

— Églefin.

— Bravo, tu m'épates ! Et qu'est-ce qui lui donne sa couleur orange ?

— Joker.

— Le rocou, un colorant végétal. Ça vaut aussi pour la mimolette ou le cheddar.

Il sortit une poêle, se retourna et scruta Louis quelques instants.

— Tu faisais une drôle de tête quand je suis entré. Tout va bien ?

— Caroline ne répond pas à mes SMS.

— Ah… Eh bien, appelle-la.

— Pas pendant ses consultations. Et comme elles durent toute la journée, je suis obligé d'attendre ce soir. D'ici là, impossible de me concentrer.

— Alors, va donc te promener au lieu de rester enfermé.

Paul était déjà bronzé, ce qui faisait ressortir ses yeux gris mais aussi quelques rides d'expression.

— Tu as raison, ça donne bonne mine. J'irai prendre l'air… après le haddock.

Son téléphone se mit à vibrer et il s'en saisit pour voir s'afficher un bref message : *Je peux venir déjeuner samedi. J'apporterai le dessert.*

— Un peu laconique…, soupira-t-il.

Néanmoins, il était très soulagé que Caroline ait enfin répondu. Il se leva pour montrer l'écran à Paul qui se contenta de marmonner :

— Très bien. J'irai ailleurs pour vous laisser le champ libre.

— Tu es chez toi, voyons ! Je lui avais proposé un restaurant, nous n'aurons qu'à y aller.

— Et le dessert ? ironisa Paul.

Voyant la mine déconfite de Louis, il ajouta, plus gentiment :

— J'ai une réunion de viticulteurs samedi matin, et ça s'éternise toujours. À propos, pourquoi propose-t-elle un déjeuner au lieu d'un dîner ? Ce serait plus romantique !

— Il me semble qu'elle doit aller chercher sa fille à Aix en fin de journée. Elle n'est pas très libre…

— Elle pourrait t'inviter chez elle.

— Nous n'en sommes pas là, mais je ne désespère pas d'y arriver. Et tu sais quoi ? Je viens de lui envoyer des roses !

— Bravo.

Paul n'était pas certain qu'un bouquet de roses soit le genre d'attention que Caroline apprécierait, mais après tout il la connaissait peu, même s'il pensait à elle beaucoup trop souvent. Il se le reprocha une fois de plus, surtout en voyant l'air réjoui de son frère. Par bonheur, il devait vraiment assister à cette réunion et il serait loin de la maison.

Le poisson était prêt, le riz aussi, et Paul dressa deux belles assiettes en espérant que Louis voudrait bien parler d'autre chose que de Caroline.

*

Jean-François ôta ses lunettes et posa le journal. L'article qu'il venait de lire le laissait songeur. Bien sûr, il savait que la valeur des vignobles de Provence était en nette progression depuis quelques années, mais pour certaines grandes propriétés de renom, ces prix élevés posaient des problèmes lors des successions.

— Nous n'en sommes pas là ! maugréa-t-il.

Malgré tout, et même si Jean-François rechignait à le reconnaître, Paul était en train de valoriser le domaine Lacombe. Certes, il produisait moins, cependant il vendait plus cher, les vins nature étant de plus en plus recherchés. Et le sien, honnêtement, n'était pas mal du tout. Alors s'il persévérait dans cette dynamique ascendante, un jour…

— Après ma mort, ils vont se retrouver tous les deux avec d'énormes droits à payer. Paul voudra continuer l'exploitation sans avoir de quoi racheter sa part à son frère, tout ça à condition que le fisc ne les ait pas tondus avant.

Comment résoudre ce casse-tête ? En faisant venir son notaire ? Celui-ci proposerait peut-être des options qui, sans régler entièrement le problème, au moins le simplifieraient, voire l'allégeraient. Jean-François n'étant pas stupide, il imaginait sans peine qu'il serait question de donations. Limitées à ses deux fils puisque aucun d'eux n'avait d'enfants. Et sans avantager Paul, même si c'était lui le viticulteur. Mais la perspective de *donner* sa propriété, fût-ce à ses enfants, le révulsait. Et l'absurdité d'avoir à payer très cher la réussite due au travail l'exaspérait.

Balayant le journal d'un geste rageur, il continua à ruminer ses sombres pensées. Qui aurait cru que le rosé, ce vin autrefois ordinaire, connaîtrait un tel essor ? Encore un peu et il gagnerait ses lettres de noblesse !

Ce que Paul avait compris tandis que Jean-François ne voyait rien, confiant dans ses habitudes, ses certitudes.

Paul… Un gamin si mignon qui, alors qu'il n'avait pas dix ans, posait déjà tant de questions… Jean-François avait apprécié ce rôle de professeur, croyant être un modèle que son fils suivrait les yeux fermés, comme lui-même avait suivi son père. Mais les temps changeaient, et ils changeaient trop vite.

Se souvenir du petit garçon, de son beau regard gris clair émerveillé, était assez émouvant pour que Jean-François ait soudain la gorge serrée. Si Louis ne lui avait pas donné de telles satisfactions, à l'époque, en revanche il ne l'avait jamais trahi. Aujourd'hui, Paul était devenu un ennemi, et ce revirement à peine croyable était dur à accepter.

Il tendit la main pour attraper son téléphone, puis dut remettre ses lunettes pour consulter la liste de ses contacts. Résolument, il sélectionna le numéro de son notaire.

*

Après avoir terminé l'examen de sa patiente, Caroline en avait tiré la conclusion qui s'imposait. Le plus difficile, à présent, allait être d'inciter cette femme à parler.

— Madame Barrès, commença-t-elle lentement, ce que je viens de voir ne me plaît pas du tout.

Face à elle, sa patiente avait le regard fuyant.

— Je suis tombée dans l'escalier, tenta-t-elle d'une voix sourde.

— Vraiment ?

N'obtenant pas de réponse, Caroline enchaîna :

— Comme vous le savez, je suis tenue au secret professionnel et ce que vous me direz ne sortira pas de ces quatre murs. Les traces que vous portez sur le visage et autour du cou n'ont pas été faites par des marches, n'est-ce pas ?

— Eh bien…

Incapable de trouver une explication, la femme se tut, et il y eut quelques instants d'un silence contraint.

— La violence n'est pas acceptable, reprit Caroline. Si vous la tolérez, vous entrez dans une spirale infernale qui n'aura pas de fin, ou alors une issue dramatique. Je suppose que vous regardez la télé, que vous écoutez la radio ? Il est beaucoup question de tout ça en ce moment, la parole se libère et c'est une bonne chose. Il ne faut pas garder son malheur pour soi et se renfermer.

Relevant la tête, Josiane Barrès se décida à regarder Caroline.

— Il m'a promis de ne pas recommencer. Il s'est même excusé.

— Comme chaque fois, je suppose ?

Nouveau silence avant l'aveu chuchoté à contrecœur :

— Oui…

— Vous vous mettez en danger en refusant de voir la réalité. Et vos enfants avec vous. Pensez à eux, à ce qu'ils éprouvent en assistant à ces scènes insupportables.

— Les enfants, il les laisse tranquilles !

— Jusqu'à quand ? À votre avis ?

D'un seul coup, Josiane éclata en sanglots bruyants. Toute sa peur, sa honte et sa colère, refoulées depuis trop longtemps, sortaient soudain. Caroline la laissa pleurer jusqu'à ce que les hoquets s'espacent et que les larmes se tarissent, se contentant de pousser vers elle une boîte de mouchoirs en papier.

— Je ne sais pas quoi faire, reconnut Josiane d'une voix hachée. Je n'ai nulle part où aller, je n'ai pas d'argent.

— Il existe des solutions. Mais j'ai d'abord une question à vous poser. Est-ce que vous l'aimez encore, est-ce que vous…

— Non ! Non… Je ne crois pas.

— Je vous le demande parce que, si vous l'aimez, vous lui trouverez des excuses. Cette fois-ci, la prochaine et les suivantes. En revanche, si vous êtes seulement terrorisée, il est temps de réagir.

— Comment ?

— Vous devez déposer une plainte à la gendarmerie, avec le certificat médical que je vais vous établir. Il aurait pu vous étrangler pour de bon, les marques que vous portez au cou le prouvent. Et les bleus sur les pommettes, sur la mâchoire, étaient-ce des coups de poing ?

— Oui…

De nouveau, un acquiescement à peine murmuré.

— Madame Barrès, vous êtes libre de ne rien faire, de rentrer chez vous la peur au ventre, de continuer à subir. Je n'ai pas la possibilité d'intervenir dans votre existence, mais je suis inquiète pour vous. Inquiète et triste.

— Si je porte plainte, il se vengera ! De toute façon, les flics s'en fichent !

— Non. Les choses ont changé. Je parle souvent avec les gendarmes, et aujourd'hui ils prennent en compte ces situations familiales explosives. Ils peuvent agir avant qu'un drame ne se produise, avant qu'il ne soit trop tard.

— Ils se contenteront de lui faire la leçon, comme si ça servait à quelque chose ! À peine seront-ils partis qu'il me tombera dessus.

Caroline réprima un soupir d'exaspération. Pourquoi les femmes battues ne parvenaient-elles pas à quitter leur tortionnaire ? Elle avait reçu Josiane trois fois en deux mois, pour les mêmes raisons.

— Je vous le répète, vous êtes libre de choisir. C'est votre vie, votre avenir, celui de vos enfants. Il y a des lieux d'hébergement où vous pourriez les emmener et où il serait interdit à votre mari de vous approcher. Des formations y sont proposées pour aider les résidantes à trouver un emploi, un logement. Parler avec d'autres femmes qui ont subi des situations comparables permet de ne plus se sentir seule et de ne plus avoir honte. C'est souvent le premier pas vers la liberté.

Caroline commença à rédiger son certificat, laissant à Josiane le temps de se reprendre et de réfléchir à tout ce qui venait d'être dit. Quand elle lui tendit le papier, elle la dévisagea attentivement.

— Si vous n'y arrivez pas, ne vous découragez pas et n'hésitez pas à revenir me voir. Je reste à votre écoute.

Elle la raccompagna jusqu'à la petite porte sur la ruelle. Puis elle la suivit des yeux, songeuse. Elle l'avait sentie sur le point de prendre une décision, mais sans doute lui faudrait-il encore un peu de temps – et d'autres coups, hélas – avant d'y parvenir. Son cas n'était pas isolé, Caroline avait reçu un certain nombre de femmes dans la même situation, de milieux variés, la violence sévissant dans toutes les couches de la société. Le rôle du médecin était d'écouter, de conseiller, de faciliter la parole et la prise de conscience, mais il n'était pas en son pouvoir d'intervenir, la déontologie l'interdisant. Caroline n'avait outrepassé ses droits qu'une seule fois, face à une femme en danger de mort, qu'elle avait pu sauver grâce à la complicité des gendarmes, qui ne l'avaient heureusement jamais citée.

Mais la salle d'attente était pleine, elle n'avait pas le temps de méditer ou de s'attrister, et elle signala à Diane qu'elle était prête à recevoir le patient suivant.

*

Le samedi matin, partie à Aix pour acheter des tubes de peinture et des toiles vierges, Diane tomba par hasard sur sa mère qui faisait ses courses avec Gaëlle. Elles décidèrent de s'arrêter à la terrasse d'un café du cours Mirabeau, où les parasols ouverts protégeaient les consommateurs d'un soleil déjà chaud.

— Ta sœur vient chercher Gaëlle en fin de journée, alors je profite de nos derniers moments pour la gâter un peu, déclara Manon avec un sourire attendri.

— Plutôt beaucoup qu'un peu, j'imagine ? persifla Diane.

— Mais je n'ai qu'une seule petite-fille, répliqua Manon, puisque tu n'as pas voulu m'en donner… Et tu ne sais pas ce que tu as perdu en te privant de maternité.

— Pourquoi mets-tu ça au passé ? Il n'est pas trop tard pour moi, aux dernières nouvelles.

— Oh, ne me fais pas rire, je sais bien que tu ne veux pas d'enfants, de peur de perturber ta petite vie bien réglée !

Gaëlle écoutait l'échange en ouvrant de grands yeux apeurés. Pour la rassurer, Diane lui adressa un clin d'œil complice.

— J'ai une adorable nièce qui me comble, lui dit-elle.

— Ce n'est pas la même chose, crois-moi, insista Manon. Avoir des enfants épanouit une femme.

— Quel cliché !

— Pas du tout. Quand je vous regarde, ta sœur et toi…

— Tu regardes surtout Caroline.

— Où vas-tu chercher ça ? Vous êtes pareilles à mes yeux. Comme les deux moitiés d'une pomme. D'ailleurs, vous vous ressemblez beaucoup.

— Crois-tu ?

Mâchoires crispées, Manon lança un regard aigu à sa fille.

— Je le vois bien.

— Tu es la seule, maman.

Furieuse, Manon prit une grande inspiration, prête à exploser, mais Gaëlle la tira par la manche de son chemisier.

— Tu m'avais promis qu'on irait acheter un nouveau maillot de bain, dit-elle d'une petite voix inquiète.

Diane se demanda si la fillette avait compris confusément que les adultes étaient sur le point de se disputer, ou si elle devenait capricieuse à force de courir les boutiques avec sa grand-mère.

— Moi aussi, j'ai des courses à faire, déclara-t-elle en se levant.

Elle glissa un billet de dix euros sous sa tasse et s'éloigna d'un pas ferme. Chaque rencontre avec sa mère ne faisait que creuser davantage le fossé qui les séparait. À quel moment de son enfance ou de sa jeunesse s'était-elle détachée d'elle ? Quand elle avait réalisé que Manon n'était qu'une égoïste écervelée ? En perçant bien malgré elle l'un de ses secrets ? Apprendre que Caroline n'était peut-être pas la fille de leur père l'avait traumatisée, et paradoxalement rapprochée de sa sœur. Durant des années, elle s'était demandé quand et comment Manon dévoilerait la vérité à Caroline, jusqu'à ce qu'elle comprenne que ça n'arriverait jamais. Quelle lâcheté ! Chacun avait le droit de connaître ses *vrais* parents biologiques. Sinon, impossible de savoir qui on était, d'où on venait. Et non seulement Manon s'était tue, mais elle avait le culot d'insister sur la prétendue ressemblance entre ses deux filles chaque fois que l'occasion s'en présentait. Caroline n'y prêtait pas attention, tandis que Diane se hérissait. Quant à l'évidente tendresse de Manon pour Caroline et pour Gaëlle, était-ce en souvenir d'un homme qu'elle avait aimé ?

Un homme peut-être moins terne que Théo, avec qui elle s'était offert une aventure palpitante ? Toutes les hypothèses étaient permises, du torero au garçon de café, mais Caroline tenait forcément son charme fou et ses yeux dorés d'un inconnu.

Après avoir acheté sa peinture, elle décida de rentrer chez elle au lieu de se promener dans Aix, afin de ne pas retomber sur sa mère et sur sa nièce.

*

— Il est délicieux, ton gâteau ! s'exclama Louis avec enthousiasme.

Caroline avoua en riant que c'était Éliette qui l'avait fait.

— Elle réussit toutes les pâtisseries, et le cake aux fruits confits est une de ses spécialités.

— Avec les fruits confits qu'on vend chez ton père, je suppose ?

— Qu'on *fabrique* chez mon père, oui.

— Eh bien, je me régale.

Il quitta sa place pour s'asseoir à côté d'elle, sur le banc d'un côté de la table.

— Je suis heureux que tu sois venue, déclara-t-il en la prenant dans ses bras.

Mais il la sentit se crisper et il la lâcha aussitôt.

— Quelque chose ne va pas ?

C'était le moment de s'expliquer, même si elle culpabilisait de lui faire de la peine.

— Louis, d'abord, merci pour les roses, et puis…

— Vous êtes encore à table ? leur lança Paul qui venait d'entrer. Je ne vous dérange pas longtemps, je veux seulement une bouteille d'eau fraîche.

En passant près d'eux, il prit une tranche du cake dans le plat.

— J'ai cru que cette réunion ne finirait jamais, et je n'ai pas déjeuné. Je peux ?

Il engloutit une autre tranche sous le regard amusé de Caroline. En revanche, Louis ne souriait pas : il avait deviné sans mal que Caroline s'apprêtait à lui dire des choses qu'il n'avait aucune envie d'entendre.

— Si tu vas dans les vignes maintenant, on pourrait t'accompagner, proposa-t-il.

Paul parut d'abord surpris, puis embarrassé.

— Je ne sais pas si ce sera très passionnant pour toi, Caroline.

— Pourquoi pas ? protesta-t-elle, soulagée d'échapper à une explication avec Louis.

— Alors, venez avec moi…

Dans le hall, Paul lança une casquette à son frère et en tendit une à Caroline.

— Mets ça, le soleil tape fort à cette heure-ci.

Il les précéda dehors, sans se donner la peine de les attendre.

— Ne marche pas si vite ! réclama Louis.

Paul ralentit le pas, se laissant rejoindre. Devinant que son frère n'était pas de très bonne humeur, Louis voulut savoir si son interminable réunion s'était au moins bien passée.

— C'est toujours pareil, chacun défend ses idées, impossible de mettre tout le monde d'accord.

Ils marchèrent tous trois en silence, descendant l'allée bordée de grands arbres qui offraient un peu de fraîcheur.

— Dis-moi le nom de celui-ci, demanda Caroline en désignant l'un d'eux, qui culminait à près de trente mètres.

— *Ginkgo biloba*.

— C'est bien ce que je pensais, mais j'avais peur de dire une sottise.

— Tu as vu juste.

— On lui prête d'extraordinaires vertus médicinales.

— Tu y crois ?

— Même s'il est parfois judicieux de recourir aux plantes, la phytothérapie a ses limites… et aussi ses dangers.

— Le ginkgo est un arbre d'une force incroyable, reprit Paul. Le seul qui ait survécu à Hiroshima, c'est dire ! Il est aussi sexué. Ici, nous avons deux mâles face à face, une chance car les femelles produisent des fruits qui sentent très mauvais une fois tombés.

— Qui les a plantés ?

— Aucune idée. Un ancêtre, sans doute, car ces arbres-là peuvent vivre mille ans !

Paul riait, enfin plus détendu.

— Malheureusement, ajouta-t-il, ils sont caducs, on doit ramasser toutes les feuilles à l'automne, or Louis n'aime pas manier le râteau !

Comme ils arrivaient à proximité des vignes, Paul s'arrêta, balayant les rangs d'un œil critique.

— Voilà notre royaume…

— C'est surtout le tien, plaisanta Louis.

— Le vignoble Lacombe appartient à papa, corrigea Paul.

— Mais tu l'as transformé.

— Pas facilement.

Se tournant vers Caroline, il crut bon d'expliquer :

— Notre père travaillait à l'ancienne, or tout a changé pour les vins rosés sans qu'il veuille l'admettre.

— Est-ce si différent aujourd'hui ?

— De « petit vin », le rosé est devenu peu à peu symbole de décontraction chic. On l'a fait plus clair, plus aromatique et surtout moins sucré. Alors il a fini par s'imposer dans des endroits où il n'avait pas droit de cité jusque-là, les grands restaurants, les boîtes de nuit… et même les pistes de ski ! Du coup, le chiffre d'affaires de ceux qui avaient compris la tendance a progressé de cinquante pour cent en sept ans. Une véritable explosion. Et pas uniquement en France mais aussi aux États-Unis.

— Tu vends là-bas ?

— Pas encore, non ! Peut-être un jour, mais pour l'instant j'écoule déjà la totalité de ma production.

Paul s'animait en parlant de sa passion, et Caroline l'écoutait avec un intérêt manifeste. Louis, qui connaissait le sujet pour en avoir souvent discuté avec son frère, jetait des coups d'œil inquiets à Caroline. Qu'était-elle sur le point de lui dire, tout à l'heure, quand Paul les avait interrompus ? Il connaissait suffisamment les femmes pour comprendre que Caroline ne partageait pas ses sentiments. Il aurait aimé croire qu'il lui suffirait d'être patient, d'insister… Mais non, pas avec quelqu'un comme elle, trop déterminée pour tergiverser. Si elle voulait rompre, elle allait le faire.

Ils foulaient un interrang rempli d'herbes et de fleurs sauvages.

— La nature parle ! s'esclaffa Caroline.

— Elle parle souvent très bien. Mieux que nous, en tout cas, qui ne savons que la forcer, la martyriser, la plier à nos désirs de profit.

L'expression de Caroline n'était pas seulement intéressée, elle devenait admirative. Louis éprouva un pincement désagréable de jalousie à l'égard de son frère qui savait si bien captiver son auditoire. À moins que…

— Il est tard, dit-il brusquement. Tu dois aller à Aix, non ?

— Oui, admit-elle à regret.

— Je te raccompagne à ta voiture.

— Ne te donne pas cette peine.

Avant qu'il ait pu protester, elle le prit par l'épaule et l'embrassa sur la joue.

— Merci pour la visite ! lança-t-elle à Paul avant de se détourner.

Elle s'éloigna en hâte, la casquette de Paul toujours sur la tête. La déception que devait éprouver Louis la peinait, et elle se reprochait sa lâcheté. Elle aurait mieux fait de refuser la balade, de rester avec lui dans la cuisine, d'avouer le plus gentiment possible qu'elle ne souhaitait pas continuer l'aventure. Quant au plaisir procuré par l'arrivée de Paul, elle préférait ne pas y penser.

*

Lucas Tellier avait décidé de venir passer une semaine entière avec Caroline avant de se lancer. Déménager de Lille jusqu'en Provence était un choix radical, lourd de conséquences, et il voulait être sûr de lui. Il avait réservé une chambre d'hôtes dans les environs, où on lui assurait le gîte et le couvert, puis de nouveau loué une voiture. Promettant de se faire discret, il souhaitait assister aux consultations, effectuer les visites avec sa consœur, recevoir les visiteurs médicaux qui venaient présenter les derniers médicaments des laboratoires. Caroline avait accepté, comprenant cette exigence mais vaguement agacée. Avoir un observateur silencieux dans son cabinet ne la gênait pas outre mesure, cependant elle craignait que les patients ne soient mal à l'aise.

Entre les vrais malades et les hypocondriaques, ceux qui souffraient d'addictions à l'alcool ou au tabac dont ils ne parvenaient pas à se débarrasser, les diabétiques et les hypertendus, les pathologies pulmonaires ou cardio-vasculaires, les femmes battues, les bronchiolites des nouveau-nés, les accidents domestiques plus ou moins graves, les débuts d'Alzheimer à annoncer, les prescriptions de pilule contraceptive, les crises d'angoisse ou d'insomnie, les gastro-entérites et les hospitalisations d'urgence, Lucas avait été servi. Il avait même dû suivre Caroline qui, sur un appel des pompiers, était allée délivrer un certificat de décès chez un couple âgé dont la femme venait de mourir dans son sommeil.

Ce tour d'horizon du quotidien d'un médecin en milieu rural l'avait laissé perplexe. Serait-il capable d'assumer cette charge de travail et d'émotion avec le même sang-froid que Caroline ? Dans une grande ville comme Lille, les choses étaient beaucoup plus simples, on était moins livré à soi-même.

Un soir où ils venaient enfin d'éteindre la salle d'attente et de verrouiller la porte, Lucas avoua ses doutes.

— Il est neuf heures, soupira-t-il, c'était la pire journée… Quand prends-tu le temps de vivre ?

— Je le prendrai quand j'aurai un associé ! plaisanta-t-elle. Si on divise les patients par deux…

— Au début, ils voudront te voir toi.

— Si tu sais te faire apprécier, ils seront contents d'avoir un rendez-vous plus rapide. Et certains préféreront parler à un homme.

— Un homme étranger, qui n'a pas votre accent, et qui aura besoin d'un GPS pour dénicher les endroits isolés !

Il semblait inquiet, découragé.

— Si tu ne te sens pas de le faire…, marmonna Diane, qui assistait à cet échange.

Elle comprenait mal ses réserves et son peu d'enthousiasme. Une clientèle acquise, une maison louée à un prix dérisoire, une région où il faisait si bon vivre : que lui manquait-il donc pour se lancer ? Du courage ?

— Je n'ai pas dit que je renonçais, protesta-t-il.

— À t'entendre, c'est tout comme, rétorqua Diane.

— Pour moi la médecine est une vocation, pas un sacerdoce.

— Le dévouement t'effraie ?

Sentant que sa sœur s'énervait, Caroline lui posa une main sur l'épaule en signe d'apaisement.

— Il vaut mieux que Lucas doute maintenant. Après, il sera trop tard.

La perspective d'un refus et d'avoir à reprendre ses recherches pour trouver un associé la démoralisait d'avance, mais elle préférait encore rester seule qu'exercer avec un confrère traînant les pieds.

— Je vais y réfléchir sérieusement, promit-il. Je retourne à Lille demain, j'en discuterai ce week-end avec ma compagne et je te donnerai vite ma réponse, d'accord ?

Caroline accepta avec un sourire poli qui masquait sa déception. Une fois Lucas parti, elles attendirent d'entendre sa voiture démarrer dans la rue.

— Je ne crois pas qu'il fasse l'affaire, finit par déclarer Diane d'un ton péremptoire. Tu as besoin d'un type battant, et lui ne l'est pas !

— Battant ou pas, j'aurais aimé que ça se fasse. Et là… À mon avis, il va refuser.

— Se défiler, tu veux dire ! Qu'est-ce qu'il imaginait ? Travailler à mi-temps en écoutant le chant des cigales ?

— Elles ne chantent pas, elles *cymbalisent*.

Comme Théo le leur avait souvent répété dans leur enfance, elles achevèrent ensemble la phrase :

— Et seulement les mâles !

Puis elles se mirent à rire, relâchant ainsi la pression suscitée par la discussion avec Lucas.

— Tu veux dîner à la maison ? proposa Caroline. Gaëlle doit dormir, et même si Éliette est déjà couchée devant sa télé, elle a toujours des réserves de bons petits plats au congélateur.

— Toi, tu as besoin de parler… Je me trompe ?

— Non.

— Alors on y va. Je te suis avec ma voiture.

Diane ne faisait jamais défaut à sa sœur, qu'elle connaissait par cœur. Au-delà du quasi-désistement de Lucas, Caroline avait un problème.

*

Paul se retournait dans son lit sans trouver le sommeil. Dès qu'il fermait les yeux, il voyait Caroline dans les vignes, la casquette sur la tête et les mains dans les poches, observant et écoutant attentivement. Pour chasser cette image trop attirante, il rallumait, essayait en vain de lire, éteignait une fois de plus, et aussitôt Caroline revenait le hanter. Pourquoi Louis avait-il eu l'idée malvenue de proposer une balade ? D'un autre côté, pourquoi Paul s'était-il aventuré dans la maison alors qu'il avait vu la voiture de Caroline devant le perron ? Parce qu'il avait soif ? Bien sûr que non ! Il avait des robinets à sa disposition dehors, aux coins de la façade ou même dans le chai. Attiré comme par un aimant, il avait voulu la voir, ne serait-ce qu'un instant. Mais jamais il n'aurait suggéré une promenade.

Évidemment, il avait aimé ce moment. D'ailleurs, il avait trop parlé, comme s'il voulait se mettre en avant et voler la vedette à Louis, ce qui n'était pas son intention. Et à voir la tête de Louis, il aurait mieux fait de se taire. De les distancer, de les planter là, de ne pas s'occuper d'eux, ce qu'on fait en principe avec les amoureux.

Bon, ils n'avaient pas vraiment l'air amoureux, mais ça ne changeait rien. Paul n'allait décemment pas *récupérer* l'ex de son frère, qu'il en meure d'envie ou pas. Et si Caroline disparaissait du paysage, il n'irait pas la relancer !

Fort de cette sage résolution, et sachant qu'il ne se rendormirait pas, il se leva, alla ouvrir les rideaux. Il entendit hululer la chouette hulotte, sa mascotte. L'aube n'était pas loin, dans une heure à peine les premières lueurs apparaîtraient. Voir se lever le soleil sur les vignes lui ferait oublier tout ce qui n'était pas la récolte à venir. Les vendanges au début du mois d'août, à la fraîche pour apporter les raisins au chai à la température la plus basse possible, la vinification des cœurs de grains, l'assemblage délicat… Mais d'ici là tout pouvait arriver, par exemple une averse de grêle capable de détruire la moitié des grappes. Semblable catastrophe s'était produite lorsqu'il avait vingt ans. Il se souvenait bien de la détresse de son père, puis de sa crise de fureur, enfin de son silence les jours suivants. Une année noire comme il espérait ne jamais en revivre. À condition que les caprices d'un climat qui se détraquait de plus en plus ne viennent pas tout bouleverser. Et ça, il ne le saurait que dans sept ou huit semaines. En attendant, il fallait surveiller chaque pied, rogner ici et là, ôter quelques feuilles. Penser, aussi, à contacter les journaliers auxquels il avait l'habitude de faire appel. Des étudiants pour la plupart, qui revenaient volontiers d'une année sur l'autre.

Il alla prendre une douche rapide, s'habilla et descendit faire du café. Sortant avec sa tasse fumante à la main, il s'assit sur une des marches du perron, prêt à contempler l'aube naissante.

*

— Lucas vient de m'appeler ! annonça Caroline d'un ton rageur.

Elle tenait un sac de croissants qu'elle posa sur le bureau de Diane.

— Comme prévu, il renonce. Je ne suis pas vraiment étonnée, mais…

Sa sœur lui fit signe de parler moins fort en désignant la porte de la salle d'attente.

— Ils sont déjà trois, chuchota-t-elle. Ils attendaient sur le trottoir, deux d'entre eux sont très en avance, comme s'ils avaient peur de se faire piquer la place.

— Je suis en retard, c'est vrai. Notre conversation m'a retardée, Lucas ayant essayé d'être diplomate quand il a senti ma déception. Il a tout mis sur le dos de sa compagne, qui d'après lui ne veut pas déménager et quitter son travail.

— Le courage ne l'étouffe pas ! Il a eu la trouille, rien d'autre.

— Probablement. Maintenant, tout est à refaire, ça me décourage…

— Allez, on va y arriver, j'en suis sûre. Et merci pour les croissants. Tu en prends un avant d'attaquer ?

— J'en ai mangé deux dans ma voiture et j'ai mis des miettes partout.

Elle se servit un café, qu'elle emporta dans son bureau. Un coup d'œil sur l'agenda la fit soupirer : encore une fois, la journée menaçait d'être longue. Désabusée, elle appuya sur le signal lumineux pour que Diane lui envoie le premier patient.

— M. Delage, annonça sa sœur.

Le nom fit réagir Caroline qui se redressa pour dévisager l'arrivant.

— Clément ? Ah, ça me fait plaisir de te voir !

Ravie, elle vint l'embrasser en lui donnant une tape dans le dos.

— Depuis le temps ! Trois ans, non ?

— Quatre. Ton cerbère, à l'entrée, m'a fait remplir une fiche détaillée, mais je ne viens pas te consulter.

— J'imagine. À propos, le cerbère est ma sœur. Assieds-toi et raconte-moi ce que tu deviens.

— Eh bien… Après nos études, j'ai d'abord fait un tour du monde. Je me souviens que ton père t'avait offert un tour de France, n'est-ce pas ?

— Bravo, bonne mémoire.

— Ma famille n'avait pas les moyens de m'offrir ne serait-ce qu'une petite virée à Paris, alors je suis parti sac au dos avec de grandes ambitions et de très modestes économies en poche. Ensuite, je me suis débrouillé. J'ai souvent galéré, mais je me suis bien amusé. J'ai vu des paysages, j'ai rencontré des gens… Bref, quand j'en ai eu assez de la vie de bohème, je suis rentré. Après, j'ai travaillé au Samu, à Marseille, pour continuer à vivre des aventures mouvementées, j'avais encore besoin d'un peu d'adrénaline. À présent, j'ai eu ma dose, je suis calmé.

Il avait conservé son sourire espiègle et ses yeux rieurs. Petit, râblé, très brun, il ne manquait ni de charme ni d'entrain.

— Que fais-tu maintenant ?

— Je pense m'installer.

— Tu as raison. Pour ma part, je n'ai jamais regretté de l'avoir fait.

— Je sais. J'ai eu de tes nouvelles par d'anciens copains.

— Si tu es venu pour avoir des renseignements sur l'exercice libéral, je ne demande pas mieux que de te répondre mais ce n'est pas le bon moment, j'ai plein de rendez-vous.

Elle tourna vers lui son agenda et ajouta :

— Comme tu vois. Mais viens dîner à la maison un de ces soirs, j'aurai davantage de temps.

— Merci, c'est gentil. Ce soir ?

— Tu es pressé à ce point-là ? Disons demain.

— Parfait. Je t'apporterai une bonne bouteille en souvenir de nos joyeuses beuveries d'étudiants. Et d'ici là…

Il parut hésiter, se leva.

— Pour être franc, Caroline, j'avais vu passer ton annonce le mois dernier. C'est toujours d'actualité ou tu as déjà trouvé quelqu'un ?

— Non, pas encore, mais pourquoi n'es-tu pas venu plus tôt ?

— Je voulais y réfléchir sérieusement et ne pas t'embêter pour rien.

Ils échangèrent un long regard, chacun essayant de deviner ce que pensait l'autre. Caroline allait répondre lorsque l'interphone émit deux sons brefs.

— Ma sœur me fait savoir que les gens s'impatientent. On se verra demain.

Elle lui donna son adresse et le conduisit à la petite porte ouvrant sur la ruelle. Après l'avoir refermée, elle s'y adossa. Ce qui venait de se produire ressemblait à un coup de chance. Le hasard faisait-il bien les choses, pour une fois ? Échaudée par le désistement de Lucas Tellier, elle ne voulait pas y croire. Néanmoins, si jamais Clément était réellement partant, quelle aubaine ! Elle le connaissait, savait d'avance que ce serait facile de s'associer avec lui. C'était un garçon droit, ni compliqué ni timide, et qui avait été un travailleur acharné lors de leurs études.

— Si seulement ça pouvait marcher…

Mieux valait ne pas y penser jusqu'au lendemain et ne pas trop se réjouir pour ne pas subir une nouvelle déception.

*

Louis donna un coup de poing sur le bureau, juste à côté de son clavier, ce qui fit tomber le pot à crayons. Il balaya le tout d'un geste rageur. L'explication qu'il avait eue avec Caroline la veille au soir, par téléphone, le laissait consterné. Comme il l'avait pressenti, elle mettait un point final à leur brève aventure, et il avait bien compris que rien ne la ferait changer d'avis. Elle n'était pas amoureuse de lui et ne le deviendrait pas par miracle. D'ailleurs, elle n'avait même pas cherché à trouver des excuses, n'avait pas invoqué son travail accaparant ou sa fille, justifiant sa décision par le manque de sentiments. Certes, elle y avait mis les formes, s'était exprimée avec gentillesse, empathie, avait proposé son amitié si toutefois il l'acceptait.

Donc, elle l'avait largué. Et ce qu'il éprouvait n'était pas seulement une blessure d'orgueil mais un chagrin bien réel. Dehors, le printemps continuait à triompher en étalant ses couleurs éclatantes, comme pour le narguer. Paul disparaissait du matin au soir, tandis que Louis n'arrivait plus à travailler. Pourtant, il avait une commande urgente à finir, et n'avait pas l'habitude de négliger ses clients. Surtout pas pour une peine de cœur ! Il n'avait plus quinze ans, pas question d'adopter un comportement d'adolescent inconsolable. S'il regrettait amèrement son échec avec Caroline, il s'en remettrait, il le savait.

Pour éviter de végéter sans résultat devant son ordinateur, il décida de sortir. En haut du perron, une main en visière, il essaya de repérer son frère et finit par l'apercevoir, en bas du coteau. Il allait d'un pied de vigne à l'autre, sécateur en main, se penchait, repartait, s'arrêtait. De loin, sa silhouette rappelait celle de Jean-François, trente ans plus tôt. À cette époque, Louis le regardait aussi par la fenêtre tandis que Paul gambadait derrière lui. Ils l'ignoraient alors, mais leurs destins étaient déjà tracés.

Louis éprouva une soudaine bouffée de tendresse pour son frère. Il avait repris le flambeau familial, vivait sa passion au quotidien. Sans lui, que serait devenue la propriété ? D'ailleurs, qu'allait-elle devenir lorsque leur père disparaîtrait ?

Il descendit l'allée ombragée sans se presser, profitant de la douceur de l'air, puis il coupa à travers les vignes pour rejoindre Paul qui lui lança :

— Tu as quitté ta tanière ?

— Je faisais du mauvais boulot, j'avais besoin de respirer.

Se redressant, Paul lui jeta un regard intrigué.

— Tout va bien ?

— Pas franchement. C'est fini avec Caroline.

— Ah…

Louis attendait davantage de compassion et il insista :

— Je tenais vraiment à elle, ça me rend dingue.

— Que t'a-t-elle dit ?

— Elle ne m'aime pas, voilà tout.

— Au moins, c'est clair.

— Et sans appel.

— En effet…

Paul semblait réfléchir, hésiter. Il glissa le sécateur dans sa poche, vint prendre son frère par l'épaule.

— Je suis désolé pour toi.

— Tu trouves qu'on allait bien ensemble ?

— La question ne se pose plus.

— Les femmes ne savent pas ce qu'elles veulent ! pesta Louis.

— En l'occurrence, elle l'a su. Mais je comprends ta déception, Caroline est une femme formidable. Si tu n'avais pas été le premier sur les rangs…

Il n'acheva pas, conscient d'en avoir déjà trop dit.

— Elle t'aurait plu ? ricana Louis sans sourire.

— À quel homme ne plairait-elle pas ?

Louis le scruta, sourcils froncés.

— Alors, elle finira forcément par trouver l'âme sœur, dit-il lentement, mais pas chez les Lacombe.

Était-ce un avertissement ? Paul choisit de ne pas y répondre. Il reprit son sécateur et tourna le dos à son frère, essayant de s'absorber dans sa tâche. Peu après, il entendit Louis s'éloigner et il en fut soulagé.

5

Le début du mois de juin avait été très chaud et les cigales, enfin sorties de terre, s'en donnaient à cœur joie. Caroline aimait les entendre, et lorsqu'un de ses patients, Parisien à la retraite habitant en Provence depuis peu, s'était plaint de ce bruit constant qui lui tapait sur les nerfs, elle avait éclaté de rire en lui suggérant de changer de région.

Grâce à l'installation de Clément, apparemment ravi de s'associer avec elle et qui avait sauté sur l'occasion sans délai, elle pouvait accueillir de nouveaux patients et avait enfin des journées un peu moins chargées. Ainsi elle avait réussi à consacrer un peu plus de temps à Gaëlle, et à participer à la fête de l'école.

Clément, joyeux célibataire, avait tout de suite pris possession de la maison mise à disposition par le maire et l'avait aménagée au mieux avec le concours de Diane. Celle-ci, tenant à ce qu'il se sente bien, s'était proposée pour l'aider à disposer ses meubles lors de l'arrivée des déménageurs. Elle avait même poussé l'amabilité jusqu'à remplir son frigo pendant qu'il ouvrait ses cartons et rangeait ses affaires.

Les premiers jours, Clément avait consacré ses matinées à arranger son propre cabinet, et ses après-midi à se faire connaître des patients, soit en allant les saluer dans la salle d'attente, soit en assistant aux consultations de Caroline lorsque c'était possible. Assez vite, l'entente avait régné. Diane le trouvait sympathique, Caroline le jugeait compétent, et lui-même semblait parfaitement satisfait. Ces dernières années, il avait vécu dans un deux-pièces à Aubagne, et passer d'un appartement à une maison lui plaisait. Surtout pour un loyer si modique ! Et la proximité du cabinet le charmait après son expérience des embouteillages marseillais. En moins de trois semaines, il s'était bien intégré. Comme il aimait les gens, à l'instar de Caroline, et qu'il était aussi sociable que sympathique, tout le monde l'appréciait. D'autant plus qu'il avait pris la peine d'aller se présenter aux commerçants et qu'il veillait à faire ses courses sur place. Le maire se félicitait d'avoir su attirer un nouveau médecin, en particulier un *jeune* médecin, puisqu'il était de la génération de Caroline. Bien sûr, certains malades ne voulaient pas entendre parler de consulter un autre docteur que Caroline, ils étaient habitués à elle et lui étaient très attachés, mais d'autres étaient satisfaits d'attendre moins longtemps ; quelques-uns avaient choisi Clément par curiosité, et les nouveaux venus avaient enfin trouvé un généraliste.

Pour remercier Caroline, et aussi Diane qui avait facilité son installation tant chez lui qu'au cabinet, Clément les avait invitées un soir à la Parenthèse inattendue, à Salon-de-Provence. Ils étaient attablés et bavardaient gaiement lorsque Caroline aperçut Paul, qui dînait là en compagnie d'une jolie jeune femme. Leurs regards se croisèrent, et Paul se leva pour venir les saluer après s'être excusé auprès de sa compagne. Caroline voulut présenter Clément comme son nouvel associé, mais celui-ci la devança en s'exclamant :

— Paul Lacombe ? Vous ne devez pas vous souvenir de moi, j'ai vendangé chez vous deux ans de suite quand j'étais étudiant !

— Oui, c'est possible, je n'ai pas tous les visages en mémoire…

— Moi, en revanche, je me rappelle très bien votre père, qui était plutôt exigeant.

Il se mit à rire avant d'ajouter, à l'intention de Caroline :

— En fait, M. Lacombe terrorisait tout le monde.

Paul esquissa un sourire poli. Puis son regard croisa de nouveau celui de Caroline. L'espace d'un instant, ils parurent aimantés l'un à l'autre, ce que Diane eut le temps de remarquer avant que Paul se ressaisisse et leur souhaite une bonne soirée. Il retourna à sa table tandis que Clément racontait à mi-voix :

— Jean-François Lacombe n'était pas un marrant. Il nous menait tous à la baguette ! Et même son fils, Paul, filait droit. L'autre frère, on ne faisait que l'apercevoir de loin. Le travail était fatigant, il fallait se dépêcher d'apporter la récolte au chai… Malgré tout, j'ai bien aimé faire les vendanges.

— Du raisin noir ? s'enquit Diane.

— Absolument.

— Je crois savoir qu'aujourd'hui un petit apport de raisins blancs donne des arômes supplémentaires, intervint Caroline.

— Tu es calée, dis donc ! s'esclaffa Clément.

— J'ai eu droit à une visite privée de leurs vignes et j'ai beaucoup appris. Paul en parle bien, c'est un passionné.

Clément tourna discrètement la tête vers la table de Paul et apprécia :

— Beau mec, belle fille… Elles lui couraient déjà toutes après pendant les vendanges ! Je m'étonne qu'aucune n'ait réussi à lui passer la corde au cou.

— Et toi ? ironisa Diane.

— Je ne suis pas un séducteur.

— Juste un coureur, alors ?

Ils rirent ensemble, et Caroline en profita pour glisser un autre regard vers Paul. Chaque fois qu'elle avait l'occasion de le rencontrer, elle éprouvait la même attirance étrange. Pourtant c'était à Louis qu'elle avait cédé, impossible de l'oublier, et cette histoire sans suite excluait tout le reste. D'autant plus que Louis avait eu du mal à accepter l'échec et qu'il avait saisi l'offre d'amitié que Caroline lui avait faite. Depuis, il l'appelait de temps à autre, prétendument pour bavarder, suggérait une sortie au cinéma ou au restaurant, « sans arrière-pensée ». Elle n'y croyait guère et déclinait sous divers prétextes. Néanmoins, il ne lui permettait pas d'oublier qu'ils avaient été amants, usant avec elle d'un ton complice et protecteur assez agaçant.

— Reste avec nous…, suggéra Diane.

Confuse, Caroline sortit de sa rêverie et reporta son attention sur Clément qui la considérait d'un air hilare.

— Toi aussi, il t'intéresse ?

— Non ! se défendit-elle trop vivement.

— Dommage, parce que ce serait réciproque. Maintenant que tu ne le regardes plus, c'est lui qui t'observe.

Redoutant une des blagues de potache dont Clément semblait avoir gardé le goût, elle préféra l'avertir :

— Je suis sortie avec son frère, il y a quelque temps, mais ça n'a pas duré.

— Te serais-tu trompée de frère ?

Son éclat de rire fit tourner quelques têtes et il baissa le ton.

— Tu n'as pas l'air de trouver ça drôle, désolé, je n'en parle plus.

Qu'il en parle ou pas ne changeait rien, Caroline continuait de penser à Paul. La jeune femme avec laquelle il dînait était en effet très jolie. Était-ce sa petite amie ? Il avait forcément une vie sentimentale, s'engageait peut-être sur le chemin du mariage ? Elle s'obligea à le chasser de sa tête et fit un effort de convivialité en plaisantant avec Clément et Diane. Peu après, elle vit passer Paul et sa compagne qui se dirigeaient vers la sortie, et elle se sentit en quelque sorte libérée.

*

Jean-François avait reçu son notaire dans sa chambre, afin d'échapper aux oreilles indiscrètes du personnel. Il le connaissait depuis bien longtemps et, après quelques amabilités, entra sans attendre dans le vif du sujet.

— J'ai besoin que tu m'éclaires sur l'avenir de ma propriété, Antoine. À savoir, son avenir après moi.

— Ah…

— J'espère ne pas durer trop longtemps, coincé là à m'ennuyer comme un croûton derrière une malle, mais que se passera-t-il ensuite ?

— Ton bilan patrimonial est clair, il y a la propriété et l'outil de travail.

— Justement. L'outil de travail est aujourd'hui entre les mains de Paul. Je veux dire que c'est lui qui fait tourner l'affaire. À son idée ! Une idée qui me déplaît souverainement. Néanmoins, la perspective que mes fils soient contraints de vendre nos terres pour payer le fisc me déplaît encore plus. D'autre part, si Paul exploite, il reste le cas de Louis. Comment faire pour ne pas le désavantager ?

— Je vais t'expliquer tout ça, répondit le notaire en ouvrant sa sacoche.

Il en sortit une bouteille de whisky qu'il déposa sur la petite table, entre eux.

— Ne sachant pas si l'alcool est interdit ici, je l'avais cachée.

— Interdit ? Il ferait beau voir ! C'est une maison de retraite, pas une prison, jusqu'à preuve du contraire.

— Oui, mais avec les médicaments qu'on te prescrit…

— Le whisky est le meilleur des médicaments. Prends deux verres sur l'étagère.

Le notaire s'exécuta et ouvrit la bouteille en expliquant :

— Un Lagavulin seize ans d'âge dont mon caviste m'a chanté les louanges. Il est fabriqué sur l'île d'Islay, la reine des Hébrides, et c'est un tourbé comme tu les aimes, avec des notes iodées.

— Tu es un ami véritable !

Jean-François savoura une gorgée et fit claquer sa langue.

— Remarquable… Alors vas-y, dis-moi tout.

— Il y a plusieurs options. Et il est vrai que si tu ne prévois rien, tu fais courir à tes fils le risque de lourds droits de succession, de surcroît ils se retrouveraient en indivision. Donc, à éviter. Tu peux décider une transmission anticipée avec un abattement de soixante-quinze pour cent, uniquement sur l'entreprise. Tu peux aussi leur donner la nue-propriété et conserver l'usufruit. Enfin tu peux organiser un pacte de famille pour fixer les relations entre la famille et la société, et ainsi assurer sa pérennité.

— Je te le répète, je ne veux pas que Louis soit lésé. C'est un bon fils. Et je n'ai pas l'intention de faciliter la vie à Paul.

— Pourquoi ?

— Parce qu'il me trahit ! Il fait fi de mon expérience et de mon savoir-faire, il a installé la chienlit des herbes folles au pied des ceps ! Et comment prétendre que les vins se gardent sans ajouter un peu de sulfites, hein ? Ses bouteilles sont chères, on dirait qu'il ne les vend qu'à des initiés, à des snobs ! Tout ça pour respecter la nature ? Tu parles ! Non, il voulait se démarquer des générations précédentes, « réinventer » le rosé ! Je lui ai tout appris et il fait semblant d'avoir tout oublié pour mieux suivre la mode, comme un idiot.

— Calme-toi, Jean-François.

— Ça me rend enragé ! Pendant que je ronge mon frein ici, il se pavane dans mes vignes, change de négociant sans me demander mon avis…

Il vida son verre d'un trait, le reposa violemment.

— Ressers-moi, Antoine, et épargne-moi tes conseils de santé. En échange, mon vieux, je vais te parler en toute franchise. À toi je peux le dire, Paul a longtemps été mon préféré. J'ai honte de le reconnaître car les parents ne doivent pas avoir de préférence. Mais Paul était un si gentil garçon ! Il me suivait partout, écoutait mes leçons comme un bon élève, avait soif d'apprendre et de comprendre. À dix ans, sa voie était tracée, je savais qu'il me succéderait et j'en étais fier. Je connais des domaines qui ont été vendus parce que aucun enfant ne s'intéressait à la viticulture, or ce n'était pas mon cas et j'en étais heureux. Louis rêvait d'autre chose, ça m'arrangeait, il n'y aurait donc pas de rivalité entre les frères. Durant des années, nous avons été complices, Paul et moi. Je crois bien que les gens m'enviaient d'avoir un fils pareil. D'autant plus que j'étais seul à les élever tous les deux. Alors, pas de compassion, de l'admiration ! Je buvais du petit-lait… Mais à dix-huit ans, Paul a commencé à critiquer certaines choses, à discuter mes décisions, à argumenter des sottises. Il lisait, se renseignait, allait voir les autres viticulteurs, y compris mes rivaux, ou des confrères que je n'ai jamais considérés. On s'est affrontés, je ne le reconnaissais plus. Louis étudiait loin d'ici, ma santé faisait des siennes, Paul n'était plus dans mon camp… Pour la première fois de ma vie, je me suis senti très seul. Les enfants ne restent pas, un beau jour tu n'es plus tout pour eux, ils ne font plus cas de toi. Tu voudrais te défendre, continuer à en imposer, mais tu réalises que ton tour est passé. Paul a été le premier à me parler d'une maison de retraite, comme s'il était pressé de se débarrasser de moi. Paul ! Tu te rends compte ? Ce gamin-là, dont je m'étais cru si proche, me condamnait distraitement en me disant que je serais très bien. Loin de chez moi, bien ? Quelle blague ! Croyait-il vraiment que je n'étais pas viscéralement attaché à la terre moi aussi ?

Jean-François essuya rageusement une larme, puis il s'excusa aussitôt.

— J'ai l'air d'un vieux con, hein ?

— Non.

— Mais si ! Râleur, aigri, confit dans un jus éventé. Et mon petit moment de faiblesse nous éloigne de notre affaire. Vas-y, je t'écoute.

— Bon, il faut d'abord que tu choisisses. Transmission anticipée ? Si tu as quelques liquidités…

— Prépare-moi donc des projets. La nue-propriété ne me tente pas, j'aurais l'impression de me dépouiller. Par ailleurs, je ne veux pas qu'ils se disputent au sujet de la succession. Pour l'instant ils s'entendent bien, mais s'ils se marient les choses pourraient se compliquer avec les exigences des belles-sœurs. Garde bien à l'esprit que je ne veux pas privilégier Paul, mais je ne veux pas non plus l'empêcher de travailler nos vignes, puisqu'il ne sait rien faire d'autre. Louis est casé, au moins professionnellement. Ne pourrais-je pas lui donner la maison et à Paul les terres ?

— Je vais rédiger plusieurs scénarios, ensuite je reviendrai te voir.

— Ne tarde pas trop, Antoine. On ne sait jamais ce qui peut arriver.

— Tu n'as pas de mauvaises idées en tête, au moins ?

— J'ai des idées noires, c'est tout.

Antoine se leva, reboucha la bouteille de whisky et alla la ranger sur l'étagère. Puis il rejoignit Jean-François, lui posa une main amicale sur l'épaule.

— Je reviendrai vite.

Il sortit, longea le couloir et gagna le rez-de-chaussée en regardant autour de lui. Le cadre était plutôt agréable et bien entretenu, il n'y avait rien de sordide, néanmoins l'atmosphère était celle d'un établissement conçu pour des gens âgés et malades. Jean-François, si indépendant et si fier, ne pouvait pas s'y plaire. Son corps l'avait trahi mais sa tête tenait bon. Il voulait organiser sa succession, et ensuite... Qu'est-ce qui lui resterait pour s'accrocher à la vie ? Plus grand-chose, sans doute.

Il salua une femme en blouse rose qui se tenait à l'accueil et s'aperçut qu'il était pressé de quitter cet endroit. L'entrevue avec Jean-François l'avait démoralisé, pourtant il avait l'habitude, dans son métier, de côtoyer toutes sortes de situations, et certaines bien plus dramatiques. Mais voir son vieil ami cloué ici, seul et amer, l'attristait vraiment. Quant à son discours au sujet des enfants qui s'en vont, qui se détournent et qui vous oublient, Antoine mesurait la justesse du constat car il avait vécu la même chose. Sauf que lui exerçait toujours son métier, dont les règles n'avaient guère changé, et qu'on continuait à l'écouter, alors que Jean-François, condamné à parler dans le vide, finirait par se taire pour de bon.

En montant dans sa voiture, il décida de s'occuper rapidement de cette succession sensible.

*

Si l'arrivée de Clément avait permis à Caroline d'alléger un peu son emploi du temps, il y eut brutalement un nouvel afflux de patients. La grève des services d'urgences des hôpitaux obligeait les malades à chercher des médecins ailleurs, même très loin de chez eux. La nouvelle de la récente installation d'un généraliste s'était répandue comme une traînée de poudre. D'autant plus vite que Clément, tout comme Caroline, avait été urgentiste, et que tous deux possédaient donc une bonne pratique, ce qui se savait car le maire, très fier, l'avait clamé haut et fort. S'ils n'étaient pas équipés pour traiter les cas graves, ils pouvaient en revanche s'occuper d'une bonne partie des patients. En particulier tous ceux qui encombraient les urgences pour des problèmes bénins. En quelques jours, les stocks de petit matériel dont disposait le cabinet furent épuisés. Diane passait des commandes auprès des laboratoires, gérait les trop nombreuses demandes de rendez-vous, calmait l'agitation qui régnait dans la salle d'attente et remplissait les nouveaux dossiers tandis que Caroline et Clément enchaînaient les consultations.

Le vendredi soir, vers vingt et une heures, lorsqu'ils purent enfin fermer, ils s'octroyèrent tous les trois une petite pause bien méritée.

— Je n'ai même plus de café, soupira Diane. J'en rapporterai demain matin.

— Du café ? gémit Clément. On en a bu toute la journée ! Il n'y a pas quelque chose de plus joyeux au fond du frigo ? Un truc prohibé caché derrière les vaccins ?

— J'ai bien une bouteille de champagne, mais je la gardais pour une occasion.

— Elle est toute trouvée ! C'est la journée des records d'affluence, non ?

— Admettons…

Diane partit la chercher et revint avec trois gobelets en carton. Ils allèrent s'installer dans le bureau de Caroline, qui avait ouvert les fenêtres pour aérer.

— Désolée, mais je ferme les volets, décida Diane, parce que si quelqu'un nous aperçoit…

— Et alors ? Nous avons bien travaillé, non ?

— C'est un village, Clément. Les gens parlent, tout se sait. Le bruit ne doit pas courir que les toubibs se saoulent le soir venu ! Nous ferions même mieux d'éteindre les lumières avant qu'un patient ne se pointe avec un doigt à recoudre ou une indigestion.

— Je refuse de trinquer dans le noir, plaisanta Clément.

Il fit sauter le bouchon, emplit les trois gobelets.

— Est-ce que la grève des urgences va durer ? demanda Diane d'un ton sans espoir.

— Probablement. En ce moment, un service minimum obligatoire est assuré, réservé aux *vraies* urgences. Pour les médecins, faire grève revient à porter un brassard, mais certains se sont mis en arrêt maladie, d'autres ont démissionné. Quant aux aides-soignants, ils désertent carrément. C'est l'hôpital qui est malade.

— Pourquoi ?

— Manque de moyens, personnel sous-payé, répondit Clément. Les internes travaillent soixante heures par semaine, souvent bien davantage, et les infirmières françaises sont les moins payées de toute l'Union européenne !

— Le gouvernement fait la sourde oreille, ça finira par déboucher sur une vraie crise sanitaire, pronostiqua Caroline. La France n'est pas un pays sous-développé, les hôpitaux devraient être une priorité absolue. Certains sont dans un état de vétusté inimaginable, et en guise de solution on ferme définitivement certains services au lieu de les rénover.

— Oui, mais il paraît que les caisses sont vides.

— Pour les Jeux olympiques de Paris, railla Diane, on a facilement trouvé quelques milliards.

Un long coup de sonnette, suivi d'un appel impérieux, les interrompit.

— Docteur Serval ! Ce sont les pompiers !

Caroline se dépêcha d'aller déverrouiller la porte principale et se trouva nez à nez avec un capitaine qu'elle connaissait de vue.

— On a une femme en train d'accoucher à deux rues d'ici, annonça-t-il, et le temps que le Samu arrive…

— Je vous suis, décida-t-elle aussitôt.

— Je t'accompagne ? proposa Clément.

— Volontiers. Prends une trousse complète, on file.

Diane lui en tendait déjà une, qu'il saisit avant de se précipiter derrière Caroline. En s'engouffrant dans sa voiture, il lui lança :

— Et dire que je croyais que ce serait tranquille ici…

— Bienvenue à la campagne !

Comme le pompier était reparti en courant, elle démarra promptement.

*

— Je vais passer quelques jours à Paris, déclara Louis.

Il avait rejoint Paul pour le petit déjeuner, bien avant son heure habituelle.

— Tu as des affaires à traiter là-bas ?

— Des clients à voir. Dont un que je veux absolument convaincre car il s'agit d'un gros projet, et donc d'un gros contrat !

— Est-ce que vivre ici est un handicap dans ton métier ?

— Pas vraiment. Pour créer des logiciels, tu planches tout seul de ton côté, et c'est parfois très long.

— Mais la ville ne te manque pas ?

— Non, elle m'asphyxiait. En revanche, pour un court séjour, c'est génial. Je vais en profiter pour voir des expos, rencontrer des copains, faire des achats, renouer des contacts professionnels. Et pour ne rien te cacher, m'éloigner me changera les idées.

Paul comprit qu'il faisait allusion à Caroline, dont il parlait toujours, mais il ne releva pas.

— En somme, tu as un programme très chargé ! Combien de temps comptes-tu y rester ?

— Une dizaine de jours au moins. J'ai réservé mes billets de TGV, je pars demain, mais la date du retour n'est pas fixée.

— Parfait.

— Je ne pense pas te manquer, tu aimes bien vivre seul.

— J'aime bien quand tu es là aussi.

Ils échangèrent un sourire complice, puis Louis alla ranger sa tasse et son assiette dans le lave-vaisselle.

— Aujourd'hui, je rends visite à papa. Je suppose que tu ne voudras pas m'accompagner ?

— Notre dernière entrevue n'a pas été très concluante. Dès qu'il me voit, il se met en colère, ça n'a pas pu t'échapper.

— Je sais, Paul. Mais le jour où il disparaîtra, tu t'en voudras de l'avoir laissé tomber malgré son fichu caractère.

Paul médita la réflexion de son frère et finit par maugréer :

— Si tu restes absent plus longtemps que prévu, je te promets d'y aller... avec des chocolats.

Il se leva et rangea à son tour, passa machinalement un coup d'éponge humide sur la grande table de chêne. Puis ils sortirent ensemble dans l'air déjà tiède du matin.

— La vigne est en fleur, c'est magnifique ! apprécia Louis, une main en visière.

— Et je continue à rogner, à écimer, à éclaircir si je trouve des grappes surnuméraires. Je la surveille comme le lait sur le feu !

Il jeta un coup d'œil à son frère avant de lui demander :

— Comment se fait-il que ça ne t'ait *jamais* intéressé ?

— Je l'ignore.

— Si tu avais été fils unique, tu n'aurais pas fait l'effort ?

— L'effort ? Peut-être. Pas sûr... Quand tu n'as pas ça dans le sang, que ce n'est pas une passion, à mon avis tu n'obtiens pas grand-chose de bon. Je me souviens de l'année où a eu lieu cette horrible averse de grêle qui a détruit la quasi-totalité des grappes. Tout ce travail pour rien, c'était choquant. Je comprenais le désastre, j'étais désolé pour papa et pour toi, mais franchement, ça ne me touchait pas beaucoup, sinon pour l'aspect financier. Je n'ai pas ta tendresse pour la terre, Paul. Même si je la trouve parfois superbe, elle ne me parle pas. À toi, oui…

Paul hocha la tête, validant l'aveu.

— Quand j'étais gamin, répondit-il d'une voix songeuse, je croyais que tu disais ça pour échapper aux corvées, pour rester à la maison au lieu de suivre papa. J'ai mis du temps à admettre que tu t'en foutais pour de bon.

— Mais j'irai tout de même voir les vendanges. L'ambiance est à la fois laborieuse et effervescente, ça me plaît. Et tu m'impressionnes aussi quand tu fais tes assemblages de cépages, depuis que tu as décidé d'être ton propre maître de chai.

— Enfin un peu de reconnaissance ! s'esclaffa Paul.

— Tu doutais de mon admiration ?

Louis ne riait pas, inquiet de la réponse.

— Non. Je sais que tu apprécies mon vin.

— Sincèrement, il est meilleur que celui de papa. Différent et vraiment meilleur. Ce que je ne dirai jamais devant lui !

Louis rentra dans la maison, sans doute pour préparer un sac de voyage, et Paul descendit tranquillement vers les vignes. L'échange avec son frère lui avait fait du bien, leur facilité à se parler était intacte, sauf, bien sûr, quand il s'agissait de Caroline. Paul avait pris la décision de ne pas chercher à la revoir, et pour tenter de se distraire il sortait avec une jeune femme charmante, pour laquelle il n'éprouvait hélas aucun sentiment. Il ne pouvait pas se retenir de la comparer à Caroline, ce qui n'était pas très honnête. Au moins, il n'avait rien promis, sachant que cette relation ne durerait pas. La prochaine, peut-être ? Ou la suivante. Avoir perdu sa mère trop tôt l'avait empêché jusqu'ici de s'attacher à une femme, par crainte de l'abandon, alors qu'au contraire Louis tombait facilement amoureux, comme s'il cherchait à compenser ce vide. Chacun à sa manière, l'un et l'autre subissaient les conséquences du deuil prématuré qui les avait laissés seuls face à leur père, dans un huis clos que Jean-François n'avait pas toujours rendu facile.

Arrivé dans les vignes, il cueillit une fleur dont il se mit à mâchonner la tige. Caroline… Elle demeurait un fruit défendu. Il ne pouvait rien tenter, et l'absence de Louis n'y changerait rien, Paul était trop droit pour agir en hypocrite dans le dos de son frère. Cependant, le regard qu'il avait échangé avec elle dans ce restaurant le poursuivait. Impossible de s'y tromper, quelque chose s'était produit. En revenant à sa table, la jeune femme avec laquelle il dînait semblait courroucée. Pourtant, elle n'avait rien dit, dans l'espoir que leur soirée se terminerait bien. Mais il s'était contenté de la raccompagner chez elle et avait poliment refusé le dernier verre qu'elle proposait. À ce moment-là, il n'avait que Caroline en tête, étonné de son obsession. Que lui arrivait-il avec elle ? Pourquoi elle ? Et surtout, pourquoi n'avait-il pas, lors du premier dîner avec les deux sœurs, été plus rapide que Louis ?

Ces questions allaient rester sans réponse, autant ne pas se les poser. En colère contre lui-même, il pressa le pas pour accéder à la parcelle suivante. Il avait planté trois cépages, grenache, syrah et cinsault, pour, chaque année, trouver la meilleure proportion. Dès à présent, il devait réfléchir à ce délicat mélange, effectué dès la mise en cuve, plutôt que de s'acharner à rêver de l'inaccessible. Son métier passait avant tout, et il n'avait pas l'intention de démériter cette année.

*

— Vos analyses sont bonnes, Jacques. Je ne modifie pas votre traitement, il vous réussit !

Content d'apprendre que tout allait bien, le maire eut un large sourire.

— C'est vous qui êtes un bon médecin, docteur Serval. Et je n'en changerais pour rien au monde, même si l'arrivée de Clément est une bénédiction. Vous vous êtes sacrément bien débrouillée.

— J'ai eu de la chance, c'est presque un hasard. L'avantage est que je connais Clément depuis nos études, et je peux garantir ses qualités. Mais le logement a compté dans sa décision. Sa famille n'est pas riche et il n'avait pas envie de s'endetter.

— La maison lui convient ?

— Plutôt deux fois qu'une. Ma sœur l'a aidé à tout arranger, il s'y plaît beaucoup.

Elle prescrivit le renouvellement des médicaments et tendit l'ordonnance au maire.

— Vous faites beaucoup pour ce village, Jacques.

— C'est le rôle d'un maire.

— Ils ne sont pas tous aussi efficaces.

Se levant pour le raccompagner, elle s'arrêta un instant.

— J'ai quelque chose à vous demander…

— Bien sûr. Allez-y !

— Mes patients âgés m'ont signalé que, lorsqu'ils se promènent, ils n'ont aucun endroit où faire une pause, et ça les décourage d'entreprendre une balade qui leur ferait pourtant le plus grand bien.

— Ah, je vois… Vous voulez me parler des bancs ?

— Exactement. Pourquoi les a-t-on enlevés ?

— On les a supprimés un peu partout… Même sur les quais de gare, ils ont été changés afin qu'on ne puisse pas s'allonger dessus. On a mis des trucs inclinés à la place, où personne n'aurait l'idée de s'asseoir. Partout, on s'est débrouillé pour que les clodos, pardon, les SDF…

— Il me semble que leur vie n'est déjà pas facile, l'interrompit-elle, et les chasser pour faire place nette est peu charitable. Mais ici, Jacques, il n'y a pas de SDF, que je sache.

— Non.

— Alors, quoi ? Vous avez voulu suivre la mode urbaine ?

— Il en a été question au conseil municipal.

— Eh bien, remettez la question à l'ordre du jour, et réinstallez nos bancs.

Il esquissa un petit sourire réjoui, signifiant ainsi qu'il était d'accord avec elle.

— Vous êtes incroyable, docteur Serval. Et très convaincante ! Au fond, je partage votre avis, mais vis-à-vis de mes adjoints vous allez me servir de caution morale. Si le médecin le prescrit, ça devient indiscutable. Vous devriez assister un jour à un conseil. Chacun y va de sa petite idée « novatrice », de sa petite exigence, personne n'écoute personne et tout le monde se prend très au sérieux. La charge de maire n'est pas de tout repos, d'ailleurs ils sont nombreux à ne pas vouloir se représenter.

— Et vous ? Vous n'allez pas nous faire un coup pareil, j'espère !

— Non, je suis trop attaché à ce village et j'ai encore beaucoup de projets pour lui.

— Vous serez réélu, Jacques. Les gens vous apprécient, ils ne voteront pour personne d'autre. Voulez-vous sortir par la petite porte ?

— Mieux vaut que mes administrés ne me croient pas malade, plaisanta-t-il.

Elle lui ouvrit la porte donnant sur la ruelle, très satisfaite de leur échange. Elle aimait autant le village que lui, s'y était enracinée. En achetant sa maison et en décidant de s'installer ici, elle avait fait le bon choix.

Le maire étant son dernier patient, elle gagna l'entrée, où Diane et Clément discutaient à mi-voix.

— La journée est bouclée ! déclara-t-elle.

— Diane est en train de m'établir la liste de nos confrères spécialistes auxquels tu as l'habitude de t'adresser, expliqua-t-il. Autant ne pas envoyer les gens consulter trop loin.

— Sauf dans certains cas. Chez les chefs de service, il y en a qui sont vraiment meilleurs que d'autres, et le déplacement en vaut la peine. Mais s'il faut hospitaliser, la proximité est importante pour les familles. Le moral d'un malade dégringole quand il est seul, loin de chez lui.

Diane esquissa une grimace à l'adresse de Clément.

— Ma sœur est un véritable saint-bernard. Elle a un tonneau de rhum autour du cou !

Haussant les épaules avec désinvolture, Caroline annonça qu'elle rentrait.

— Pour une fois qu'il n'est pas trop tard, je vais enfin pouvoir dîner avec Gaëlle.

Restée seule avec Clément, Diane termina sa liste et la lui remit.

— Voilà, mais ce ne sont que des options, libre à toi de t'adresser à d'autres.

Il alla déposer le papier dans son cabinet, revint en éteignant les lumières.

— C'est formidable que tu puisses travailler pour ta sœur sans…

Le voyant embarqué dans une phrase qu'il ne savait pas comment finir, Diane vint à son secours.

— Sans embrouilles ? Sans jalousie ? Non, j'adore Caroline, sa ténacité me bluffe. Jamais je n'aurais pu mener à bien de si longues études ! Et puis je n'ai aucune vocation, pas de vrai talent. Je peins pour m'amuser, je jardine pour me détendre et je ne touche plus jamais au piano. J'ai étudié l'art et l'histoire pour me cultiver et pour faire plaisir à nos parents, ou plutôt à notre père qui était fier de pouvoir nous offrir des études. Je n'ai pas voulu le décevoir. De là à trouver un métier… J'ai fait des tas de trucs sans grand intérêt, et quand Caroline m'a proposé de venir tenir son secrétariat et sa comptabilité, j'ai été conquise, sachant qu'avec elle je ne m'ennuierais jamais. On s'entend bien, c'est ma petite sœur, je la protège.

— Elle n'a pas l'air d'avoir besoin d'une protection ! Mais vous faites un bon duo, c'est sûr… À présent, un trio, avec moi ?

— Tout à fait d'accord. Sur un plan professionnel, s'entend. Pour le reste…

— J'ai bien compris, je ne te draguerai pas. Cela étant posé, je t'invite à manger une pizza chez moi.

Elle hésita car elle avait envie de rentrer chez elle après cette longue journée, et de profiter de la douceur du soir dans son jardin, mais elle se ravisa.

— Pourquoi pas ? D'ailleurs, je veux te parler d'un truc.

— Quoi donc ?

— Il faudrait qu'on trouve le moyen de provoquer une nouvelle rencontre avec Paul Lacombe.

— Lacombe ? Dans quel but ?

— Parce que je crois que Caroline en a très envie, mais elle ne tentera rien. La situation est biaisée puisqu'elle est sortie avec son frère, comme elle te l'a dit. As-tu remarqué de quelle façon Paul et elle se regardent ? Mais ils ont les mains liées, à cause de Louis.

— Et tu crois que les mettre en présence ferait tomber cette barrière morale ?

— On peut toujours essayer.

— Elle t'a dit qu'elle le souhaitait ?

— Caroline n'a pas besoin de me parler. Elle me raconte volontiers tout ce qui se passe dans sa tête. Sauf là, bizarrement.

— Peut-être a-t-elle peur que tu ne la juges.

— Oh, j'en serais bien incapable !

Clément la dévisagea, perplexe. Il avait remarqué, dès le premier jour, la complicité évidente qui unissait les deux sœurs. Diane devait avoir raison et, de toute façon, Clément aimait bien les histoires de cœur, qui l'amusaient ou, parfois, lui faisaient envie.

— D'accord, accepta-t-il. On va se creuser la tête pour trouver un prétexte quelconque. Allons y réfléchir en mangeant, il est tard.

Dehors, il faisait encore grand jour, le mois de juin offrant de longues soirées très douces. Clément avait acheté une table de jardin et deux fauteuils qu'il avait disposés sur sa petite terrasse. Ils y prirent place pour boire un verre après avoir mis une pizza dans le four.

— Je n'aurais jamais imaginé être si vite et si bien installé, déclara-t-il avec un soupir de satisfaction. C'est la belle vie !

— Vraiment ?

— Oui, je t'assure. Je n'ai pas d'économies car mon salaire d'urgentiste n'était pas mirobolant. Chaque fois que j'ai pensé à me fixer en ouvrant mon propre cabinet, la perspective de m'endetter m'arrêtait net. Je ne voulais pas avoir un boulet au pied, ni devoir parier sur les vingt prochaines années. Acheter un local professionnel, du matériel, se faire une clientèle, trouver un logement… La marche me paraissait trop haute. Et Caroline a tout réglé en moins de deux !

— Vivre dans un village ne te gêne pas ?

— Je suis né dans un village. Saint-Cannat, entre Aix et Salon-de-Provence. Fils unique, je trouvais parfois le temps long, mais j'aime bien la nature. Et ici, elle est particulièrement belle. Bien sûr, ça manque un peu d'animation et de filles à draguer, on ne peut pas tout avoir. Jc profitc dcs wcck-ends pour filer à Aix, où il y a tout ce qu'il faut !

Il alla chercher la pizza et une bouteille de rosé dont il regarda l'étiquette.

— Celui-ci ne vient pas de chez les Lacombe. Crois-tu qu'ils en vendent chez eux ?

— Aucune idée. Mais même si tu voulais en acheter directement à Paul, je ne pense pas que Caroline t'accompagnerait.

— Pourquoi pas, si j'insiste ? Après tout, elle les connaît bien. Et je ne mentirai pas en disant que je serais curieux d'entrer dans la bastide. On ne la voyait que de loin pendant les vendanges, et je lui trouvais une allure folle ! Avec ces volets d'un bleu particulier… Je crois que ça s'appelle « bleu paon », non ? Et ces portes-fenêtres cintrées, cette longue façade… Une grande et belle maison de famille patinée par le temps, ça me faisait rêver. Chez mes parents, à Saint-Cannat, c'était petit et moderne, pas très bien arrangé, du coup je suis fasciné par ce genre de baraque.

Diane réprima un sourire. Clément était spontané, direct, aussi facile à vivre en privé qu'au cabinet. Peut-être Caroline allait-elle se laisser convaincre ? Diane était certaine que sa sœur voulait revoir Paul mais qu'elle se l'interdisait. En revanche, Diane ne s'interdirait pas de donner un petit coup de pouce au destin. Depuis Erwan, qui l'avait échaudée, Caroline n'avait pas rencontré d'homme assez intéressant pour réveiller son envie d'une relation suivie. Et si Paul Lacombe était celui-là ? Diane se souvenait de leur dîner à quatre, où Louis s'était montré plus bavard, plus brillant et plus entreprenant que son frère ; pourtant Diane avait été déçue que ce soit lui qui propose un dernier verre à Caroline, et aussi qu'elle accepte. Par la suite, elle n'avait pas été étonnée de constater que l'aventure tournait court.

— On va peaufiner notre plan, mais d'abord on mange ! décréta Clément.

Le soleil venait de disparaître derrière l'horizon bleu et rose, le calme régnait dans la rue du village. Diane attaqua gaiement sa pizza, finalement satisfaite de partager la soirée avec Clément.

*

Ce même soir, Paul était assis sur les marches du perron de la bastide, une canette de bière à la main. Lui aussi contemplait le ciel tout en songeant à son père. Par extraordinaire, celui-ci avait téléphoné pour se plaindre de ne pas voir ses fils. Or, Jean-François ne se plaignait jamais. Il râlait, ronchonnait, critiquait ou se mettait en colère, mais il ne réclamait rien. De plus, il aurait pu appeler Louis. Ou alors, il l'avait fait, et en apprenant que son fils aîné se trouvait à Paris il s'était tourné vers le cadet.

Comme Louis prolongeait son séjour, la visite promise incombait à Paul. Plus tôt dans la journée, il s'était rendu à Aix pour diverses courses et, avant de rentrer à la bastide, il avait poussé la porte de l'épicerie Serval. Si le prétexte était d'acheter des friandises pour Jean-François, c'était bien la curiosité qui avait motivé Paul. Par hasard ou par chance, Théo se trouvait là, et à voir l'attitude de la vendeuse envers lui, Paul avait facilement déduit qu'il s'agissait du patron, donc du père de Caroline. D'ailleurs, la ressemblance avec Diane était frappante. Paul s'était un peu attardé, essayant d'imaginer Caroline et sa sœur, enfants, gambadant parmi les comptoirs. Avaient-elles été heureuses ici ? À quel âge Caroline avait-elle découvert sa vocation pour la médecine ?

Décidément, quels que soient ses efforts, il ne pouvait pas s'empêcher de penser à elle. Aucune femme n'avait produit sur lui un effet aussi obsessionnel, dévastateur. Était-ce l'interdit qui décuplait son désir ?

De nouveau, il regarda le ciel, plus sombre à présent. La nuit venait, avec son lot d'insomnies malgré tout le travail effectué chaque jour. Il se leva, s'étira, ramassa la canette vide. La plupart du temps, il appréciait la solitude, mais ce soir elle lui pesait. Il rentra dans la bastide, alla jeter sa canette et en prit une autre dans le réfrigérateur, puis il passa par son bureau pour récupérer son paquet de cigarettes, après quoi il ressortit. Il se dirigea vers le chai, un bâtiment indépendant situé à une cinquantaine de mètres de la maison. C'était une ancienne grange, bâtie sur une grande cave voûtée, dont Jean-François avait beaucoup soigné l'apparence, estimant qu'elle était la vitrine du vin Lacombe. La porte, monumentale, était ornée de lourdes ferrures. Dans le chai, où la climatisation maintenait une température constante, se trouvaient les cuves, tandis que les tonneaux étaient alignés dans la cave. Paul rêvait de moderniser l'installation, mais il ne disposait pas des capitaux nécessaires, l'affaire appartenant toujours à son père, qui ne voulait pas entendre parler du genre d'investissements que Paul souhaitait. Malgré les bons résultats de son fils, Jean-François faisait la sourde oreille, et leur désaccord nuisait à l'entreprise.

Paul se demanda s'il ne devait pas, une fois encore, essayer de discuter. Peut-être en profitant de leur tête-à-tête lors de la visite qu'il comptait lui rendre. Mais il ne se faisait guère d'illusions, son père camperait sans doute sur ses positions intransigeantes. Par entêtement ? Pour ne pas donner raison à son fils, ni lui faciliter la tâche ? N'existait-il aucun moyen d'apaiser sa rancœur ? Il disait s'être senti floué, mis à l'écart, alors que Paul pensait au contraire avoir redoré le blason de leur vignoble. Deux générations en conflit, peu d'espoir de consensus, et Paul n'était pas du tout certain de pouvoir continuer à exploiter après le décès de son père. Jean-François n'avait pas la possibilité de le déshériter, une mesure interdite en droit français, mais sans doute s'arrangerait-il pour compliquer la situation, de manière à prendre sa revanche sur son fils rebelle. Alors, tout ça pour rien ? Continuer de s'échiner sans aucune vision d'avenir était une situation inconfortable et démoralisante.

Pourtant, contrairement à ce que Louis semblait croire, Paul gardait de l'affection et du respect pour leur père, qui avait fait de son mieux, en son temps. Mais sans ses ennuis de santé, il aurait conservé la tête de l'exploitation et Paul n'aurait rien pu faire évoluer. Cependant il ne s'était jamais réjoui de voir son père diminué, puis relégué dans cette maison de retraite où il se sentait si mal. Partagé entre la peine qu'il avait éprouvée lors de son départ, devenu inéluctable, et le soudain plaisir de la liberté qui s'offrait enfin à lui, Paul avait été en proie à des émotions contradictoires qui le poursuivaient encore.

Avant d’entrer dans le chai, il prit le temps d’allumer une cigarette, d’en savourer quelques bouffées puis de l’écraser soigneusement et de ramasser le mégot qu’il mit dans sa poche. Les abords du chai et de la bastide devaient rester impeccables, Jean-François le leur avait rabâché et Paul avait fait sien ce précepte. Car il n’avait pas tout rejeté des enseignements de son père, tant s’en fallait.

Il poussa la lourde porte, alluma. Mieux qu’unc cigarette occasionnelle, se retrouver au milieu des cuves l’apaisait toujours. Sa vie était là, et il espérait qu’elle allait pouvoir y rester.

6

Louis était satisfait de son séjour à Paris, il avait eu d'excellents contacts professionnels qui auguraient bien de l'avenir, et il s'était beaucoup amusé. Malgré tout, il serait heureux de rentrer chez lui après cette parenthèse, de retrouver le calme de la bastide, la chaleur de l'été, son bureau d'où il contemplait un paysage aussi superbe qu'apaisant. D'autant plus qu'il avait eu droit à des averses quotidiennes, avait voyagé dans des métros bondés, avait subi le concert des klaxons, sirènes et autres marteaux-piqueurs typiques de la capitale.

Le coup de téléphone de son père l'avait un peu alarmé. Jean-François semblait chercher ses mots, entre exaspération et détresse. Il réclamait, rageur, davantage de « considération » de la part de ses fils. Mais Paul ayant promis d'aller le voir, Louis n'avait pas jugé nécessaire d'avancer son retour.

Évidemment, il était sorti le soir, connaissant les bars et les boîtes de nuit où il pouvait faire des rencontres. Il cherchait ainsi à oublier sa déception avec Caroline, qui demeurait amère. Lorsqu'il pensait à elle – et à cette maudite amitié qu'elle lui avait proposée –, il ne pouvait s'empêcher de se rappeler certains regards de Paul. Se faisait-il des idées ? Pourquoi imaginer que son frère puisse convoiter la femme que Louis avait tenue dans ses bras, celle qui le hantait toujours ? Une supposition désagréable, qui le mettait en colère, alors qu'il s'égarait peut-être. Néanmoins, il se posait la question. Il aurait dû la poser directement à Paul, mais il redoutait la réponse et préférait garder ses doutes pour lui.

De toute façon, Paul était un frère formidable, franc, solide, et sûrement pas un hypocrite ou un traître. D'ailleurs, puisque Caroline avait rompu, elle était libre. Libre d'en choisir un autre et, cette fois, de l'aimer. Mais pas Paul !

Sauf que, non, il n'avait pas rêvé, Paul regardait furtivement Caroline comme un chien regarde un os à moelle, et la plupart du temps il s'empêchait surtout de la regarder. À moins que ce ne soit qu'une fausse impression, une interprétation erronée ?

Pour se libérer de ses obsessions, deux fois de suite Louis avait ramené une jeune femme dans sa chambre d'hôtel, mais entamer une histoire ne lui disant rien, il ne l'avait pas revue. Charmeur de nature, il plaisait facilement et en général s'emballait vite, aussi s'était-il surpris lui-même par son manque d'enthousiasme. Combien de temps lui faudrait-il encore pour être guéri de Caroline ?

Heureusement, son travail lui donnait de grandes satisfactions. Il possédait une solide expertise technologique et un excellent relationnel qui lui permettaient de développer de bons logiciels et de bien les vendre. Il gagnait largement sa vie, pouvait s'offrir des plaisirs, avait un bel avenir devant lui. Que demander de plus ?

Eh bien, rencontrer enfin son âme sœur, celle avec qui vivre un amour partagé et réussi, afin de construire quelque chose. Puisque Caroline ne voulait pas de lui, autant en chercher une autre. Fonder une famille lui faisait envie, il ne se voyait pas vivre avec son frère jusqu'à la fin de ses jours, même si leur cohabitation se passait sans heurt.

Il décida de réserver son billet de retour pour la semaine suivante, n'ayant plus de raison de s'attarder, hormis quelques amis à voir avant de partir. Ce séjour lui avait permis de tirer la question au clair : c'était bien sous le ciel bleu profond de sa Provence qu'il voulait passer le reste de son existence, et il devait à présent se débrouiller pour y trouver le bonheur.

*

Caroline se sentait mal à l'aise devant le jeune homme agité qui lui faisait face. Depuis le début de la consultation, il ne tenait pas en place, se tortillant sur sa chaise ou se levant brusquement pour arpenter la pièce.

Forte de son expérience, elle avait vite compris qu'il était en manque de drogue. Elle ne fut donc pas surprise quand il se mit à réclamer une ordonnance. Comme elle le suivait depuis quelques semaines, elle savait que si elle lui prescrivait de la buprénorphine, comme le Subutex, il réduirait les comprimés en poudre pour s'injecter le produit. Il était complètement pharmacodépendant, voyait en plus de Caroline des médecins parfois très éloignés pour obtenir son cocktail de tranquillisants ou d'antalgiques qui, aujourd'hui, ne lui suffisait plus.

Elle avait passé du temps à lui expliquer les dangers de la drogue et les différents moyens de sevrage. Elle lui avait fortement recommandé de se rendre dans un centre de toxicologie ou à l'hôpital, seuls autorisés à initier un traitement par la méthadone, mais il ne tenait aucun compte de ses conseils et, à chaque visite, elle le trouvait plus nerveux et plus amaigri.

— Je ne peux pas rester comme ça ! explosa-t-il.

Le regard fiévreux, il se tordait les mains et semblait au bord du malaise.

— Donnez-moi cette foutue ordonnance, vous voyez bien que j'en ai besoin !

— Vous avez surtout besoin d'être désintoxiqué, vous êtes en train de ruiner votre santé.

— Ça me regarde !

— Non, c'est ma responsabilité de médecin.

Elle restait calme, ferme, mais elle sentait que son refus le mettait dans un état émotionnel critique. Il s'avança vers le bureau, qu'il frappa de ses deux poings fermés.

— Je veux mon papier ! hurla-t-il en se saisissant de l'ordonnancier.

Inquiète, elle le lui ôta des mains et le jeta dans un tiroir.

— Reprenez-vous, Rémi. Je veux vous aider, pas aggraver votre problème. Nous pouvons essayer ensemble de…

— Rien du tout, salope !

En deux enjambées, il fut sur elle et la prit par le cou pour la secouer. Il était en manque et perdait le contrôle de lui-même. Elle essaya en vain de lui faire lâcher prise, gagnée par la panique, car elle commençait à étouffer. Bien qu'il soit maigre, Rémi était plus fort qu'elle, et il essayait de l'étrangler sans se rendre compte de ce qu'il était en train de faire. Avec l'énergie du désespoir, elle donna des coups de pied au hasard et leur corps-à-corps les fit basculer sur le bureau. Caroline commençait à voir trouble lorsque la porte s'ouvrit à la volée sur Clément et Diane. Clément se jeta aussitôt sur le jeune homme, le ceinturant d'un bras et lui mettant l'autre sous le menton pour lui renverser la tête en arrière. Il réussit à le faire reculer tandis que Diane, affolée, se penchait sur sa sœur.

— Ça va, ça va…, éructa Caroline d'une voix enrouée.

Elle se redressa, reprit sa respiration. Clément avait fait asseoir brutalement Rémi et gardait les mains sur ses épaules. Mais le jeune homme, hagard, était à présent saisi de tremblements et en cet instant ne paraissait plus agressif.

— Il est en manque, ajouta Caroline à l'intention de Clément.

Ils échangèrent un coup d'œil, essayant d'évaluer la situation d'un point de vue médical. Une hospitalisation, que Rémi vivrait malheureusement comme une punition, semblait nécessaire. Impossible de le laisser repartir dans cet état, il pouvait être dangereux pour les autres et pour lui-même. À regret, Caroline prit son portable et quitta la pièce pour joindre les services concernés. Clément suggéra alors à Diane d'aller rassurer les patients qui se trouvaient dans la salle d'attente et qui devaient s'interroger sur la raison de ce chahut.

— Je reste avec lui, dit-il à voix basse.

Tout comme Caroline, il était déjà passé aux urgences par ce genre de situation violente, mais il voyait que Diane était choquée.

— La vie d'un médecin de campagne n'est pas de tout repos, on dirait ! ajouta-t-il pour la faire sourire.

Sous ses mains, il sentait toujours les tremblements convulsifs du jeune homme. Il n'essaya pas de le raisonner, sachant que Caroline avait dû le faire en vain.

— On va vous aider et vous vous sentirez mieux, dit-il seulement.

Il allait devoir rester avec lui jusqu'à l'arrivée du Samu ou des pompiers qui se chargeraient du transfert à l'hôpital. Il songea à la façon dont le jeune homme gâchait sa vie, à l'angoisse qu'éprouverait sa famille en apprenant qu'il était hospitalisé. À moins qu'elle ne ressente du soulagement à le savoir enfin à l'abri.

Caroline passa la tête par la porte, annonça à mi-voix qu'elle avait fait le nécessaire. Puis elle déclara qu'en attendant elle prenait le relais dans le cabinet de Clément pour s'occuper des gens qui se trouvaient toujours dans la salle d'attente.

Lorsqu'elle retraversa l'entrée, Diane avait repris sa place derrière son petit bureau, et elle affichait un sourire crispé.

— Heureusement que Clément était là, chuchota-t-elle. Quel cinglé !

— C'est un pauvre garçon. Dans l'état où il est, il serait capable de n'importe quoi pour avoir sa dose... Et il recommencerait demain et les jours suivants. J'espère qu'une fois pris en charge il ira au bout de sa désintoxication, mais les rechutes sont nombreuses.

En quelques minutes, Caroline avait surmonté l'incident et recouvré tout son sang-froid. Elle avait vu tant de malheurs et de drames qu'elle savait se préserver sans pour autant perdre de son empathie. Elle fit signe à sa sœur de lui envoyer le patient suivant.

*

— Ah, tout de même ! s'exclama Jean-François en guise de bonjour.

Paul conserva le sourire aimable dont il ne voulait pas se départir, et il alla embrasser son père.

— Je t'ai apporté des calissons, se contenta-t-il de dire.

Jean-François le dévisagea, haussa les épaules, mais il finit par ouvrir la boîte et en prendre un, sans faire mine de lui en offrir. Paul se demanda si, en vieillissant, on ne devenait pas forcément égoïste et gourmand, comme un retour inéluctable au stade infantile. Mais son père le surprit en maugréant :

— Bien, nous avons fait ce que chacun attend de l'autre. Tu m'offres des sucreries et j'en mange aussitôt une, nous sommes des gens civilisés ! Maintenant, nous allons passer aux choses sérieuses.

— À savoir ?

— Il y a quelques jours, j'ai convoqué mon notaire. Je ne veux pas laisser la pagaille derrière moi.

Il planta son regard dans celui de Paul, espérant sans doute une réaction.

— Tu ne dis rien ?

— Je t'écoute.

Ils avaient les mêmes yeux gris clair, mais ceux de Jean-François semblaient s'être délavés avec l'âge.

— C'est drôle, ricana-t-il, tu ne m'appelles jamais « papa ». « Je t'écoute, *papa*... » Le mot t'écorche ?

— Bien sûr que non... papa.

Déterminé à ne pas laisser éclater une énième dispute, Paul s'assit sur une chaise en face de son père et enchaîna :

— Ton notaire, donc.

— Vous avez beau ne pas penser à moi, figure-toi que je pense à vous. Et j'imagine, par exemple, que tu n'as pas un sou de côté ?

— Non, en effet.

— Ben voyons !

— Je n'ai jamais pensé que les bénéfices de l'exploitation devaient aller dans ma poche, protesta Paul.

— Parce qu'elle est bénéficiaire ?

— Évidemment.

— Tant mieux... Et que fais-tu des profits, alors ?

— Je réinvestis. Je replante chaque année, j'améliore le matériel du chai. Mais bien que je l'aie gérée au mieux depuis ton départ, l'entreprise t'appartient toujours.

— Au mieux, vraiment ?

— Si tu veux voir les livres de comptes, je te les apporterai.

— Oh, pas question, ces soucis sont derrière moi !

— J'ai pourtant besoin de ton accord pour des travaux que je souhaite effectuer au chai.

— Encore ? Décidément, tu n'en finis pas de vouloir tout changer ! Si je pouvais rentrer chez moi, je ne reconnaîtrais rien... Mais j'en reviens au motif de cette conversation qui ne nous amuse pas plus l'un que l'autre. Mettons les choses au point, Paul. Tu penses bien que je ne vais pas me déposséder de mon vivant, toutefois je me demande comment tu feras, après ma mort, pour payer les droits de succession et garder les vignes. Dans ce cas, tu les vendrais ?

— Jamais ! J'y tiens trop, je ferai un emprunt.

— Et concernant la bastide, si je la laisse à Louis en compensation, où iras-tu ?

— J'irai habiter n'importe où, en restant dans le coin. Je n'ai pas besoin d'une si grande maison.

— Tu n'y es pas attaché ?

— Pas autant qu'à la terre.

— Très bien. Ton frère a-t-il des liquidités ?

— Aucune idée. Je ne gère pas ses comptes en banque.

— Oh, ne me dis pas que vous n'avez jamais parlé entre vous de ma succession !

— Eh bien… non.

— Ma parole, vous vivez comme des oiseaux sur la branche ! Vous êtes inconscients ou quoi ? Mais je suis certain que tu me racontes n'importe quoi. Bien sûr que vous devez en discuter, peut-être même tous les jours. Tu as tort de me croire gâteux.

— Je ne crois rien de tel.

Jean-François reprit un calisson, puis un autre, et réclama un verre d'eau que Paul alla lui chercher. Il y eut une ou deux minutes d'un silence tendu, puis soudain Paul se décida à lâcher ce qu'il avait sur le cœur :

— Pourquoi me détestes-tu ?

— Le mot est fort, mon garçon. Mais il est vrai que…

Un nouveau silence plana, avant la violence de l'aveu :

— Je ne t'aime plus beaucoup.

Paul se sentit plus touché qu'il n'aurait pu le supposer.

— Tu m'aimais quand j'étais docile, c'est ça ? Quand j'étais dans ton ombre ?

— Une époque où tu me respectais, avant de tout casser.

— Je n'ai rien cassé du tout. J'ai seulement fait autrement, et tu savais depuis longtemps que j'en avais envie. Tu as bien dû te douter, en partant de la maison, que je suivrais une autre voie. Pourtant, tu m'as établi toutes les procurations nécessaires et tu m'as laissé les rênes de l'exploitation.

— À qui voulais-tu que je les laisse ? s'emporta Jean-François. J'avais le choix entre la peste et le choléra.

Devenu tout rouge, il foudroyait son fils du regard. Paul fit un énorme effort pour ne rien répliquer, mais Jean-François n'en avait pas terminé.

— Tu n'as pensé qu'à toi, acharné à donner la preuve de ton pseudo-savoir-faire sorti de nulle part ! Moi, ici, je bouillais quand des amis ou des confrères m'appelaient pour me raconter ce que tu étais en train de faire. Du vin « nature » ! Quelle blague ! Hélas, j'étais impuissant, cloué ici. Oui, je t'avais tout confié, parce que c'était toi ou rien, je n'aurais pas supporté un étranger dans mes vignes. Et tu sais quoi ? Il m'arrive de le regretter ! Si tu étais parti ailleurs, comme ton frère, pour apprendre un autre métier, je n'aurais pas perdu au change. Quand j'ai compris ça, c'était trop tard, tu avais déjà tout bousillé. Alors évidemment, je t'en veux et, évidemment, je ne t'aime plus.

Paul soutenait son regard, mais il avait reculé d'un pas, comme si toute cette virulence l'éclaboussait.

— J'en prends bonne note, finit-il par dire.

Il devait se rendre à l'évidence, chaque visite à son père se terminait de la même manière, par un accès de fureur aveugle. Pourtant Jean-François le surprit encore en ajoutant, beaucoup plus bas :

— Tu ne vois donc pas que tu m'as fait de la peine en me réduisant au rôle du vieux con ? Le temps passe vite, Paul. Quand ton tour arrivera, tu penseras à moi.

Pour une fois, c'était dit sans hargne, presque affectueusement. Désemparé, Paul chercha une réponse appropriée sans la trouver.

— Sauve-toi maintenant, je sais que tu as du travail à cette saison. Je n'ai pas tout oublié ! Et merci pour ces calissons, ils sont excellents.

Paul se décida à bouger, à ébaucher un sourire, mais déjà son père ne le regardait plus, il s'était tourné vers la fenêtre.

— Je reviendrai vite, promit-il.

Alors qu'il ouvrait la porte, Jean-François claironna dans son dos :

— Ne te crois pas obligé ! Envoie-moi plutôt ton frère, je préfère.

Dans le couloir, le sourire de Paul s'élargit. Jean-François n'était pas tombé dans la sensiblerie, il conservait son mauvais caractère, c'était paradoxalement rassurant.

Lorsqu'il monta dans sa voiture, avant de démarrer il réfléchit un moment à la scène qui venait de se produire.

Tous les mots échangés, lourds de sens, avaient bien exprimé les raisons d'une désaffection et d'une rancœur réciproques. Peut-être conduiraient-ils, malgré leur dureté, à un début de réconciliation ?

Son téléphone vibra dans sa poche, et lorsqu'il l'en sortit pour regarder l'écran, il vit s'afficher le numéro du cabinet Serval. Que Caroline l'appelle était si déconcertant qu'il faillit ne pas répondre. Mais lorsqu'il s'y décida, il entendit Diane au bout du fil.

*

Les deux sœurs, installées sur la terrasse de Caroline, savouraient une infusion de plantes concoctée par Éliette. Non loin d'elles, Gaëlle était captivée par le montage d'un Lego, emboîtant une à une les pièces de ce qui finirait par devenir un vaisseau spatial.

— Vous pouvez y aller sans moi, Clément et toi.

— Pourquoi ? Tu seras contente de voir Paul, j'en suis certaine, et je pense que lui aussi.

— Diane…, soupira Caroline.

— Ça crève les yeux, ma chérie.

— Mais je ne veux pas de ce genre de plan.

— Quel plan ? Clément a vraiment envie de revoir la propriété des Lacombe. Et d'y acheter du vin ! D'ailleurs, moi aussi, parce qu'il paraît qu'il est bon.

L'air dubitatif, Caroline demanda, du bout des lèvres :

— Il était d'accord ? Tu ne lui as pas forcé la main ?

— Tu plaisantes ? Il a sauté sur l'occasion !

Caroline réprima un petit sourire content qui n'échappa pas à sa sœur, mais aussitôt elle fronça les sourcils pour lâcher :

— Diane, sincèrement, on dirait des collégiennes.

— Et alors ? Si ça nous rajeunit…

— Louis sera contrarié.

— Que je sache, tu ne lui dois rien.

— La question n'est pas là. Je l'aime bien, et surtout je ne prendrai pas le risque de créer un conflit entre les deux frères.

— Comme tu voudras. Mais d'après ce que m'a dit Paul, Louis est à Paris, donc rien ne t'empêche de nous accompagner. Ce n'est qu'une petite visite entre amis, pas un rendez-vous galant.

Caroline nourrissait encore quelques réserves, néanmoins elle était tentée. Son attirance pour Paul ne se démentait pas, elle pensait à lui de temps en temps, toujours avec regret. Si Louis avait accepté la fin de leur petite histoire plus légèrement, elle aurait pu, après avoir laissé passer un peu de temps, envisager quelque chose avec Paul. Mais ce n'était pas le cas, elle le sentait encore très touché et très concerné chaque fois qu'il l'appelait, comme s'il ne parvenait pas à se résigner.

— Tu veux te priver pour ménager Louis, je trouve ça excessif, ajouta Diane. Tu l'as fait durant deux bonnes années lorsque tu as quitté Erwan pour la même raison : le souci de ne pas le blesser. Sauf que Louis n'a pas été ton mari, ni le père de ton enfant, et que tu as le droit d'enterrer une petite amourette, voire une simple coucherie, sans états d'âme ! Tu es trop gentille, Caroline, trop pleine de scrupules.

— Je dois tenir ça de papa, il a toujours peur de faire de la peine.

Diane la considéra avec une expression indéchiffrable. Au bout de quelques instants, elle se contenta de dire :

— Avec le métier dur que tu exerces, tu devrais t'amuser davantage dans ta vie privée.

— Bon, très bien, d'accord, j'irai avec vous, arrête de me sermonner !

— Je vais appeler Paul pour lui donner rendez-vous samedi prochain, puisque Gaëlle sera chez son papa.

Satisfaite, Diane se leva pour remporter les tasses vides à la cuisine. Elle félicita Éliette qui était en train de repasser et lui demanda les noms des plantes utilisées pour l'infusion. Mais elle écouta la réponse d'une oreille distraite, ses pensées toujours focalisées sur sa sœur. Pourquoi leur mère s'obstinait-elle à cacher la vérité à sa cadette ? Caroline possédait suffisamment de bon sens pour ne rien en répéter à Théo et continuer de l'aimer. Garder le secret était malsain, Caroline avait le droit de savoir d'où elle venait. Non, elle ne tenait évidemment pas sa gentillesse d'un père qui n'était pas le sien.

Bien des années auparavant, Diane avait été une enfant rieuse. Elle avait confiance en ses parents, espérait beaucoup de l'avenir. Sur les photos prises alors qu'elle n'avait que sept ou huit ans, on la voyait enjouée, heureuse. Plus tard, les choses avaient changé. Déçue par sa mère en la découvrant menteuse et capable de trahir, par son père trop naïf et trop mou, vite dépassée par sa petite sœur qui réussissait, et handicapée par sa propre paresse, Diane s'était peu à peu éteinte puis renfermée. Mais au lieu de jalouser Caroline, elle l'avait toujours adorée, lui déléguant en quelque sorte les rêves qu'elle n'avait pas le courage de poursuivre.

— Tu es bien songeuse, lui fit remarquer Éliette. Tu penses à notre nouveau docteur ?

Tombant des nues, Diane se mit à rire.

— Clément ? Grands dieux, non ! Même si je le trouve tout à fait formidable.

— Un homme charmant, approuva Éliette. Simple et courtois, d'un abord facile, les gens doivent l'apprécier.

— Absolument. Il copine déjà avec tout le village.

— Mais tu n'aimerais pas…

— Non, Éliette. Je n'aimerais rien d'autre avec lui qu'une franche amitié, et partager une bonne bière bien fraîche !

Elle ressortit et découvrit sa sœur assise par terre à côté de Gaëlle, l'aidant à placer les dernières pièces du Lego. La chaleur s'était atténuée avec le coucher du soleil, et les cigales commençaient à chanter moins fort.

— Juin est mon mois favori, déclara-t-elle en les rejoignant. Après, ce sera la fournaise…

Elle se pencha pour les embrasser l'une après l'autre, puis elle regagna sa voiture garée en contrebas de la maison. Elle avait obtenu l'accord de Caroline pour une visite chez les Lacombe, il ne restait plus qu'à en attendre le résultat. Sauf si Paul se révélait, lui aussi, bourré de scrupules ! Mais dans l'esprit de Diane, cet homme était fait pour sa sœur, et elle comptait les observer tous deux avec beaucoup d'attention.

*

À la boulangerie, où il était allé s'acheter un sandwich, Clément venait de rencontrer le maire qui choisissait des gâteaux.

— Content de vous voir, docteur !

— Monsieur le maire…

— Appelez-moi Jacques, comme tout le monde ici, car maintenant vous êtes des nôtres.

— Alors, appelez-moi Clément.

— Impossible ! Un docteur est un docteur, pour moi les médecins sont sacrés. Racontez-moi plutôt comment ça se passe au cabinet et dans la maison.

Ils payèrent leurs achats et sortirent pour discuter sur le trottoir.

— La patientèle, qui était trop nombreuse, m'adopte petit à petit, je suis ravi. Caroline devait être complètement débordée, non ?

— Elle a reçu jusqu'à quatre-vingts malades certains jours d'épidémie, je me faisais du souci pour elle. Si elle avait décidé de jeter l'éponge, que serions-nous devenus ? Les hôpitaux sont loin, et il y a bien trop peu de praticiens ruraux. Il paraît même qu'aujourd'hui huit millions de Français vivent dans un désert médical ! Mais le problème n'est pas nouveau, et la réforme pompeusement appelée « Ma santé » n'a toujours pas porté ses fruits. Heureusement, maintenant vous êtes là. Deux jeunes docteurs, nous avons une chance inouïe.

— Vous avez favorisé la chance, Jacques. La maison que la commune me loue à si bas prix a emporté ma décision.

— À ce propos, je voudrais bien poursuivre mon idée, qui est de créer un vrai pôle d'attraction dans ce village. Je me suis battu pour ça sans relâche, or j'en suis à mon troisième mandat ! Figurez-vous que je guette les naissances, inquiet à l'idée que l'école primaire puisse fermer faute d'élèves ! Mais pour le moment ça va, nous ne sommes pas en danger. J'encourage aussi mes administrés à faire marcher nos commerces, comme cette boulangerie, ainsi que la boucherie, le bar-tabac-presse… J'essaie de créer des événements à la maison du village, qu'on appelait avant la « salle des fêtes ». Et pas seulement des tournois de belote pour les anciens ! Des choses plus modernes comme des cours d'informatique ou de guitare. Bref, à présent j'aimerais convaincre un dentiste de s'installer chez nous. Croyez-vous que ce soit possible ?

— Je l'ignore. En tout cas, l'idée est séduisante.

— De la même manière, il y a une infirmière qui exerce en libéral mais qui habite à une vingtaine de kilomètres et à qui je voudrais offrir un petit local pour éviter à nos habitants de se déplacer. Surtout ceux qui ne conduisent plus ! J'en ai déjà parlé au docteur Serval, et elle serait ravie d'être débarrassée des vaccinations contre la grippe, par exemple. Qu'en dites-vous ?

— Je dis que c'est fantastique !

— Mais je ne veux pas vous priver de vos patients.

— Aucun danger. Le seul risque est de vous tuer à la tâche avec tous ces projets.

— À mon âge, si on n'a pas de projets, on est mort.

Après une vigoureuse poignée de main, le maire s'éloigna d'un pas alerte malgré son embonpoint, laissant Clément à la fois séduit et songeur. Un pôle médical… Pourquoi pas ? On pourrait même y ajouter un cabinet de kinés et rendre l'accès aux soins plus confortable pour les habitants du village et de sa périphérie. Les bonnes initiatives émanaient là comme souvent des maires ruraux bien décidés à surmonter les difficultés, malgré l'indifférence des instances lointaines et leurs directives inadaptées.

Il reprit le chemin du cabinet tout en dévorant son sandwich. Les semaines passant, il était vraiment satisfait de vivre là. Il s'était lancé tête baissée dans l'aventure, faisant taire ses doutes et se disant qu'il pourrait toujours s'en aller s'il ne se plaisait pas sur place. Ce qui aurait été une trahison à l'égard du village et de Caroline, il s'en rendait compte aujourd'hui. Mais s'il avait pu craindre de se retrouver enfermé, il s'était aperçu, depuis son installation, que rien n'était plus simple qu'aller passer un week-end à Aix, une ville qu'il adorait, ou au bord de la mer si l'envie lui en prenait. Il appréciait aussi les discussions avec Caroline, le soir après la fermeture du cabinet, lorsqu'ils échangeaient leurs points de vue sur les diagnostics ou les traitements. Et puis, il y avait Diane, avec laquelle il s'entendait très bien. Elle était d'une aide indispensable au cabinet, et leurs petites soirées chez elle ou chez lui le réjouissaient. Cultivée, chaleureuse, elle savait raconter des anecdotes avec beaucoup d'humour, et aussi écouter lorsqu'il avait envie de se confier ; mais elle-même se livrait peu, laissant à peine entrevoir son jardin secret. Il s'était juré d'y pénétrer, sans grand succès jusqu'ici.

De retour au cabinet, il la trouva souriante derrière son bureau, comme à l'accoutumée ; toutefois elle lui désigna la porte de la salle d'attente avec un geste laissant augurer le nombre de patients qui attendaient déjà.

*

Manon ne décolérait pas. Les petites insinuations de sa fille aînée l'exaspéraient et l'angoissaient. Comment Diane pouvait-elle savoir quoi que ce soit ? Prêchait-elle le faux pour découvrir le vrai ? Et de quel droit prétendait-elle s'occuper de ce qui ne la regardait pas ?

Quittant le cours Mirabeau, elle prit la rue Nazareth pour gagner le quartier des boutiques et commença par s'arrêter devant la vitrine d'Aubade, un magasin de lingerie qu'elle appréciait. Elle avait toujours fait des folies pour les sous-vêtements en dentelle ou en soie, persuadée qu'ils étaient un élément de séduction incontournable.

Évidemment, à son âge, plaire devenait un peu moins facile qu'avant, mais elle n'y renonçait pas. Jeune fille, elle avait plu à tous les hommes, et elle se demandait souvent pourquoi elle avait choisi Théo parmi tant d'autres. Sans doute parce qu'il était fou d'elle et qu'il représentait la sécurité matérielle à laquelle elle aspirait. Il avait pignon sur rue, sa fabrique marchait bien, et elle savait d'avance qu'elle ferait ce qu'elle voudrait de lui. Et en effet, il avait tout de suite accepté sans broncher qu'elle change toute la décoration de l'appartement, qu'elle bouleverse l'agencement de l'épicerie fine, qu'elle le traîne au restaurant ou au théâtre, qu'elle dépense sans compter. Mais, après quelques années amusantes, il y avait eu la naissance de Diane, et Théo n'avait plus voulu sortir aussi souvent. Peu à peu, elle s'était lassée de lui et était allée chercher ailleurs d'autres plaisirs. L'interdit et le mystère l'excitaient, redonnaient des couleurs à une existence devenue terne. Elle plaisait toujours autant, flirtait, marivaudait, puis elle avait franchi le pas en cédant à un bel avocat, tout aussi marié qu'elle. Leur liaison secrète n'avait duré que quelques semaines car elle y avait brutalement mis un terme en découvrant qu'elle était enceinte. Il ne lui avait fallu que quelques jours pour prendre sa décision : elle allait garder l'enfant afin de donner une sœur ou un frère à Diane, ainsi que Théo le réclamait. Elle s'était donc rapprochée de son mari, alors qu'elle le tenait à l'écart sous divers prétextes depuis quelque temps. Grâce à ce stratagème, Théo avait sauté de joie lorsqu'elle lui avait annoncé sa grossesse.

Elle ne regrettait rien, parfois même elle se félicitait car ce père éphémère avait transmis à Caroline sa force de caractère et son intelligence. Somme toute, elle avait fait le bon choix en gardant le bébé. De loin en loin, elle apercevait son ex-amant, qui vivait toujours à Aix, et ils s'adressaient alors un discret signe de complicité. Mais elle ne lui avait jamais dit qu'elle avait eu un enfant de lui. Pourquoi faire toute une histoire, provoquer un scandale ? Théo ne s'était douté de rien, il adorait ses deux filles, tout était pour le mieux. Mais par la suite, Manon avait été très vigilante avec la contraception. Pas question de renouveler l'expérience ! En revanche, elle était souvent en extase devant Caroline qui lui rappelait son si séduisant avocat.

Aujourd'hui, avec les petites allusions que Diane distillait, Manon s'inquiétait pour de bon. Le secret avait pourtant été bien gardé depuis toutes ces années. Certes, à l'époque, il lui était arrivé d'en parler à sa meilleure amie, mais jamais devant Diane. Avait-elle été trop bavarde au téléphone ? La gamine avait-elle écouté aux portes ? L'idée la faisait frémir. Était-ce la raison des regards méprisants de Diane, qu'elle surprenait depuis bien longtemps ? Pire que tout, en avait-elle parlé à sa sœur ? Non, sûrement pas : Caroline se montrait toujours affectueuse et enjouée, donc elle ne se doutait de rien, comme Théo. Et il fallait impérativement que les choses demeurent en l'état.

Manon aurait pu s'adresser directement à Diane, lui demander ce que signifiaient ses insinuations, mais ne serait-ce pas ouvrir la boîte de Pandore ? Alors, plutôt que de se torturer en vain, elle faisait comme si de rien n'était, et elle finissait par croire qu'en effet tout allait très bien.

Elle s'arrêta de nouveau rue Papassaudi, ayant aperçu un ravissant chemisier imprimé dans une vitrine. Cette fois, elle entra dans la boutique, incapable de résister à la tentation.

*

Comme convenu, Caroline, Diane et Clément se présentèrent à la bastide Lacombe le samedi à quatorze heures, pour le café. Paul, bien qu'un peu crispé, les y accueillit aimablement.

— Maintenant que vous n'êtes plus étudiant, je ne pourrai plus compter sur vous pour les vendanges ! plaisanta-t-il en serrant la main de Clément.

S'il ne l'avait pas reconnu dans le restaurant où ils s'étaient croisés, à présent il le dévisageait avec curiosité. Il savait qu'il était le nouvel associé de Caroline et donc qu'il passait ses journées à travailler avec elle.

— L'arrivée d'un confrère a dû te soulager, dit-il à Caroline.

— Elle en avait tellement besoin ! intervint Diane.

— Oui, c'était nécessaire. Et comme nous nous connaissons depuis la fac de médecine, Clément et moi, ça a facilité son installation.

Paul se contenta de hocher la tête, puis il les conduisit à la cuisine où il avait préparé du café.

— Waouh ! s'exclama Clément.

Ébahi par les dimensions de la pièce, il fit un tour sur lui-même pour mieux en prendre les mesures.

— Votre cuisine est plus grande que ma maison tout entière…

— Nous en avons fait une pièce à vivre, expliqua Paul en désignant le canapé et les étagères chargées de livres.

Ils prirent place autour de la longue table, et Paul alla chercher une boîte de fruits confits qu'il posa devant eux.

— Du magasin de votre père, annonça-t-il.

— Tu es client chez lui ? voulut savoir Diane.

— J'y achète les calissons dont mon père raffole.

Il s'assit près de Caroline et servit le café. Profitant du silence qui s'installait, Diane lança malicieusement :

— Sais-tu que ma sœur a failli être étranglée par un de ses patients ?

— Diane, tu n'as pas à raconter ce genre de chose, protesta Caroline.

— Mais je n'ai nommé personne, ma chérie, rien révélé de son identité ! En tout cas, j'ai eu très peur, et je ne sais pas ce que nous aurions pu faire sans l'intervention musclée de Clément. Il a été d'une redoutable efficacité.

Dresser le portrait de Clément en preux chevalier n'était pas innocent de sa part, et elle nota avec satisfaction que Paul fronçait les sourcils.

— Il se passe des trucs pareils dans un cabinet médical ?

— C'est rarissime, expliqua Caroline. Et nous n'avons pas à parler de ce qui s'y passe ou pas.

Paul ne fit aucun commentaire, mais il jeta un coup d'œil vers Clément, pour lequel il ne semblait pas éprouver de sympathie.

— Je vous emmène visiter le chai ? proposa-t-il en se levant.

Ils le suivirent dehors, où il faisait très chaud, surtout après la fraîcheur relative de la cuisine. Clément se retourna pour contempler la façade, apparemment ébloui par l'élégance de la bastide.

— Votre père n'est pas là ? demanda-t-il à Paul. J'aurais aimé le saluer.

— Ce sera difficile, il a été contraint de s'installer dans une maison de retraite.

Paul les précéda jusqu'au chai, que Clément connaissait déjà.

— Je me souviens qu'on vendangeait à la fraîche et qu'on se dépêchait d'apporter ici les grappes.

— À la température la plus basse possible, ce qui n'est pas évident au mois d'août.

— Et ensuite, qu'en faites-vous ? voulut savoir Diane.

— Il y a l'égrappage, un léger foulage, puis on presse les grains et le jus est placé dans ces cuves en inox, qui sont thermorégulées. Il y reste une douzaine de jours, le temps de s'alcooliser, après quoi il poursuit sa maturation dans des foudres, de préférence en chêne.

Paul parlait de son vin avec une passion communicative. Caroline elle-même semblait sous le charme alors qu'elle faisait tout, depuis leur arrivée, pour cacher l'attrait qu'il exerçait sur elle. Un attrait réciproque puisqu'il ne l'observait, à la dérobée, que lorsqu'elle regardait ailleurs. Leur manège, involontaire, donnait raison à Diane : ces deux-là se plaisaient.

Surmontant sa réserve, Paul prit Caroline par l'épaule pour la conduire vers l'escalier descendant vers la cave voûtée. Un geste impulsif, qu'il avait fait malgré lui, mais qui tombait plutôt mal car une voix s'éleva derrière eux, à l'entrée du chai.

— Bonjour, tout le monde ! lança Louis. Vous visitez les installations de Paul ?

La manière dont Caroline et Paul s'éloignèrent aussitôt l'un de l'autre fut maladroite. Puis Caroline alla vers Louis, l'embrassa sur la joue et lui présenta Clément, qu'il ne connaissait pas encore.

— Mon nouvel associé, qui est aussi un ancien camarade de fac. Il souhaitait revoir les lieux où il a vendangé quand il était étudiant.

— Et Paul a eu la gentillesse de nous accueillir, ajouta Diane.

— Trop aimable…, ironisa Louis.

Il considérait son frère avec une expression contrariée qui en disait long sur ce qu'il pensait de cette réunion improvisée. Trouver Caroline chez lui, le bras de Paul sur les épaules, ne pouvait que l'agacer. Il y eut un petit moment de flottement, personne ne sachant que dire, puis Paul déclara qu'il avait du travail et qu'il confiait les visiteurs à Louis. Les mains dans les poches, tête haute, il passa devant son frère, hésita et se retourna pour lui dire :

— Ravi que tu sois de retour.

Louis ne répondit rien, l'ignorant délibérément.

— Tu arrives de Paris ? s'enquit Caroline pour alléger l'atmosphère tendue.

— J'ai fait tout ce que j'avais à y faire et j'avais hâte d'être chez moi.

— Nous étions sur le point de visiter les caves, expliqua-t-elle. Tu peux nous servir de guide ?

— Il n'y a rien d'autre à voir que des rangées bien alignées de tonneaux. À mon avis, c'est sans grand intérêt, et mes explications seront sûrement moins passionnantes que celles de Paul ! Mais si vous y tenez…

Agacée par la mauvaise humeur qu'il affichait, Caroline lui répondit sur le même ton désinvolte :

— Non, ne t'embête pas avec ça. Nous allons te laisser, je sais qu'on aime bien avoir la paix quand on rentre de voyage.

Comprenant qu'elle allait partir, Louis changea soudain d'attitude.

— Laissez-moi vous offrir au moins un rafraîchissement, il fait encore une chaleur accablante dehors.

Il faillit la prendre par les épaules à son tour, mais il s'arrêta net et laissa retomber sa main.

— Ça me fait plaisir que tu sois là, ajouta-t-il.

Enfin souriant, il leur fit signe de passer devant et il referma avec soin la porte du chai, comme s'il voulait les couper de l'univers de Paul. Diane échangea un coup d'œil résigné avec Clément. L'arrivée impromptue de Louis faisait échouer leur plan, cependant Diane avait vu ce qu'elle voulait voir.

7

L'anniversaire de Gaëlle avait été fêté en famille, chez Théo et Manon, où Caroline avait tenu à emmener Éliette pour ne pas la priver de ce bon moment. Et à peine arrivée, la brave femme avait volé au secours de Manon derrière les fourneaux.

À la fin du repas, Gaëlle avait soufflé ses bougies et ouvert ses cadeaux. Bien installée sur les genoux de son grand-père, elle poussait des cris de joie qui faisaient rire Caroline. Elle se revoyait au même âge, avec la même spontanéité, la même aptitude au bonheur. Diane était bien plus réservée, elle ne sautait au cou de personne et ses démonstrations affectives étaient beaucoup plus mesurées. Sauf envers sa cadette, qui avait toujours bénéficié d'un traitement spécial.

— Erwan a prévu quelque chose pour la petite ? demanda Manon à Caroline, alors qu'elles étaient dans la cuisine. Je l'aurais bien invité, puisque après tout vous n'êtes pas fâchés, mais je me suis dit…

— Tu as bien fait de te le dire, railla Diane.

Manon haussa les épaules, agacée de se faire rembarrer, une fois de plus, par sa fille aînée. Caroline retourna à table sans répondre.

— Ce serait pourtant charmant de se réunir.

— *Charmant ?* Tu dérailles ? Gaëlle pourrait s'imaginer que ses parents vont revivre ensemble avec elle. Quelle déception, quel mensonge !

— Eh bien, de quoi te mêles-tu ? Caroline est toujours seule, d'ailleurs Erwan aussi, peut-être voudraient-ils reformer leur famille, qui sait ?

— Moi, je sais !

Diane baissa la voix et entraîna sa mère un peu à l'écart.

— Arrête avec tes idées de famille Bisounours. Caroline s'est débarrassée d'Erwan parce qu'il l'empêchait de vivre.

— Tu es toujours aussi agressive… Caroline s'est séparée d'Erwan, pas « débarrassée ».

— Question de vocabulaire. On adoucit la réalité, on la transforme. C'est d'ailleurs ta spécialité. Or, de l'hypocrisie au mensonge, il n'y a qu'un tout petit pas, vite franchi.

— Mais je ne suis pas hypocrite ! s'insurgea Manon.

— Vraiment ? Tu t'en tiens toujours à la vérité ? Tu en es sûre ?

La question était précise et ressemblait davantage à une mise en demeure qu'à une simple allusion. Manon se crispa et tenta de la dévier en la prenant de haut.

— Si tu as quelque chose sur le cœur, dis-le franchement, ma petite fille !

— C'est à toi de parler, maman. De parler à qui de droit, s'entend.

Les yeux de Manon étincelaient de fureur, ou peut-être de peur, et Diane se détourna. Elle croisa alors le regard interrogateur de Caroline. Celle-ci n'avait pas pu entendre les propos échangés à voix basse, mais elle devait trouver leur attitude hostile un peu étrange. Diane hésita entre la rejoindre et pousser sa mère dans ses retranchements. Finalement, elle décida de lui laisser encore une chance et de continuer à se taire. Pour l'instant.

*

Paul se doutait bien que son frère le guettait et, comme prévu, en remontant l'allée vers la bastide il le découvrit en haut des marches du perron. Immobile, les bras croisés, image même de la désapprobation, Louis attendait d'avoir l'explication qu'il n'avait pas pu obtenir la veille car Paul s'était éclipsé en ville, où il devait dîner chez des amis.

— Je peux te parler ? lança-t-il à son frère d'un ton qui n'augurait rien de bon.

— Bien sûr…

Paul avait soif, après sa matinée dans les vignes, mais Louis ne s'écartait pas, lui barrant l'accès de la maison.

— Rentrons, proposa-t-il, tu me parleras aussi bien à l'intérieur.

Ils gagnèrent la cuisine et Paul s'empara d'une bouteille d'eau qu'il but au goulot, à longs traits. Louis patienta, agacé, jusqu'à ce qu'ils prennent enfin place à table, face à face.

— Je n'ai pas beaucoup apprécié de trouver Caroline ici, comme par hasard en mon absence.

— C'est son ami Clément qui voulait venir, se justifia Paul.

— Tu aurais pu attendre mon retour pour les inviter. Et je dois dire que ton attitude avec elle était pour le moins… familière. Donc, réponds-moi franchement, est-ce que tu la dragues dans mon dos ?

Paul n'avait ni l'habitude ni l'intention de mentir. Et il respectait trop son frère pour se moquer de lui en inventant de fausses explications.

— Je ne la drague pas, mais j'avoue qu'elle me plaît énormément.

— Tu plaisantes ? Pourquoi elle ? Tu sais très bien que j'en suis toujours amoureux !

— Mais pas elle, tu me l'as dit.

— Et alors ? Figure-toi que je n'ai pas renoncé à la reconquérir. Je t'interdis de te mettre sur les rangs, de tenter quoi que ce soit qui…

— Tu n'as rien à m'interdire, l'interrompit froidement Paul.

— Eh bien si ! Tu ne peux pas faire ça, tu m'entends ?

— Faudrait être sourd… Arrête de crier. On ne va tout de même pas se disputer pour une femme ?

— Alors, laisse tomber l'affaire. Il y a plein d'autres filles, tu peux en séduire autant que tu veux, sauf celle-là.

— Enfin, Louis, sois réaliste. Caroline ne t'appartient pas.

— Peut-être, mais il n'est pas question que tu la mettes dans ton lit !

Une hypothèse qui le rendait manifestement enragé.

— Et puis dis-moi, ça ne te gênerait pas de passer derrière moi ?

— On passe toujours derrière quelqu'un, à moins de séduire une pucelle.

— Ne te fous pas de moi, Paul ! Je suis sûr que Caroline ne tient pas à essayer un frère après l'autre. Ce serait sordide, or elle ne l'est pas. Et ne me raconte pas qu'elle te fait du charme, je n'en croirais pas un mot. Non, c'est toi qui la veux, pour te prouver Dieu seul sait quoi. Tu as le complexe du cadet ?

Son ton narquois commençait à exaspérer Paul. Il se sentait mal à l'aise, mais en aucun cas coupable. Le geste de prendre Caroline par les épaules avait été spontané, irréfléchi. Malgré la colère de Louis, il ne regrettait pas ce contact qui l'avait littéralement électrisé. Évidemment, s'il avait su que son frère rentrait ce jour-là, sans doute se serait-il tenu loin de Caroline, qui l'attirait comme un aimant. Néanmoins, il continuait à penser qu'elle n'était pas un gibier réservé et que Louis n'avait aucun droit sur elle.

— Tu voudrais qu'elle ne rencontre jamais personne, Louis ?

— Qui elle veut, mais pas toi, pas sous mon nez ! Tu ne vois pas que ça m'est insupportable ?

C'était la toute première fois qu'ils se trouvaient en rivalité. Même enfants, ils ne s'étaient pas affrontés, sauf pour des vétilles, ayant des goûts très différents qui les plaçaient sur des territoires différents. Au cours de leur jeunesse, ils s'étaient plutôt épaulés afin de compenser le vide laissé par leur mère. Lorsqu'ils n'étaient pas d'accord, ils se parlaient et finissaient toujours par trouver un terrain d'entente. Apparemment, ce ne serait pas le cas aujourd'hui.

— Cette discussion ne nous mène nulle part, Louis.

— Parce que tu ne m'écoutes pas. Je te dis de la laisser tranquille, de ne pas m'imposer ça, et j'attends ton accord.

La voix trop autoritaire de son frère donnait contre toute attente des envies de rébellion à Paul.

— Tu ne l'auras pas, articula-t-il calmement. Je n'ai aucune raison de céder à tes exigences. Caroline n'est pas ta propriété exclusive, elle fait ce que bon lui semble, et moi aussi.

Louis était devenu très pâle. Il se leva, se pencha au-dessus de la table.

— Tu veux la guerre, Paul ?

— Quelle guerre ? Ne sois pas infantile ! On ne va pas se taper dess…

L'uppercut de Louis le heurta sous le menton, et il alla s'écrouler loin du banc sur lequel il était assis. Ignorant la brûlure dans sa mâchoire, il se releva aussitôt, sauta sur la table et fondit sur son frère. Il était en bien meilleure condition physique, passant sa vie dehors, et les violents coups de poing qu'il assena à Louis mirent ce dernier hors de combat. À bout de souffle tous les deux, ils se regardèrent, étonnés d'en être arrivés là. Comme Louis peinait à se relever, Paul lui tendit une main que son frère négligea, agrippant la table.

— Sale petit con ! dit Louis entre ses dents.

Il se tenait le côté droit, avec une grimace expressive.

— Si tu m'as pété une côte…

Se souvenant qu'il avait frappé le premier, il n'alla pas au bout de sa menace. Paul secoua la tête, désolé mais encore en colère, et quitta la cuisine sans rien ajouter. La scène que venait de lui faire son frère dépassait l'entendement. Certes, Louis avait mal accepté que Caroline lui échappe, mais comment pouvait-il interdire à Paul de tenter sa chance ? Prétendait-il garder le contrôle, l'exclusivité ? Et leur affection mutuelle, leur complicité, allaient-elles disparaître dans ce conflit ridicule ?

Il descendit l'allée à grands pas, pressé de se retrouver dans les vignes. Sept ou huit semaines le séparaient encore de la récolte, et il devait rester particulièrement vigilant. Marcher dans les interrangs, regarder sous chaque feuille, prendre un peu de terre entre ses doigts, cueillir une fleur sauvage lui permit de retrouver tout son calme. Et la pensée de Caroline revint s'imposer à lui. Devait-il se battre pour elle ? La question ne semblait plus d'actualité puisque la bagarre avait eu lieu. Ménager Louis n'était plus possible non plus. Faire marche arrière ? Céder et ne plus jamais la revoir ? Sûrement pas ! À présent, au contraire, il pouvait enfin faire ce qu'il s'était interdit jusque-là : l'inviter à dîner. Ou à déjeuner, ou à ce qu'elle voudrait, afin de mieux la connaître et de vérifier ce qu'il avait ressenti en osant lui passer un bras autour des épaules.

Il entendit, au loin, Louis qui démarrait rageusement sa voiture, faisant hurler le moteur. Il n'était donc pas calmé, et sans doute pas prêt à enterrer la hache de guerre. Paul se demanda s'il lui avait vraiment cassé une côte. Il n'avait pas retenu ses coups, ce qu'il se reprochait soudain. Mais Louis ne l'avait pas ménagé non plus. Avec précaution, il tâta sa mâchoire encore douloureuse, passa la langue sur ses dents. Un bel hématome devait être en train de se former sur son menton, rien de plus grave. Ils avaient failli aller plus loin tous les deux et se faire vraiment mal. Contrairement aux bagarres des films, dans la réalité un simple coup de poing pouvait être lourd de conséquences.

En y repensant, il ne comprenait pas ce qui avait poussé Louis à se jeter sur lui de cette manière. Une jalousie aveugle lui avait fait perdre tout contrôle, et oublier que le rival était son frère. Quelle serait, désormais, son attitude ? S'enfermerait-il dans une interminable bouderie ? Quitterait-il la maison ? Sûrement pas, puisque les dispositions testamentaires de leur père allaient la lui offrir. Au pire, si Louis l'exigeait, ce serait à Paul de partir. Et l'envisager pour de bon était un déchirement, même s'il n'avait pas bronché quand Jean-François le lui avait annoncé. Néanmoins, pouvoir garder les vignes demeurait sa priorité absolue ; il s'arrangerait du reste.

Il réalisa soudain qu'il n'avait pas eu le temps de mettre Louis au courant. L'arrivée intempestive de son frère puis leur explication orageuse l'en avaient empêché. Mais sans doute leur père voudrait-il voir Louis au plus vite pour lui en parler lui-même, Paul n'avait pas à le devancer.

Se penchant sur un cep, il écarta délicatement les feuilles qui abritaient la grappe. Sa décision de préserver le vignoble des pesticides le rendait toujours aussi fier et sûr de lui. Il savait exactement où il allait, certain que l'avenir lui donnerait raison. Le seul problème était la conservation de ces vins fragiles parce que sans sulfites. Lui et tous ceux qui avaient choisi de faire des vins nature finiraient bien par trouver une solution.

Oubliant Louis et Caroline pour un moment, il poursuivit son chemin.

*

Clément avait déjà entendu vingt fois la petite phrase insidieuse des patients qui affirmaient que le docteur Serval disait ceci, prescrivait cela. Heureusement pour lui, sa manière d'exercer était proche de celle de Caroline puisqu'ils étaient de la même génération et avaient suivi à peu près le même parcours en passant par la case urgences à l'hôpital. Avec tact, il acceptait parfois de modifier ses ordonnances, ou bien d'expliquer que son traitement aurait le même effet. En revanche, certains patients l'avaient adopté d'emblée, parfois contents d'avoir affaire à un homme plutôt qu'à une femme. D'ici peu, Caroline et lui se compléteraient parfaitement.

Quant à l'aide que lui apportait Diane pour la gestion des dossiers ainsi que toute la paperasserie administrative, il estimait qu'il n'aurait pas pu mieux tomber. Elle n'était pas seulement une secrétaire médicale, elle était un partenaire idéal. En tant que femme, elle lui plaisait bien, car lui qui était plutôt petit les aimait grandes et bien charpentées. Mais il devinait qu'il serait inutile de tenter quoi que ce soit. Son instinct lui soufflait qu'il se ferait rembarrer, et qu'en plus il mettrait en péril leurs excellents rapports. Donc il s'abstenait, à regret, attendant que leurs liens se consolident.

Il se ménageait par ailleurs quelques dimanches au bord de la mer, privilégiant les plages les moins fréquentées du golfe de Fos qu'il connaissait bien, ou alors il allait se promener du côté d'Istres et louait un petit bateau électrique pour une balade sur l'étang de l'Olivier. De temps à autre, il se rendait à Saint-Cannat pour voir ses parents. Ceux-ci étaient très fiers de la réussite de leur fils unique, et ils le bombardaient de questions tout en le gavant de bons petits plats. Qu'il ait choisi de s'installer dans un village les réjouissait aussi, car il montrait par là qu'il ne reniait pas ses origines et n'avait pas succombé à l'attrait des grandes villes. Ils n'oubliaient pas qu'il aurait pu partir à l'autre bout de la France, ou même aux antipodes puisqu'il avait les voyages dans le sang. Le savoir proche les comblait, et lui-même était heureux d'avoir trouvé sa place dans cette Provence qu'il aimait.

La journée s'achevait et il raccompagna son dernier patient avant de s'approcher de Diane, qui était rivée à son ordinateur.

— Caro a fini ? s'enquit-il.

— *Caro ?* Je ne crois pas qu'elle apprécierait ce diminutif. Ni Linette ou autres dérivés…

— Tiens, c'est vrai, à la fac elle détestait déjà ça. Pourtant, c'est mignon. Mais je me souviens qu'elle était très sérieuse, très appliquée, sauf les samedis soir où elle était la première à faire la fête !

— J'aurais aimé être une petite souris pour voir ça… Elle m'a manqué pendant ses études, elle était toujours noyée dans ses bouquins.

— Ta sœur est quelqu'un de bien.

— Sauf qu'elle ne fait plus beaucoup la fête depuis la naissance de Gaëlle. Heureusement qu'elle a divorcé, Erwan aurait fini par l'éteindre tout à fait.

— Comment était-il ?

— Sûr de lui, chiant…

Ils se mirent à rire puis Clément enchaîna :

— Notre petit plan a tourné au fiasco avec l'arrivée du frangin, non ?

— Peut-être, oui. Mais je n'ai pas dit mon dernier mot. Je crois que Paul Lacombe rêve d'elle, et si on ne lui facilite pas la tâche il n'y arrivera pas.

— Il paraît pourtant avoir un caractère assez déterminé.

— J'en suis persuadée.

— Mais tu veux recaser ta sœur.

— Je veux surtout qu'elle soit heureuse, avec un type à sa hauteur. Vivre entre Éliette et Gaëlle est un peu triste à son âge.

— Bah, elle n'est pas la seule célibataire de notre génération ! Toi, moi, les frères Lacombe… Le mariage aurait-il perdu tout son charme ?

— Les gens sont de plus en plus seuls. Les concessions nécessaires à la vie de couple, ensuite les contraintes de la vie de famille, tout ça ne fait plus rêver.

— Mais l'Amour, Diane !

— Celui avec un A majuscule ? Reste à le trouver. Il y a bien les sites de rencontre, à condition de se considérer comme un simple produit mis à l'étalage en attente du chaland.

Clément éclata de rire, et Diane dut lui faire signe de se taire.

— J'entends qu'on s'amuse, constata Caroline en les rejoignant. Mon dernier patient est sorti par l'autre porte, il ne me reste qu'une visite à faire.

Comme il était déjà plus de vingt heures, Clément proposa d'y aller à sa place pour qu'elle puisse rentrer chez elle et voir sa fille avant qu'elle ne soit couchée.

— C'est gentil, merci, j'en aurais volontiers profité mais il s'agit d'une vieille dame que j'aime bien. Elle doit me guetter derrière sa fenêtre, et elle serait déçue de voir arriver quelqu'un d'autre. D'ailleurs, c'est sur ma route.

Elle avait sa sacoche sur l'épaule, prête à partir. Diane la regarda sortir d'un air résigné.

— Évidemment, si ça finit par marcher avec Paul, je me demande où elle le mettra dans son planning…

— On dîne ensemble ? suggéra Clément.

— À condition que ce soit chez moi et que tu ne sois pas trop pressé, j'ai des fleurs à arroser.

— Ça marche. Je te remplirai les arrosoirs !

Sa bonne humeur amusait Diane et la poussait à accepter trop souvent de dîner avec lui alors qu'elle aimait être seule. Mais les soirées de juin étaient longues, les partager n'était pas désagréable, et avec Clément elle avait trouvé un ami.

Alors qu'ils quittaient le cabinet en bavardant, Caroline était déjà sur la route. Elle arriva chez sa patiente dix minutes plus tard et fut étonnée de ne pas la trouver derrière ses carreaux. Elle frappa sans obtenir de réponse, mais la porte du pavillon n'étant pas fermée, elle entra et appela :

— Madame Tramier ? Vous êtes là ? C'est le docteur Serval !

Inquiète de constater que le living était désert, elle alla jusqu'à la chambre. Sur son lit, la vieille dame était allongée, apparemment sans connaissance. Caroline s'approcha et comprit aussitôt ce qui l'attendait. Par acquit de conscience, elle chercha un pouls sans le trouver, prit son stéthoscope dans sa sacoche. Ne percevant aucun battement de cœur, elle se redressa en soupirant. Le décès d'un patient était toujours émouvant pour elle. Malgré son âge avancé de quatre-vingt-quatorze ans, la dame n'avait aucune pathologie sévère, mais toute une vie de travail et de chagrins l'avait usée. Elle avait dû mourir dans son sommeil, sans doute pendant une sieste au milieu de l'après-midi. Caroline se souvenait très bien de sa dernière visite, de leur conversation. Évangéline Tramier avait perdu son mari vingt ans plus tôt, puis un de ses fils s'était tué dans un accident de voiture, ses nombreux petits-enfants habitaient loin d'elle, elle se sentait seule, inutile et fatiguée de vivre. Sa fin avait sûrement été douce, l'expression sereine de son visage l'attestait, néanmoins Caroline eut soudain les larmes aux yeux. Elle se remémora les propos d'Évangéline affirmant que la vie passe vite, puis qu'ensuite elle tarde. Et il lui tardait de partir.

Caroline prit son téléphone dans sa poche pour appeler le maire. Puis elle joignit Éliette et la prévint qu'elle allait rentrer plus tard que prévu. Elle s'assit sur une chaise, près du lit, et récita une prière à voix basse. En tant que médecin, elle aurait aimé prolonger encore un peu l'existence de sa patiente, mais au fond, dans quel but ? Par fidélité au serment d'Hippocrate dont elle se rappelait chaque mot ? « Rétablir, préserver, promouvoir la santé... » Évangéline voulait s'en aller, elle était partie. Seule et en paix.

Des pas derrière elle lui firent tourner la tête. Le maire avait l'air triste, il détestait perdre l'un de ses administrés.

— C'était une gentille dame, murmura-t-il. Mais on ne la voyait plus beaucoup dans le village. Ces derniers temps, le boucher la livrait, la boulangère aussi...

Il se racla la gorge avant de demander :

— Cause du décès ?

— Mort naturelle.

— Bien. Des formalités nous attendent. Savez-vous comment joindre sa famille ?

— Je crois qu'elle avait des petits-enfants du côté d'Angers, mais je n'ai pas leur adresse.

— Je me renseignerai.

— Un vrai cas de solitude, soupira Caroline.

— Plutôt d'abandon.

Ils échangèrent un regard désolé, respectant une minute de silence.

— Établissez votre certificat et sauvez-vous, docteur. Je vais m'occuper du reste.

Une fois sortie du pavillon, Caroline prit une grande inspiration, puis elle leva la tête vers le ciel rose orangé de la fin du jour. Profiter de la vie tant qu'elle se montrait clémente était essentiel. Son métier, trop prenant, l'empêchait souvent de se préserver, de penser à elle. Les années d'études, puis les années d'exercice, un mariage raté... Elle n'avait pas vu le temps passer.

Soudain pressée de rentrer chez elle et d'aller embrasser sa fille endormie, elle se dépêcha de quitter les lieux.

*

Louis avait roulé une partie de la journée, passant sa fureur sur sa boîte de vitesses. Il comptait se défouler sur les routes escarpées de la montagne du Luberon, mais au bout d'un moment les paysages traversés avaient fini par l'apaiser. Partout, un soleil de plomb écrasait la végétation qu'un faible mistral faisait parfois onduler. Dès qu'il baissait sa vitre, l'odeur puissante des chèvrefeuilles d'Étrurie envahissait l'habitacle, accompagnée de l'incessant chant des cigales.

Sa rage cédant la place à une grande lassitude, il s'arrêta dans un village où il fit le plein de carburant, puis il décida de s'installer à la terrasse de l'unique bistrot pour y boire un verre. Mais la nuit tombait et l'établissement fermait. Déçu, il reprit sa voiture sans savoir ce qu'il allait faire. Rebrousser chemin pour manger un morceau à Cavaillon ne le tentait pas, regagner la bastide non plus. Il souffrait toujours de sa côte cassée, ou simplement fêlée, qui l'obligeait à respirer prudemment. Devait-il voir un médecin, passer une radio ? En tout cas, il n'irait pas chez Caroline car il ne tenait pas à lui raconter la scène ridicule qui l'avait opposé à son frère. Comment expliquer sa réaction autrement que par une jalousie compulsive ? Jaloux d'elle, de Paul, des deux ? L'uppercut envoyé à son frère aurait peut-être suffi à lui faire reprendre ses esprits, mais Paul avait eu une réaction très violente, presque disproportionnée. Existait-il un autre contentieux entre eux, propre à expliquer ce déchaînement ? Non, rien ne le justifiait sinon l'orgueil de deux mâles en colère. Pas très glorieux…

Néanmoins, à présent Paul devait se sentir libre d'agir à sa guise. Et Louis ne pouvait toujours pas se résoudre à imaginer Caroline dans les bras de son frère. Supposer qu'elle lui accorde ce qu'elle lui avait refusé, et que, peut-être, elle se mette à l'aimer n'était pas concevable. Pas sous son toit – car c'était hélas aussi le sien !

Arrêté à un carrefour, il hésita. Son ordinateur et toutes ses affaires se trouvaient à la bastide, il n'allait tout de même pas prendre une chambre d'hôtel pour y bouder ! Et ensuite ? Demain et les jours suivants ? Non, le plus sage était de rentrer, quitte à se retrouver face à Paul. D'ailleurs, la maison était assez grande pour qu'ils s'évitent s'ils ne parvenaient pas à se réconcilier. Mais cohabiter dans ces conditions serait compliqué. Voire tout à fait grotesque. Dire que pendant tant d'années ils s'étaient si bien entendus !

Il songea alors à leur père, qu'il s'était promis d'aller voir dès son retour. Maintenant, il était bien trop tard, les portes de la maison de retraite seraient fermées. Et pour ce genre de visite la bonne humeur était requise.

Tendant la main vers le tableau de bord pour allumer la radio et y chercher un peu de musique, il réprima un gémissement de douleur. Combien de temps fallait-il pour qu'une côte se ressoude ? Il se souvint que Paul remplissait régulièrement l'armoire à pharmacie de la bastide pour soigner tous les petits accidents qui pouvaient se produire sur une exploitation. Résolument, il reprit la direction de la propriété. Après tout, il était chez lui aussi.

Lorsqu'il se gara devant le perron, il faisait nuit. La cuisine était éclairée, ainsi que, à l'autre extrémité de la façade, les fenêtres du petit boudoir. Intrigué,

Louis tendit l'oreille et perçut le son du piano. Paul jouait donc, ce soir ?

Il entra dans la maison, gagna la cuisine et alla fouiller parmi les médicaments et les pansements de l'armoire à pharmacie. Après avoir avalé deux comprimés de paracétamol avec de l'eau, il entreprit de se faire des œufs au plat. Malgré le grésillement de la poêle, il percevait toujours le piano. Un morceau difficile, qui s'interrompait de temps à autre. Son frère manquait de pratique mais il ne s'en sortait pas trop mal. S'il continuait à s'acharner sur le clavier, Louis pourrait monter dans sa chambre sans avoir à le croiser, ce qui valait mieux pour eux deux.

Dans le hall, au pied de l'escalier, il s'attarda néanmoins quelques minutes. Ce qu'il entendait lui rappelait sa mère, sa petite enfance, lorsque Paul et lui, assis dans ce même escalier alors qu'ils auraient dû être couchés, se laissaient bercer par la musique. Un souvenir lointain qui le rendit soudain très nostalgique. Il faillit se diriger vers le petit boudoir, se ravisa et décida d'aller dormir.

*

— Une journée à la mer, plaida Manon au téléphone. Elle adore nager, tu le sais, mais avec Erwan c'est toujours à la piscine et c'est tellement moins drôle… Elle a bien le droit de s'amuser un peu, la pauvre !

— Gaëlle s'amuse beaucoup, maman. On dirait que tu me parles d'une enfant malheureuse, et à mon avis elle ne l'est pas. Mais tu peux avoir envie, toi, d'aller bronzer sur une plage, de faire des châteaux de sable et de barboter avec elle, du moment que tu la surveilles sérieusement.

— Je n'ai jamais failli à mon devoir de grand-mère, que je sache ! Je pensais d'ailleurs te proposer un jour de semaine, pour qu'il n'y ait pas trop de monde. Après tout, en fin d'année, ils ne font plus grand-chose à l'école.

— Au contraire. Les grandes vacances approchant, son institutrice a prévu plein d'activités ludiques.

— D'accord, très bien, s'énerva Manon. Ça s'arrête quand ?

— Vendredi.

— Alors, je viendrai la chercher lundi prochain, de bonne heure.

— Entendu, je préviendrai Éliette. À part ça, comment allez-vous, papa et toi ?

La question était de pure forme, mais la réponse alerta Caroline.

— Ton père est fatigué. La chaleur, sans doute…

— Qu'il vienne au cabinet, on le casera entre deux patients.

— Oh, ce n'est pas si grave ! Il peut se reposer quand il veut, sa vendeuse tient très bien la boutique.

— Maman… Désolée de te dire ça, mais à votre âge il faut se surveiller et ne pas ignorer les signaux d'alerte.

— Arrête de pontifier, mon petit docteur. De toute façon tu ne veux pas être notre médecin traitant !

— Je préfère un avis extérieur. Quand il s'agit de ses proches, on est trop dans l'émotion. Que papa passe au cabinet, il consultera Clément pour un petit bilan. Maintenant, il faut que je te laisse, j'ai du travail.

Diane, qui venait d'entrer, attendait la fin de la conversation.

— C'était maman ?

— Elle veut emmener Gaëlle passer une journée à la plage.

— Elle la gavera de glaces et de pralines après lui avoir acheté un énième maillot de bain, mais si ça les amuse toutes les deux… Bon, il y a un nouveau-né qui hurle dans la salle d'attente. Je le fais passer avant les autres ?

— Bien sûr.

Les bébés étaient toujours prioritaires, ce que les autres patients comprenaient, soulagés que le petit hurleur quitte la salle d'attente. La jeune maman entra, tenant maladroitement son nourrisson contre elle.

— Je ne sais pas ce qu'il a, expliqua-t-elle en haussant le ton pour se faire entendre, il pleure depuis une heure et il est tout rouge.

— D'abord, il a trop chaud, déshabillez-le. Le dernier biberon remonte à quand ?

— Il a bu juste avant de partir.

La jeune femme semblait désemparée et épuisée. C'était son premier enfant, et son compagnon l'avait quittée aussitôt après la naissance.

— Est-ce qu'il fait ses nuits ? demanda Caroline avec un sourire rassurant.

— Il dort cinq ou six heures d'affilée.

— C'est très bien ! Vous en profitez pour vous reposer ?

— Je n'y arrive pas. J'ai trop d'idées noires.

— Avec un beau petit bonhomme comme ça ?

Elle ausculta le nourrisson, le pesa et l'examina attentivement, puis elle le prit dans ses bras pour qu'il cesse de pleurer. Au bout de quelques minutes, il se calma enfin et ferma les yeux.

— Votre bébé va très bien, annonça-t-elle. Mais il ne faut pas le couvrir comme ça, il fait très chaud.

— Je croyais qu'on devait.

— Non, c'est une vieille idée reçue. Laissez-le gigoter les bras et les jambes à l'air.

— La nuit, j'ai toujours peur qu'il s'arrête de respirer.

— Il n'y a aucune raison. Vous feriez mieux de dormir pour être une maman en pleine forme à son réveil.

La jeune femme hocha la tête sans conviction.

— Personne ne peut vous aider ? suggéra Caroline.

— Ma famille est loin. Et nous sommes plus ou moins fâchés.

— Dommage.

— C'est à cause de mon compagnon. Mon père ne le supportait pas, il me prédisait le pire avec lui, et au fond…

— Peut-être devriez-vous vous réconcilier avec votre famille ? En tout cas, des aides existent pour un parent isolé comme vous. Allez voir l'assistante sociale, elle vous donnera des pistes, et ne restez pas seule avec vos idées noires. D'accord ?

La jeune femme se décida à sourire, puis elle tendit les mains pour récupérer précautionneusement son bébé.

— Il va bien, alors ? insista-t-elle.

— Il est en pleine forme ! Quant à vous, je vais vous prescrire un petit remontant.

Elle rédigea son ordonnance, raccompagna la jeune femme dont le bébé dormait toujours, et avant de regagner son cabinet, elle s'arrêta près du bureau de Diane.

— On ne fait pas que de la médecine, on fait du social, soupira-t-elle. Il y a tellement de détresse…

— Eh bien, tu vas voir quelqu'un d'heureux, pour changer ! Antoine Rioux a trouvé un poste en Birmanie, il est ravi, impatient de partir, mais il y a un vaccin obligatoire.

— Hépatite A et fièvre typhoïde. Il l'a apporté ?

— Je l'ai mis au frigo. Après lui, ce sera le tour du petit couple Lanson, toujours amoureux et très enrhumé.

La sempiternelle bonne humeur de Diane, dans son rôle d'assistante médicale, réjouissait Caroline. Et lui offrait des pauses réconfortantes dans ses longues journées.

— Et puis il y a ça…, ajouta-t-elle en sortant de sous son bureau une plante joliment emballée. J'ai lu la carte, pardon pour l'indiscrétion, mais elle n'était pas sous enveloppe, juste agrafée.

Son air malicieux intrigua Caroline qui se pencha pour la lire à son tour.

— *« À planter dans ton joli petit jardin. Louis. »* Après les roses, un mimosa, en quel honneur ?

— Pour se rappeler à ton bon souvenir ?

— Vu la tête qu'il faisait quand il est rentré de Paris…

— Ce n'est pas à toi qu'il en veut, c'est à son frère pour t'avoir reçue en son absence.

Caroline leva les yeux au ciel, néanmoins elle écarta délicatement le papier cristal et huma l'odeur entêtante du mimosa.

— Tu viendras me le planter ? Je n'ai pas la main verte.

— Tu ne peux pas avoir toutes les qualités ! s'amusa Diane. Je t'envoie Antoine Rioux ?

— Donne-moi le vaccin et allons-y.

Le cabinet tournait à plein régime, des patients que Caroline avait dû refuser lorsqu'elle était seule affluaient désormais.

— Tu n'as pas trop de boulot ? s'inquiéta-t-elle.

— Je gère, répondit sobrement Diane.

C'était presque trop beau, et Caroline espéra que rien ne viendrait troubler leur réussite, leur entente à tous les trois. En regagnant son cabinet, elle avait déjà oublié le mimosa de Louis.

*

En fin de journée, la chaleur devint étouffante malgré le mistral qui avait forci, et soudain le ciel se couvrit de gros nuages noirs. Inquiet, Paul s'était mis à marcher de long en large, en haut du coteau. Une violente averse pouvait se révéler dramatique sur la vigne qui s'était gorgée de soleil depuis plusieurs jours. Les mains dans les poches, il s'arrêtait de temps à autre, levait la tête, puis il repartait à grands pas nerveux. Un orage d'été se préparait, un de ces violents orages qui tournaient à la tempête en quelques minutes et s'arrêtaient aussi brusquement qu'ils avaient commencé.

Paul ne disposait d'aucun moyen pour protéger les raisins. Si la grêle s'abattait et en fendait certains, ceux qui ne cicatriseraient pas bien pourraient causer des dégâts sur les autres grappes. Le ciel noir semblait à présent se teinter de vert, et les nuages, devenus plus épais, étaient parcourus d'éclairs. Une inévitable catastrophe se préparait.

En se retournant, il aperçut la silhouette de son frère qui descendait l'allée et se dirigeait vers lui. En ciré, un chapeau de pluie sur la tête qu'il maintenait d'une main, Louis le rejoignit au pas de course et s'arrêta à un mètre.

— Est-ce que je peux t'aider d'une manière ou d'une autre ? lança-t-il d'un ton rogue.

— Non, tu ne peux pas. Je n'ai pas de canon anti-grêle, et à part ça…

Tendu, Paul scruta de nouveau le ciel. Il n'avait aucune envie de discuter avec Louis, trouvant sa présence incongrue.

— Tu devrais te mettre à l'abri, l'averse ne va plus tarder, lui dit-il seulement.

— Et toi ? Tu comptes rester là ?

— Oui.

— Mais tu ne peux rien faire, tu viens de l'avouer !

Les premières gouttes les firent taire. Très vite, de petits grêlons commencèrent à s'abattre, puis ce fut le déluge.

— Rentre ! cria Paul pour se faire entendre.

Entre le bruit du vent qui soufflait rageusement, les roulements de tonnerre et le martèlement de la grêle sur la terre et sur les feuilles de la vigne, les deux frères ne pouvaient plus se parler. Tête nue, en tee-shirt, Paul paraissait statufié. Louis vint le saisir par le bras pour essayer de l'entraîner.

— Allons au moins dans l'allée, on s'abritera sous un arbre !

— Sous un arbre ? hurla Paul. Tu es cinglé, on va se faire foudroyer !

Impuissants, immobiles, accrochés l'un à l'autre malgré eux, ils subissaient les rafales du vent et le déferlement de la grêle. Durant plusieurs minutes, les éléments continuèrent à se déchaîner dans une semi-obscurité menaçante, puis le vent tomba d'un coup et, juste après, l'averse cessa aussi brusquement qu'elle avait commencé. Un silence de désolation succéda au chaos. La température avait chuté de plusieurs degrés, de minuscules billes de glace s'étaient accumulées dans les interrangs et au pied des ceps quelques feuilles étaient déchiquetées.

— Bordel…, lâcha Paul d'une voix détimbrée.

Il s'écarta de Louis, fit quelques pas hésitants. Il était trempé et il fut secoué d'un long frisson. Enfin il s'approcha d'un plant, se pencha pour observer les dégâts.

— Bordel, redit-il entre ses dents. Mais ça n'a pas l'air si…

Louis secoua son ciré et enleva son chapeau de pluie sans quitter son frère des yeux, attendant le verdict.

— Alors ? finit-il par demander.

Il n'obtint aucune réponse, mais il n'en espérait pas vraiment. Paul allait passer le reste de la soirée à évaluer les dégâts, plant par plant, et il ne prêterait attention à rien d'autre. Il se décida à repartir vers la maison, dérapant parfois sur les restes de glace. Son idée d'aller s'abriter sous un arbre avait été stupide, évidemment, tout comme l'était celle de vouloir apporter à Paul des vêtements de rechange. Il n'était pas sa nounou ! Néanmoins, son frère allait attraper la crève. Tant pis pour lui.

Il se retourna, regarda Paul qui avançait plié en deux le long d'une rangée. Haussant les épaules, il se dépêcha de regagner la maison où il se changea des pieds à la tête. Personne n'était assez fou pour rester sous un tel orage sans bouger, il aurait dû rentrer en courant. Sauf qu'il n'avait pas pu se résoudre à laisser son frère seul. Parce que si jamais la récolte avait été entièrement détruite… Ça ne semblait pas être le cas. Peut-être les dégâts seraient-ils limités ? Il jeta un coup d'œil par la fenêtre de sa chambre et s'étonna de voir que le ciel redevenait déjà limpide.

— D'ici une demi-heure, on aura trop chaud ! maugréa-t-il.

Sa côte cassée le faisait moins souffrir mais elle se rappelait à lui dès qu'il éternuait. Avec un soupir exaspéré, il rouvrit la porte de sa penderie, attrapa un tee-shirt et un pull au hasard. Quitte à les jeter à la tête de Paul, il allait les lui apporter.

8

Durant deux jours, Caroline avait entendu les lamentations des viticulteurs. À certains endroits, la vigne était en partie détruite, à d'autres elle avait moins souffert, néanmoins une véritable catastrophe s'était abattue sur la Provence.

Sa première impulsion avait été d'appeler Paul mais, prise d'un doute, elle y avait renoncé. Il était certainement de très mauvaise humeur et peu disposé à en parler. L'un de ses patients, viticulteur lui aussi, l'avait cependant à moitié rassurée en déclarant que du côté des Lacombe la situation n'était pas la pire. Comme toujours avec ces nuages très localement chargés de grêle, les dommages seraient inégaux selon les parcelles.

Théo était sagement venu consulter Clément et il était reparti avec une batterie d'examens à faire. Sa visite avait plongé Diane dans une longue réflexion. Elle prenait conscience que leurs parents vieillissaient et qu'il pouvait soudain leur arriver quelque chose, comme à tout un chacun d'ailleurs, vieux ou pas. Si leur mère venait à disparaître sans s'être résolue à apprendre la vérité à Caroline, serait-ce alors à Diane de le faire ? Ou bien devrait-elle garder le silence à jamais ? Il lui semblait légitime que sa sœur sache de qui elle était vraiment la fille. D'où elle venait, quelles étaient ses origines. Car après tout, cet amant de Manon avait sûrement une famille, et donc Caroline croisait peut-être dans les rues d'Aix de proches parents sans le savoir. Des demi-frères ou demi-sœurs, des cousins… Naturellement, si cette histoire remontait au grand jour, sans doute ne ferait-elle plaisir à personne. Mais Caroline pouvait très bien la garder pour elle. Ce qu'elle ferait, à l'évidence, par égard pour Théo qu'elle adorait. Au moins, elle saurait, elle y avait droit. Mais si elle sortait de cette révélation déçue, choquée, traumatisée ? Diane ne savait pas par quel bout prendre ce terrible casse-tête.

Entre deux papiers administratifs, deux dossiers de patients, deux feuilles de calcul comptable, Diane ne cessait d'y penser. Préserver Caroline tout en lui offrant de savoir, était-ce un acte solidaire ou simplement une façon de mettre Manon face à ses responsabilités ? La rancune de Diane envers sa mère était née de ce mensonge, puis avait été entretenue par le comportement futile et égoïste de Manon. Même son attachement excessif pour Gaëlle en devenait suspect. Réminiscence d'un bel amour secret ? Diane pouvait-elle la laisser jouir ainsi de ses souvenirs coupables ?

Clément avait bien vu qu'elle était préoccupée, mais elle faisait bonne figure devant Caroline qui n'avait rien remarqué. Cependant, elle avait beau avoir noué une véritable amitié avec Clément, elle ne pouvait pas se confier à lui. Ce secret ne concernait que Caroline, Manon, et Diane elle-même parce qu'elle avait été indiscrète.

Elle vérifia qu'il ne restait aucun patient dans la salle d'attente puis, comme l'heure du déjeuner était passée, elle mit le téléphone sur répondeur et partit acheter trois sandwiches à la boulangerie. Caroline et Clément auraient le temps de terminer leur dernière consultation et de prendre une courte pause avant que les patients de l'après-midi n'arrivent.

En rentrant, elle les trouva tous deux près de son bureau, lancés dans une discussion sur les antibiotiques.

— On se détend, on oublie la médecine et les malades ! les apostropha-t-elle gaiement.

— Toi, si on ne t'avait pas, on t'inventerait, plaisanta Clément en tendant la main vers un sandwich.

Caroline mit en route la machine à café et prépara trois espressos.

— As-tu téléphoné à Paul pour avoir des nouvelles ? demanda Diane.

— Pas encore. Je n'ose pas.

Diane allait répliquer lorsque le téléphone sonna. Une sonnerie douce, pour ménager ses nerfs, car des dizaines de patients appelaient chaque jour.

— Comment vas-tu ? s'exclama-t-elle. Justement, on parlait de toi et de ton frère en se demandant si vous aviez de gros dégâts chez vous…

Caroline s'était arrêtée de manger pour écouter la suite de la conversation.

— Ah, tant mieux si ce n'est pas trop grave ! Mais Paul doit être dans tous ses états, non ?

Elle se tut quelques instants et reprit :

— Aujourd'hui ? Bon, je vais te caser entre deux patients… Dix-huit heures trente, ça t'irait ? Alors, à tout à l'heure.

En raccrochant, elle confirma que Louis avait demandé un rendez-vous.

— Mais il ne m'a pas donné le motif.

— Avec Clément ou avec moi ?

— Avec toi, évidemment.

— Ah…

Intriguée par cette demande inattendue, Caroline espéra qu'il n'y avait rien de sérieux, et aussi que Louis ne cherchait pas un prétexte pour la revoir.

— Peut-être veut-il savoir si son mimosa se porte bien ? ironisa Diane.

— Heureusement que tu ne l'as pas encore planté, il aurait perdu toutes ses fleurs sous l'orage !

— Est-ce que voir Louis te dispense d'appeler Paul ? Je ne pense pas qu'ils communiquent beaucoup à ton sujet.

— Lâche-moi avec Paul. Et toi aussi, Clément. Si vous pensez que vos petites manigances m'échappent… Je suis assez grande pour savoir ce que j'ai à faire.

— Mais tu ne le fais pas. C'est Louis qui t'inquiète ou Paul qui t'impressionne ?

— C'est qu'ils soient frères, qu'ils habitent la même maison et que je n'aie pas choisi le bon. D'accord ?

Caroline était en train de se braquer, ce qui lui arrivait rarement.

— D'accord, on laisse tomber, marmonna Diane.

Mais elle demeurait persuadée que sa sœur avait tort. Elle s'était trompée avec Louis, et alors ? Devait-elle renoncer à approcher Paul au nom d'une prétendue morale ? Elle ramassa les papiers des sandwiches qu'elle jeta avec les gobelets. Le temps qu'elle reprenne place derrière son bureau, le premier patient arrivait déjà.

*

— Mais tu veux qu'on s'écharpe ? s'indigna Louis. C'est assez compliqué comme ça entre nous !

— Compliqué ? Pourquoi donc ?

Jean-François le considérait avec une évidente curiosité.

— Vous vous disputez ? À vos âges ? insista-t-il.

— Pas vraiment, non. Mais si tu me lègues la maison, tu le mets à la rue.

— Et si je te lègue les vignes, qu'en feras-tu ? D'ailleurs, c'est quoi, « pas vraiment » ?

— Disons que nous ne sommes pas… pas toujours d'accord sur tout.

— Concernant la propriété ?

— Non ! Je ne me mêle pas de sa gestion du vignoble, et la maison est assez grande pour qu'on y cohabite.

— Si je ne te la lègue pas, tu n'as pas de compensation, et Paul gagne sur tous les tableaux. Mon notaire, que j'ai fait venir, essaie d'établir un partage sensé. Il va me fournir l'estimation de tout ça. Ton frère n'aura qu'à se trouver un toit ailleurs, voilà tout. Je suis déjà très généreux de ne pas lui mettre de bâtons dans les roues. D'autre part, reste la question des droits de succession. Paul n'a pas un sou vaillant.

— Il réinvestit, il replante.

— Oh, arrête avec ça ! Paul a fait chuter la production, si je ne m'abuse ? Ce qui n'est pas très glorieux, ni très judicieux.

— Papa… Tu le critiques tout le temps, mais Paul est un bon viticulteur et je crois que tu le sais. Entre vous, c'est seulement une guerre de générations.

— Et entre vous deux, quel genre de guerre ?

Louis haussa les épaules sans répondre, peu disposé à raconter leur affrontement pour une femme. Il allait déjà devoir inventer une histoire, tout à l'heure devant Caroline, autant ne pas multiplier les mensonges. À sa grande surprise, ce fut son père qui changea brusquement de sujet.

— Eh bien, puisque tu es là, je vais enfin savoir ce qui est arrivé à mes vignes pendant l'orage de l'autre jour. Ton cher frère n'ayant pas jugé bon de me tenir au courant, comme si ça ne m'intéressait pas ! Heureusement, j'ai encore quelques vieux amis qui m'ont donné des nouvelles, mais je veux des détails.

— Il semble que nous ayons échappé au pire. C'était d'une incroyable violence, mais ça n'a pas duré. Il y a eu de plus gros dégâts à l'ouest de nos terres. Paul est sur les dents…

— J'espère qu'il pensera à laisser la vigne en l'état, il ne faut surtout pas la retailler. À combien évalues-tu la perte ?

— Je n'évalue pas, je n'y connais rien.

— Mais vous parlez entre vous, non ? Ou bien serait-ce la fâcherie du siècle ?

Décidément, Jean-François était loin du gâtisme : il revenait par un chemin détourné à sa question restée sans réponse.

— Certains raisins ont éclaté, mais pas tant que ça… Des feuilles ont été déchiquetées, elles ont dû amortir les chocs. Et les grêlons n'étaient pas très gros…

— Gros comme quoi ? Une balle de ping-pong, de tennis ?

— Moins que ça. Figure-toi que je ne les ai pas calibrés, mais je peux te dire qu'ils tapaient fort sur mon ciré.

— Parce que tu étais dehors ? Quel intérêt de rester là-dessous ?

Une fois encore, Louis évita de répondre. En fait, il ne comprenait pas lui-même son attitude. Que Paul ait eu la folie de rester planté au milieu des vignes, soit, mais lui ?

Agacé par son silence, Jean-François s'agita dans son fauteuil.

— Être cloué ici, quelle punition, je te jure ! Et vous deux, que je ne vois pas souvent, n'êtes pas foutus d'avoir des enfants, d'assurer la continuité... Je me demande pourquoi je me fatigue à protéger votre héritage de la rapacité du fisc... Tout finira par être vendu, morcelé, dispersé... La bastide transformée en auberge, des lotissements sur les terres, je vois ça d'ici ! On ne respecte plus le travail acharné des générations précédentes... En fait, on ne respecte plus rien du tout !

— Tu exagères, soupira Louis. Et tu es de mauvaise foi. Paul a déjà repris le flambeau, et je souhaite qu'il puisse continuer ce qu'il a commencé.

Il baissa les yeux vers sa montre, sachant qu'il avait rendez-vous au cabinet de Caroline.

— Si tu es pressé, s'insurgea Jean-François, tu peux partir, je ne te retiens pas. D'ailleurs, tu es *toujours* pressé. Ma compagnie n'est pas très divertissante, j'en conviens.

Louis choisit d'ignorer l'agressivité de son père et il alla l'embrasser.

— As-tu besoin de quelque chose, papa ? Des livres, des journaux…

— Ton frère m'avait apporté des calissons de chez Serval. Plutôt meilleurs que les tiens. Penses-y la prochaine fois.

Louis accusa le coup. Paul était allé chez Théo Serval ? Il s'était bien gardé d'en parler ! Sentant revenir sa colère, il s'efforça de sourire et quitta la chambre. Son frère avait toujours été franc, et voilà qu'il usait de petites ruses mesquines, sans doute pour se faire bien voir de Caroline, ou même par simple curiosité. Il avait dû filer à Aix pendant que Louis était à Paris.

Conduisant trop vite, il arriva au cabinet médical un peu avant l'heure de son rendez-vous. Il patienta dans sa voiture, préoccupé par ce que son père lui avait révélé au sujet de sa succession. Il n'y avait pas songé sérieusement jusque-là. La bastide, les terres, un partage obligatoire entre Paul et lui, que leur père voulait planifier pour éviter que ses fils ne se déchirent à sa mort. Eh bien, ils ne l'avaient pas attendue pour se taper dessus !

D'où il était, il voyait des patients entrer et sortir, ayant tous des papiers à la main, ordonnances, résultats d'analyses ou clichés de radiologie. Caroline et son associé ne chômaient pas, effectivement. Il regrettait d'avoir choisi Caroline pour son rendez-vous, il aurait dû demander Clément. Ou plutôt aller ailleurs. Mais trouver un médecin prêt à vous recevoir était devenu trop compliqué, et sa côte le faisait vraiment souffrir.

Diane l'accueillit en souriant, toujours affable, mais elle lui expliqua que Caroline avait pris du retard dans ses consultations.

— Les touristes affluent en Provence dès le mois de juin, et quand ils ont besoin d'un médecin, ils sont stupéfaits d'avoir autant de mal à en dénicher un ! Du coup, nous sommes un peu débordés, et ça durera tout l'été. Avant l'arrivée de Clément, je refusais tout nouveau patient, mais comme il a encore quelques quarts d'heure libres, j'essaie d'en caser un maximum. Reste là, ne va pas dans la salle d'attente, tu passeras entre deux patients.

Un voyant lumineux se mit à clignoter devant elle et, lui faisant signe de se taire, elle l'introduisit dans le cabinet.

— Comment vas-tu ? s'exclama Caroline.

Elle l'embrassa puis ajouta en riant :

— Bon, tu ne dois pas aller si bien que ça puisque tu viens comme patient. Un souci, Louis ?

— Rien de grave. Et toi ? Tu parais un peu fatiguée.

— Trop de boulot, comme d'habitude. Et trop de gens malheureux. Je devrais me blinder, depuis le temps, mais je n'y parviens pas toujours. Allez, assieds-toi et raconte-moi ce qui t'amène. Ce ne sont pas les dégâts sur la vigne, j'imagine ?

— Non, évidemment. En fait, je crois avoir une côte cassée.

— Ah bon ? Et qu'as-tu fait pour la casser ?

— Un truc stupide. C'est… Enfin, c'est sans importance. Tu veux bien regarder ?

— Sans importance, vraiment ?

Voyant qu'il ne se résignait pas à fournir de plus amples explications, elle lui demanda d'aller s'allonger sur la table d'examen.

— Mais enlève ta chemise d'abord. De quel côté ressens-tu une douleur ?

— À gauche. Oui, là... Aïe ! J'aime beaucoup tes mains, mais pas quand tu fais ça.

— Je ne fais pas grand-chose, j'appuie à peine.

Concentrée, elle continua de le palper, du bout des doigts.

— Sans doute cassée, en effet. Une radio le confirmera. Tu n'as pas de mal à respirer ?

— Non. Mais si je tousse ou si j'éternue, c'est affreux !

— Bien. Maintenant, soyons sérieux, Louis. Tu t'es battu ? Tu es tombé ? Cogné dans un meuble ?

Il parut hésiter encore, puis il se résigna d'un coup.

— D'accord, tu finiras par l'apprendre parce que cet abruti est fichu de s'en vanter. On s'est castagnés, Paul et moi.

Caroline s'écarta de lui pour mieux le toiser.

— Tu plaisantes ? Et c'était quoi, le sujet de la bagarre ? Pas moi, j'espère ?

Louis prit un air piteux et hocha la tête.

— Tu lui plais, Caroline. D'ailleurs, tu plais à tout le monde... Mais je ne veux pas qu'il te coure après, parce que vous voir ensemble me serait très pénible.

— Enfin, Louis, tu ne...

— Attends ! Je sais bien que je suis ridicule et que je n'ai aucun droit sur toi, pas la peine de me le dire.

— Si tu le comprends, c'est déjà ça. Quoi qu'il en soit, il ne se passe rien entre ton frère et moi. Mais si quelque chose devait arriver, je me sentirais libre. Je ne veux pas te faire de peine, nous sommes amis et je t'aime beaucoup, toutefois ma vie privée reste un domaine personnel dans lequel je refuse toute ingérence… et toute injonction.

Le regard de Louis fuyait le sien, ce qui la contraignit à insister.

— Tu m'as entendue ?

— J'ai fait partie de ta vie privée, Caroline.

— Oui, et moi de la tienne, le temps d'une jolie parenthèse que je ne renie pas et qui est maintenant refermée. Définitivement. Allez, rhabille-toi, je te fais une ordonnance pour la radio. Ta côte est cassée mais pas déplacée, elle n'appuie pas sur ton poumon mais je préfère vérifier. Je vais aussi te prescrire des antalgiques.

— Rien qui endorme, hein ? J'ai beaucoup de travail et je ne veux pas somnoler devant mon écran.

— Entendu. Moi aussi, j'ai beaucoup de travail, je vais devoir te mettre dehors.

Elle le raccompagna à la petite porte qui donnait sur la ruelle et l'embrassa affectueusement. Dès qu'il fut parti, elle alla rejoindre sa sœur dans l'entrée du cabinet.

— Ce que je craignais est arrivé, chuchota-t-elle en se penchant au-dessus du bureau. Louis et Paul se sont battus !

— Non ?

— Et Louis a trinqué. Je ne sais pas pour Paul, je n'ai pas demandé de détails.

— C'est consternant.

— Je le lui ai dit ! J'espère avoir été claire, j'ai mis les points sur les i.

— Penses-tu que ça suffira ?

— Peut-être… Pas sûr. Il est à vif sur ce sujet, comme je m'y attendais. Rivalité entre frères et cohabitation : un cocktail explosif.

— Mais maintenant qu'ils se sont expliqués ?

— Je refuse d'aggraver leur brouille. Je ne vais pas m'approcher de Paul pour le moment.

Mécontente et peu convaincue, Diane eut une petite moue expressive et laissa Caroline regagner son cabinet. Heureusement, elle avait dit « pour le moment », preuve qu'elle ne renonçait pas. Diane non plus, toujours persuadée que sa sœur risquait de rater une très belle histoire à cause de la stupide jalousie d'un ex. Ce qui ne constituait pas une raison valable pour tout gâcher.

*

Paul n'avait plus pensé à son frère, complètement accaparé par l'examen de ses vignes, plant par plant, grappe par grappe. En fin de journée, il avait appelé quelques confrères pour prendre des nouvelles des uns et des autres, puis il était resté longtemps devant l'écran de son PC, alignant des colonnes de chiffres.

Lorsqu'il s'aperçut qu'il avait faim, le soleil avait disparu derrière la ligne d'horizon. Par les fenêtres ouvertes, le chant des cigales lui parvenait, encore insistant malgré l'heure tardive. Quand la nuit viendrait, elles finiraient par se taire, mais elles n'avaient jamais gêné Paul. Il aimait ce bruit comme il aimait le parfum du thym et de la lavande dont il s'était amusé à planter quelques pieds le long de l'allée.

Il se leva, s'étira, fatigué et affamé. Moralement, il commençait à surmonter le découragement qui avait bien failli le submerger après l'averse de grêle. La récolte serait amputée mais pas perdue, il était plus chanceux que certains confrères. De la chance, oui, car l'orage frappait n'importe où, au hasard, charriant des nuages plus ou moins gonflés qui se déversaient soudain, là plutôt qu'ailleurs. Ces grêlons demeureraient la hantise des viticulteurs tant que la vendange ne serait pas rentrée au chai.

— Encore quelques semaines à tenir… De toute façon, ça n'arrive pas deux fois au même endroit… Enfin, j'espère !

Il alluma les lumières de la cuisine, ouvrit les fenêtres et déroula les moustiquaires qui empêchaient les insectes d'envahir la pièce. À ce moment-là seulement, il songea à Louis, puis à Caroline. D'ailleurs, où était Louis ? Se considérait-il toujours brouillé avec son frère, même après lui avoir apporté, de manière très inattendue, des vêtements secs l'autre soir ? Peut-être fallait-il voir là un simple geste de solidarité qui n'effaçait pas la querelle.

Pour grignoter tout en préparant son dîner, il mit dans un bol une poignée d'olives noires bien charnues et piquées au sel. Dans le réfrigérateur, il dut d'abord ranger un peu, Louis ayant stocké là quelques provisions comme s'il voulait désormais s'occuper seul de ses propres repas. Puis il sortit une épaule d'agneau qu'il fit dorer dans une cocotte avec de l'huile d'olive et de l'ail avant de la laisser mijoter. Il en profita pour se servir un verre de rosé. Il le buvait frais mais pas glacé et s'attardait toujours sur la première gorgée, cherchant chaque fois à percevoir et à définir le moindre arôme.

De plus en plus affamé, pour tromper l'attente il se fit une petite salade de tomates qu'il mangea lentement. Alors qu'il se relevait pour aller vérifier la cuisson de l'épaule d'agneau, il entendit la voiture de son frère freiner devant la maison. Aux aguets, il patienta jusqu'à ce que la porte d'entrée claque. Louis pouvait choisir de monter directement, ignorant les lumières de la cuisine, ou bien de rejoindre son frère, ce qu'il fit.

— Salut, se contenta de dire Paul.

— Salut…

Ils échangèrent un regard circonspect, chacun cherchant à deviner ce que pensait l'autre.

— Ce n'était pas du bluff, j'ai une côte cassée, déclara Louis.

— Désolé.

— Ça m'étonnerait ! Et toi, fais voir. Juste ce bleu ridicule ? Tu n'as pas pris cher, je ne sais pas me battre.

Il ironisait, de nouveau agressif, et il ajouta :

— J'ai vu Caroline, je lui ai raconté. Tu n'auras pas le privilège de le faire.

— Je n'y pensais pas.

— Tant mieux. Et à elle, tu y penses toujours ?

— Louis…

— Comme je ne veux décidément pas voir ça, je vais m'en aller.

— Où ça ? Ici, tu es chez toi.

— Plus que tu ne l'imagines.

— Pas besoin d'imaginer, papa m'a appris ses intentions, je sais ce qui arrivera après lui. Alors, un peu plus tôt, un peu plus tard, c'est à moi de partir.

— Ne sois pas stupide. Les vendanges vont commencer et…

— Je n'ai pas besoin d'habiter la maison pour vendanger. Et je ne compte pas non plus me cacher, sous prétexte que tu ne veux pas voir ceci ou cela. Tu n'as rien à m'interdire, je n'ai rien à t'imposer. S'éloigner l'un de l'autre nous fera le plus grand bien à tous les deux.

Là encore, ils étaient dans une impasse. Paul attendit une seconde avant de se détourner puis il alla soulever le couvercle de sa cocotte. Une délicieuse odeur se répandit dans la cuisine tandis qu'il posait l'épaule d'agneau sur une planche d'olivier pour la trancher. Il n'avait plus faim, et aucune envie de s'attarder. D'autant moins qu'il sentait le regard de Louis dans son dos. Ils auraient dû dîner ensemble, bavarder et rire, trinquer de bon cœur comme ils l'avaient fait si souvent, mais ce temps-là semblait révolu. Il prit une profonde inspiration pour réussir à demander, d'un ton neutre et sans se retourner :

— En veux-tu ?

Comme il n'obtenait aucune réponse, il haussa les épaules.

— On peut manger en se faisant la gueule, chacun à un bout de la table, insista-t-il. Ce serait dommage de perdre une si bonne viande.

Louis restait silencieux, toutefois il n'avait pas quitté la pièce. Paul disposa les tranches d'épaule dans un plat, déglaça le fond de la cocotte, prit son temps pour préparer la sauce. Enfin il se décida à faire face à son frère.

— On va rester là-dessus, Louis ?

Bien qu'il ait réussi à mettre son orgueil de côté, sa tentative pour apaiser la situation tombait à l'eau, son frère continuant à le regarder sans rien dire.

— Comme tu voudras ! lâcha-t-il, exaspéré. Je partirai demain matin, je te laisse la place.

D'un geste brutal, il plaqua le plat sur la table avant de sortir. Sidéré, Louis faillit le rappeler. Il se sentait bête de ne pas avoir saisi l'occasion de baisser les armes. Pourquoi était-il resté drapé dans sa dignité ? Pourquoi avait-il lancé cette allusion mesquine au fait qu'il était davantage *chez lui*, comme s'il se posait en propriétaire des murs ? Et pourquoi leur père semait-il la discorde avec ses partages anticipés ? Organiser sa succession, prétendument pour ne léser personne, ne faisait que créer des conflits.

Se laissant tomber sur le banc, il grimaça de douleur et porta la main à ses côtes. Paul allait-il réellement quitter la maison ? Louis éprouvait toujours de la rancune, un reste de colère, mais de là à mettre son frère dehors…

— Avec son caractère, il est fichu de le faire pour de bon !

Une fois parti, Paul ne reviendrait pas, il était trop entier pour changer d'avis tous les trois jours. Et leur brouille passagère risquait désormais de se transformer en rupture définitive.

— Bon sang…

Nerveux, il se releva, arpenta la cuisine. Dans certaines familles, les gens se fâchaient et ne s'adressaient plus la parole durant des années. Serait-ce leur avenir ? Il cessa de marcher, tendit l'oreille, mais Paul ne se défoulait pas sur le piano du petit boudoir, il ne claquait pas non plus les portes à l'étage, la maison était plongée dans le silence.

Machinalement, parce que l'odeur de l'agneau planait toujours au-dessus de la table, il alla prendre une assiette et des couverts dans un placard. Il hésita un instant puis décida que manger ou bouder ne changerait plus rien à cette maudite soirée.

*

— Tu as le droit de te reposer, affirma Diane. Ou bien tu tomberas malade et tes patients n'auront plus personne pour les soigner.

— Clément est là, marmonna Caroline.

— Il ne peut pas tout assumer. En revanche, vous devriez vous organiser pour prendre quelques jours de vacances à tour de rôle.

— Pas pendant l'été, avec tous ces touristes.

— Les touristes n'ont qu'à rentrer chez eux !

Assise dans l'herbe, les bras autour de ses genoux pliés, Caroline avait les yeux gonflés. La fatigue la minait depuis trop longtemps, elle était au bord de l'épuisement. Elle avait réussi à faire bonne figure pour coucher Gaëlle après le dîner, ensuite elle avait succombé à une crise de larmes. Affolée, Éliette avait appelé Diane qui était arrivée cinq minutes plus tard.

Des bougies à la citronnelle brûlaient dans des photophores posés sur la table de jardin et aux coins des marches du perron, et Éliette venait d'apporter une brioche aux fruits confits, affirmant que le sucre faisait toujours du bien au moral.

— Allez, prends-en une tranche, elle est cuite de ce matin. Et tu sais, Diane a raison, tu ne t'arrêtes jamais, c'est très mauvais. Ton métier, ta fille, tes emprunts, tes responsabilités… Tu en as trop sur le dos !

— Et tu n'es pas invulnérable, renchérit Diane. À force de vouloir être irréprochable en tous points, disponible pour chacun, et souriante en prime, tu files droit vers une dépression.

— Je sais, soupira Caroline.

— Tu étais déjà perfectionniste quand tu étais petite. Lâche un peu la rampe ! D'ailleurs, même pour ta vie privée tu te veux parfaite. On voit bien que tu craques pour Paul Lacombe, mais pas question d'y toucher par égard pour son frère. Je trouve ça idiot, je te l'ai dit. Laisse-toi aller et profite de la vie, tu iras mieux. Tiens, pense donc à maman qui n'a jamais de scrupules et qui s'en porte très bien !

— Je suis plutôt du côté de papa, honnête et pas prête à marcher sur les autres, marmonna Caroline.

— Du côté de papa…, répéta Diane.

Elle leva les yeux au ciel, faisant un énorme effort pour ne rien ajouter. Elle parvint même à sourire à sa sœur, tout en se promettant de ne plus différer l'affrontement avec leur mère. Le moment était venu d'apprendre la vérité à Caroline. À coup sûr, cette révélation allait agir comme un électrochoc, mais qui se révélerait peut-être salutaire. Au moins Caroline, quitte à piquer une colère, penserait à autre chose qu'à sa fatigue, à sa fille, à ses patients, à sa comptabilité… et à Paul Lacombe.

Sa décision prise, Diane se sentit soulagée d'un grand poids. Elle avait porté le secret assez longtemps, elle ne voulait plus participer à ce mensonge.

— Encore une tranche, allez, intima-t-elle. Tu as maigri, c'est moche et ça ne te va pas.

Éliette approuva en hochant vigoureusement la tête.

— Je ferai une autre brioche pour Gaëlle, promit-elle. Pour l'instant, je vais nous préparer une bonne infusion.

— Une infusion ? Tu n'y penses pas ! tempêta Diane. Tu n'as rien de plus sinistre à proposer ? Non, non, on va boire un remontant, un truc qui égaie et qui pétille, je veux voir rire ma sœur. Il y a bien une bouteille de champagne au fond du frigo ?

— C'est pour une occasion…

— Le moment présent me semble parfait !

Déterminée, Diane se leva pour aller la chercher. Saouler Caroline n'était pas son but, elle voulait seulement la détendre, l'apaiser, effacer son air triste. Ensuite, elle l'aiderait à s'organiser pour prendre une semaine de vacances, loin du cabinet. D'ici là, elle continuerait à veiller sur elle, comme elle l'avait toujours fait.

Quand elle revint avec la bouteille, trois coupes et quelques tranches de saucisson d'Arles, elle constata qu'il faisait tout à fait nuit. Le ciel était couvert d'étoiles, l'air était d'une exceptionnelle douceur, quelques papillons venaient se brûler les ailes sur les bougies.

— Quelle belle soirée…, dit-elle en s'asseyant dans l'herbe près de sa sœur. À quel moment Erwan doit-il emmener Gaëlle en Bretagne ?

— Ils partent dimanche.

— Pour combien de temps ?

— Huit jours ou davantage.

— Parfait ! Je vais te trouver une thalasso ou un truc de ce genre.

— Mais je n'ai pas besoin de…

— Oh que si ! Tu as *absolument* besoin de t'évader pour te vider la tête. Et la Terre ne s'arrêtera pas de tourner.

Caroline eut une petite moue dubitative, mais Diane la connaissait suffisamment pour voir qu'elle était en train de se laisser convaincre.

*

Paul avait mal et peu dormi. À six heures, alors que le soleil se levait, il décida de descendre se préparer un petit déjeuner. N'ayant pas dîné la veille, il comptait se rattraper afin d'être en forme pour affronter une journée qui menaçait d'être longue.

Ainsi qu'il l'avait annoncé à Louis, il quitterait la maison en fin de matinée, le temps de préparer un sac et de trouver un point de chute. Chambre d'hôtes, gîte ou hôtel ferait l'affaire en attendant qu'il loue une petite maison, voire un appartement. L'endroit où il allait passer les prochains mois ne comptait pas à ses yeux, il s'y intéresserait après les vendanges.

Cependant, en dévalant l'escalier, une main sur la rampe comme à son habitude, il eut un pincement au cœur et s'arrêta net sur l'avant-dernière marche. Son regard parcourut le hall d'entrée, les gravures au mur, la boule de cristal qui ornait le dernier pilier de la rampe. Tout un univers familier qu'il aimait mais qu'il devait quitter. Il poussa un long soupir, secoua la tête pour chasser la tristesse et gagna résolument la cuisine. Pas question de se laisser aller à une quelconque nostalgie ou de se demander comment son frère et lui avaient pu en arriver là. La réponse, trop évidente, s'appelait Caroline Serval, celle qui les obsédait tous deux. Pourquoi elle ? Pourquoi avec une telle intensité ? Elle n'était pas la plus belle femme qu'il ait connue, et jusque-là il n'avait pas cru au coup de foudre. Pourtant, dans cette même cuisine, le matin où elle était entrée sur la pointe des pieds, sortant du lit de Louis et en quête d'un café, elle l'avait fait craquer. Spontanément, il lui avait proposé un tour dans les vignes, et avait été très déçu qu'elle refuse. Ensuite, il s'était posté devant l'une des fenêtres pour la regarder partir, abasourdi de l'effet qu'elle produisait sur lui. Il se souvenait de chaque instant de ce petit déjeuner qui n'avait pourtant pas duré bien longtemps. Si elle était restée avec Louis, s'ils avaient commencé à bâtir quelque chose ensemble, il aurait trouvé le courage de s'effacer, de la considérer comme une femme intouchable, interdite, et de ne plus poser les yeux sur elle. Mais l'histoire avait tourné court, lui redonnant ses chances, sauf que Louis ne le supportait pas et qu'à présent les deux frères étaient durablement dressés l'un contre l'autre.

Il mit en route la machine à café, coupa deux larges tranches de pain, puis il ouvrit le réfrigérateur pour y prendre du beurre. Bien en vue sur une bouteille de lait, une feuille de papier était scotchée. Intrigué, il la décolla, la déplia. L'écriture en pattes de mouche de son frère lui sauta aux yeux. *« Il est quatre heures du matin et je viens de prendre ma décision après y avoir longuement réfléchi. Je retourne à Paris pour un temps indéterminé. Je travaillerai tout aussi bien là-bas, peut-être même mieux. Tu n'as pas cette possibilité. Ne te lance pas dans une location ridicule et improvisée, reste à la maison. Après les vendanges, je sais que la mise en cuve est le moment le plus délicat pour toi. Je n'ai pas tout oublié, tu vas surveiller la fermentation comme le lait sur le feu, prendre la température du jus six fois par jour, et pour ça tu as besoin d'être sur place.*

Je ne te pardonne pas de t'obstiner pour Caroline, de la vouloir à tout prix alors que ça me rend dingue. Mais l'exploitation du vignoble familial est plus essentielle que nos petites querelles, j'en suis tout à fait conscient. Après papa, puisqu'il veut absolument que nous pensions à l'après, nous réussirons sans doute à établir un terrain d'entente, toutefois il me semble prématuré de s'en soucier.

Trouve-toi une autre femme à aimer et continue à prendre soin de la propriété. Louis. »

Estomaqué, Paul relut trois fois le texte. Il pouvait mesurer la froide colère de Louis à sa manière de terminer sa lettre. Lorsqu'ils s'écrivaient des petits mots, ceux-ci étaient toujours signés par « ton frère Louis » ou « ton frère Paul ». Là, pas de frère, juste un prénom sec, rageusement écrit puisque le stylo avait troué la feuille à cet endroit.

— « Trouve-toi une autre femme à aimer… », répéta-t-il à voix haute. Ah, il n'en démord pas !

Néanmoins, le départ de Louis lui laissait le champ libre pour tenter sa chance auprès de Caroline, comme il en mourait d'envie, et son frère ne pouvait pas l'ignorer.

— Il a beau jouer les hommes raisonnables, responsables, qui s'effacent, il ne peut pas s'empêcher de donner ses ordres. « Trouve-toi une autre femme à aimer » !

Paul n'était pas certain d'être soulagé par cette lettre ambiguë. Certes, il n'avait plus à se demander où il dormirait ce soir, mais la pseudo-générosité de Louis qui lui « permettait » de rester à la maison le mettait mal à l'aise. Jamais leur père n'aurait dû évoquer ces problèmes de succession, sur ce point au moins les deux frères étaient d'accord. Sauf si Jean-François avait choisi de diviser pour mieux régner ? Eh bien, il ne pouvait pas plus mal tomber !

Saturé de pensées contradictoires, Paul s'assit pour manger. Distraitement et sans plaisir, il engloutit plusieurs tartines avec deux grands bols de café. Une seule chose était sûre, indiscutable : les vendanges d'abord. Toute sa vie, depuis son enfance, tournait chaque année autour de ce moment crucial, et rien ni personne ne devait l'en distraire.

Le soleil, déjà haut, faisait jouer un de ses rayons sur les tomettes anciennes. Paul songea que, malgré la grêle, s'il avait moins de grappes sur ses pieds de vigne, en revanche elles étaient de belle qualité. Un présage auquel il devait se raccrocher, en essayant d'oublier tout le reste.

9

Diane s'était démenée pour trouver l'endroit idéal où sa sœur pourrait passer trois jours entièrement consacrés à son bien-être. Son choix s'était porté sur le domaine de Manville, aux Baux-de-Provence, un hôtel de grand luxe dont le spa offrait des massages et des soins, un restaurant gastronomique ainsi qu'un bistrot plus simple, une superbe piscine et de multiples services. Caroline s'était récriée devant les tarifs mais Diane, inflexible, lui avait rappelé qu'elle ne faisait jamais rien pour elle, ne prenait pas de vacances et ne profitait pas de la vie. Puisque Gaëlle s'amusait en Bretagne avec Erwan et ses grands-parents paternels, Caroline pouvait bien prendre un peu de plaisir et surtout de repos. Nager, manger tranquillement, se faire masser, profiter du somptueux paysage en paressant au soleil, se vider la tête en lisant un roman ou en feuilletant des magazines : c'était le cocktail bien-être mitonné par Diane, et Caroline avait fini par se laisser convaincre.

Elle était donc partie le mercredi en fin de journée, confiant le cabinet à Clément et à Diane. En son absence, Éliette avait pour sa part entrepris un grand nettoyage de la maison afin que Caroline la trouve pimpante à son retour. La brave femme avait elle aussi donné raison à Diane, estimant que Caroline en faisait trop depuis des années, précisément depuis son divorce, lorsqu'elle s'était retrouvée seule pour tout assumer.

Au cabinet, Clément n'avait pas chômé le jeudi et le vendredi, essayant d'absorber le surplus de patients, et il s'était résigné à ouvrir le samedi, en principe seulement le matin, mais bien entendu il avait dû travailler jusqu'au milieu de l'après-midi.

Lorsque le dernier malade fut parti, Diane s'empressa de verrouiller la porte et de mettre la ligne téléphonique sur répondeur.

— Et voilà ! s'exclama-t-elle d'un ton triomphant. Nous y sommes arrivés, mais j'ai bien cru qu'on allait devoir rester ouverts tout le week-end !

— J'en serais venu là sans ton aide. Tu es une perle.

— Ma sœur me le répète, s'amusa-t-elle.

— Elle est lucide. Je ne sais pas comment font les confrères qui n'ont ni secrétaire ni assistante.

— Ils ne « font » pas. Tu as vu les chiffres ? En France, un médecin sur deux est âgé de plus de soixante ans. Ils vont tous prendre bientôt leur retraite sans être remplacés. Nous ne sommes qu'au début de la catastrophe.

— Probablement. Ça nous promet un avenir laborieux…

— D'autant plus que les jeunes médecins ne veulent plus entendre parler de ces horaires de folie, renchérit Diane. Vocation, pour eux, ne signifie pas sacrifice.

— Pas sûr qu'ils aient tort. Tu es déjà pressé comme un citron pendant ton internat, alors après tu veux une vie normale.

— Une vie normale ? Eh bien, ils se trompent de métier !

Clément eut un sourire amusé devant sa véhémence. Pour elle, sans doute, tous les médecins se devaient d'être à la hauteur de Caroline. Ou à la sienne, car après tout il ne déméritait pas, il l'avait prouvé ces jours derniers.

— Ah, j'ai oublié de te dire un truc amusant, ajouta-t-elle. Devine qui a téléphoné aujourd'hui ? Notre candidat Paul Lacombe, qui voulait parler à Caroline et qui le demandait d'un ton plutôt embarrassé. Je lui ai appris qu'elle était partie se reposer, ce qui paraît l'avoir inquiété.

— Si ça peut l'aider à se déclarer… En attendant, je t'invite à dîner où tu veux.

— Pourquoi pas chez moi ?

— Non, non. Je tiens à ce que tu te mettes les pieds sous la table et que tu te laisses servir. Tu en as assez fait depuis hier. Choisis-nous un bon restaurant, il n'y aura pas que Caroline qui mangera bien ce soir !

— D'accord. Mais on va éviter les pièges à touristes… Pourquoi pas le Relais du Coche à Eyguières ? Le cadre est chaleureux, la cuisine est généreuse et les prix abordables. On pourrait même se balader avant, histoire de se mettre en appétit. Il y a un point de vue exceptionnel sur les Alpilles si on accepte de grimper un peu.

— Je suis ton homme ! Enfin, façon de parler.

— Je l'entendais comme ça. Et on prend ta voiture, c'est toi qui t'abstiendras de boire.

Au fil des semaines, ils étaient de plus en plus complices, mais sans la moindre ambiguïté, ainsi que Diane le rappelait de temps à autre. Clément se demandait souvent pourquoi la jeune femme semblait n'avoir aucune vie privée. À ses questions prudentes, elle s'était contentée de répondre qu'elle avait été trop souvent déçue et qu'elle se trouvait très bien toute seule. Il n'était pas convaincu, cependant il n'insistait pas. Une bonne tactique car parfois, au détour d'une phrase, elle livrait une petite confidence. Des aventures de jeunesse dans lesquelles elle s'était sentie trahie, une incapacité à se trouver jolie, une blessure d'avoir subi la préférence marquée de ses parents pour Caroline… Mais ce n'était pas à sa sœur qu'elle en voulait, son aigreur visait essentiellement sa mère. Quant à son père, dont elle parlait avec dédain, elle le disait faible et sans volonté. Par ailleurs, elle le reconnaissait volontiers, elle avait dû lutter contre sa propre paresse et elle se reprochait d'avoir été trop velléitaire, n'achevant jamais rien de ce qu'elle entreprenait. Auprès de Caroline, elle avait trouvé sa place, et enfin la sérénité. Clément l'écoutait, tentant de la cerner malgré ses réserves. Il se disait fier d'être devenu son ami et, afin de ne rien gâcher, il ne cherchait pas autre chose. Même s'il lui arrivait de le regretter, car Diane était une belle femme, ce qu'à l'évidence elle ignorait.

En partant pour Eyguières où ils allaient profiter de leur soirée, Clément se félicita une fois de plus d'être venu, sur une impulsion et au culot, présenter sa candidature à Caroline. La meilleure décision qu'il ait prise depuis qu'il avait choisi d'entamer ses études de médecine. Exercer de cette manière lui convenait pleinement : il estimait qu'il avait, lui aussi, trouvé sa place, et il savait qu'il n'en bougerait plus.

*

En arrivant à Paris, Louis avait loué pour un mois un grand studio meublé. Il ne savait pas combien de temps il allait rester dans la capitale, mais sans doute un bon moment. Son objectif, au-delà du travail, était d'oublier son frère, son père, la Provence et le vignoble Lacombe, à défaut d'oublier Caroline, ce qui finirait cependant par arriver s'il s'en donnait les moyens. Il se demandait pourquoi il s'était obstiné si longtemps, pourquoi il était resté sur place, pourquoi il n'avait pas admis son échec. Par orgueil ? À cause de cette rivalité inattendue avec Paul ? Les deux frères célibataires se disputant la même femme, c'était pourtant ridicule ! D'ailleurs, Caroline n'était ni avec l'un ni avec l'autre. Du moins, pour l'instant. Et si elle devait tomber un jour dans les bras de Paul, ce serait son choix, dont elle avait le libre arbitre. Au lieu de se remémorer sans cesse chaque geste de la nuit passée avec elle, il devait impérativement la chasser de sa tête et entreprendre de nouvelles conquêtes. N'avait-il pas dit à Paul qu'il y avait plein d'autres femmes à séduire ? Un conseil qui valait pour lui-même, car il devait retrouver sa capacité à tomber amoureux. Il suffisait d'une rencontre, d'un coup de chance, d'être au bon endroit au bon moment.

Cette fois, sachant qu'il allait s'attarder à Paris, il prit soin de contacter tous ses amis sans exception, organisa des dîners, des soirées, s'absorba dans son travail qui l'occupait à longueur de journée. Enfin, souhaitant que son père ne se sente pas abandonné, il se promit de l'appeler deux fois par semaine et de s'en tenir à des banalités. Ne plus évoquer sa succession éviterait de remettre de l'huile sur le feu.

Fort de ces bonnes résolutions, il finirait sûrement par trouver un certain plaisir à mener une vie plus trépidante. Quitter la Provence n'était pas une décision aussi altruiste que Paul avait dû se l'imaginer en lisant sa lettre, toutefois Louis ne comptait pas le détromper. Si son frère se sentait débiteur, tant mieux, c'était une petite revanche. Louis ne renonçait pas à ses droits, peut-être même pas à sa rancune, mais en s'éloignant il s'était préservé. Les choses allaient s'apaiser, il savait d'expérience que rien ne résiste au temps qui passe. En tout cas, il voulait y croire.

*

Caroline avait quitté son hôtel le dimanche, après avoir déjeuné et profité de la piscine une partie de l'après-midi. Elle se sentait reposée, ainsi que Diane l'avait prédit, et finalement elle ne regrettait pas le prix de son séjour, court mais intense. Nager s'était révélé un excellent exercice, les massages lui avaient permis de se relaxer et de se vider la tête, grâce à quoi elle avait pu lâcher prise. Peu habituée au luxe, elle avait savouré à sa juste valeur chaque instant de cette délicieuse parenthèse, ayant admis qu'elle travaillait assez dur depuis suffisamment longtemps pour y avoir droit.

Pour rentrer, elle avait emprunté le chemin des écoliers, de petites routes sinueuses, vitres de la voiture baissées et cheveux au vent. Lorsqu'elle était arrivée chez elle, au soleil couchant, elle s'était sentie heureuse de retrouver sa petite maison, devant laquelle sa sœur et Éliette l'attendaient en mettant le couvert sur la table du jardin.

— Quelle mine superbe ! s'exclama Diane en guise d'accueil. On dirait que tu reviens de quinze jours au bord de la mer !

— J'ai lézardé au soleil sur un transat, entre deux longueurs de piscine.

— Une vraie cure de jouvence.

— Le sport m'ouvrait l'appétit, alors j'ai mangé comme un ogre, des choses délicieuses.

— Meilleures que mes petits plats ? s'inquiéta Éliette.

— Non ! Pas meilleures, différentes. D'ailleurs, rassure-toi, j'ai faim.

Caroline prit sa sœur par le cou et la secoua gentiment.

— Tu as bien fait de m'encourager à partir, je me sens reposée.

— Trois jours, c'est trop court, mais c'est mieux que rien.

— Et c'est bien assez pour mes finances ! Je plaisante, rassure-toi, ça n'a pas gâché mon plaisir. Tout s'est bien passé en mon absence ?

— Clément s'est débrouillé pour assumer. Certains patients boudaient de ne pas avoir affaire à toi, mais ils l'ont accepté, déjà bien contents de se faire soigner.

On a dîné ensemble hier soir, et aujourd'hui il a filé à Aix pour s'amuser un peu.

— Vous dînez souvent ensemble, non ?

Éliette les interrompit en apportant un loup en papillote accompagné de tomates grillées.

— Évidemment, je ne suis pas un grand chef, déclara-t-elle d'un ton faussement modeste.

— Tu vas à la pêche aux compliments ! s'esclaffa Diane.

Caroline avait sorti de sa voiture son sac de voyage, et elle mit son maillot de bain à sécher sur la clôture.

— J'en ai profité jusqu'au dernier moment ! Et je dois reconnaître qu'Erwan a raison d'emmener régulièrement Gaëlle à la piscine, ça fait un bien fou.

— Tu devrais les accompagner, suggéra Éliette.

— D'abord, je n'ai pas le temps, ensuite je ne veux pas qu'Erwan se fasse des idées. Il serait capable de croire que je cherche à me rapprocher de lui. Tant que nous serons célibataires, lui et moi, il s'imaginera qu'une réconciliation est possible.

Elle ouvrit délicatement la papillote, huma avec plaisir la délicieuse odeur qui s'en dégageait. Devant l'air joyeux et la bonne mine de sa sœur, Diane se demanda si l'affrontement avec leur mère ne devait pas être, une fois encore, reporté. Pourquoi précipiter maintenant Caroline dans ce qui risquait d'être un drame ? Tandis qu'elle se torturait avec cette question cruciale, elle entendit sa sœur répondre à son portable qui venait de sonner.

— Oui, maman… Quoi ? Mais quand ? Et où est-il ? Aux urgences ? Bon, ne bouge pas, j'arrive.

Elle s'était levée, le visage crispé.

— Papa a eu un malaise, annonça-t-elle. Les pompiers l'ont emmené à l'hôpital, à Aix. Maman est catastrophée, je vais aux nouvelles.

— Je t'accompagne ! s'exclama Diane en suivant Caroline qui se précipitait vers sa voiture.

Théo n'avait connu jusque-là aucun problème de santé. Caroline ne soignant pas les membres de sa famille, il avait un médecin à Aix-en-Provence qu'il ne voyait que très rarement. D'autre part, il menait une vie régulière, ne fumait pas et buvait modérément. Son malaise était peut-être sans gravité, mais Caroline se faisait du souci. Elle démarra sur les chapeaux de roues tandis qu'Éliette, consternée, refermait la papillote.

*

Paul n'ayant rien obtenu d'autre que la phrase laconique de Diane au téléphone, il se posait beaucoup de questions. Pour ce qu'il en savait, Caroline, très fatiguée, était partie se reposer quelques jours… Fatiguée, elle qui débordait d'énergie ? Y avait-il autre chose, dont sa sœur n'avait pas voulu parler ? Il s'y était repris à deux fois pour trouver le courage d'appeler, enfin décidé à lui proposer un déjeuner ou un dîner le week-end suivant, et maintenant il n'oserait plus rappeler. Et si c'était un prétexte, une fin de non-recevoir ?

Dans le doute, n'y tenant plus, le dimanche soir tard, il avait fait la route jusque chez elle pour passer devant sa maison. En effet, sa voiture n'était pas là et aucune lumière ne brillait aux fenêtres. Où était-elle donc ? Il ne croyait pas à cette histoire de repos, mais elle pouvait être sortie et en train de s'amuser ailleurs.

À moins qu'elle n'ait vraiment eu besoin d'un peu de vacances. Après tout, elle travaillait énormément et s'impliquait beaucoup dans le soin de ses malades. Une femme extraordinaire, à laquelle il voulait plaire, surtout maintenant qu'il se sentait libéré vis-à-vis de Louis.

Il rentra à la bastide, perplexe, cherchant de quelle façon il allait s'y prendre. Il ne pouvait tout de même pas aller l'attendre à la sortie du cabinet ! En conséquence, il faudrait qu'il rappelle, tant pis s'il passait pour un importun aux yeux de Diane. Et si c'était Caroline qui ne souhaitait pas le voir, autant le savoir.

Devinant qu'il aurait du mal à trouver le sommeil ce soir, il alla passer un moment dans son bureau, puis il ressortit pour fumer une cigarette sur le perron et guetta le hululement familier de sa chouette. Finalement, il gagna le petit boudoir, s'assit devant le piano. Il se souvenait bien des cours de solfège qu'il avait suivis, en primaire. Diane faisait partie des élèves de son professeur, et il leur était arrivé d'attendre leur tour ensemble, en écoutant les autres ou en se chuchotant des blagues. À cette époque, il ne connaissait pas sa sœur, la petite Caroline…

Il joua quelques mesures du tout premier morceau qu'il avait appris. Une mélodie enfantine qui lui avait pourtant donné du fil à retordre. Sa mère semblait heureuse de son goût pour la musique, mais elle était décédée bien trop vite, alors qu'il n'était qu'un petit garçon, et plus personne ne l'avait encouragé. Sans conviction, il avait néanmoins continué à prendre des cours de piano jusqu'au collège. Ensuite, comme tous les gamins de son âge, il avait préféré le foot et le judo, ne jouant plus que rarement, pour son seul plaisir et pour ne pas tout oublier. Jean-François n'aimait pas l'entendre, il estimait que son fils perdait son temps. Ou bien le son du piano lui rappelait trop son épouse disparue, dont il ne parlait jamais. Louis et Paul, au contraire, essayaient de se souvenir du visage de leur mère, du son de sa voix, de ses gestes doux. Le vide qu'elle avait laissé dans le cœur de ses deux fils imprégnait encore leur vie d'adulte. Louis s'entichait de toutes les femmes, courant après l'amour perdu, tandis que Paul se méfiait d'elles, par peur de revivre l'abandon.

Étonné d'avoir songé à ce lointain passé, il rabattit d'un coup sec le couvercle du piano. Le boudoir était décidément un lieu trop propice à la nostalgie. Alors, sommeil ou pas, il devait aller se reposer. Demain, il téléphonerait, retenterait sa chance. Il traversa la maison silencieuse. Sa maison, qu'il avait failli quitter. Ce qu'il ferait, si son frère le lui demandait de nouveau. Et il admit enfin, n'étant plus en colère, que ce serait bel et bien un crève-cœur.

*

Aux urgences du centre hospitalier d'Aix-en-Provence, où elle connaissait encore quelques anciens confrères, Caroline avait été rassurée sur l'état de santé de son père. Il avait fait un petit accident vasculaire cérébral, mais apparemment, ayant été soigné à temps, il ne conserverait aucune séquelle. Toutefois, il était gardé en observation. Caroline avait pu le voir et l'embrasser, elle avait plaisanté avec lui avant de lui faire promettre de consulter régulièrement Clément, qui serait désormais son médecin traitant. Puis elle était allée discuter avec l'interne de garde.

Pendant ce temps, Diane s'était chargée de raccompagner Manon chez elle car elle avait fait le trajet aller avec Théo dans le camion des pompiers. Elle lui avait fait boire un cognac, lui avait prodigué des paroles apaisantes et l'avait même aidée à se coucher. Ensuite, elle était retournée à l'hôpital où Caroline l'attendait dans le hall.

— Maman a eu sacrément peur, mais je crois qu'elle est rassurée et qu'elle va bien dormir, annonça Diane. On rentre ? Je te rappelle que nous n'avons pas dîné, et les émotions, ça creuse !

Elle plaisantait, mais l'expression figée de Caroline l'inquiéta.

— Quelque chose ne va pas ? Finalement papa a…

— Il va aussi bien que possible, l'interrompit sa sœur d'un ton sec. Ils ne le gardent quarante-huit heures que par précaution.

— Pourtant, tu fais une de ces têtes !

Caroline agita sous le nez de Diane les feuilles qu'elle tenait à la main.

— J'ai demandé à avoir accès à son dossier, articula-t-elle. En le parcourant, je suis tombée sur un truc bizarre.

— Quoi donc ?

— Figure-toi qu'une des premières choses qu'on fait à l'hôpital est d'établir ton groupe sanguin.

— Et alors ?

— Alors, papa est du groupe AB.

Sa voix avait tremblé sur les derniers mots.

— Ce qui signifie ? demanda Diane, hésitante.

Elle entrevoyait ce qui allait suivre, inéluctablement, et que la nouvelle soit assenée à Caroline en pleine nuit, dans un hall d'hôpital, était catastrophique.

— Ça signifie que je peux difficilement être sa fille.

— En es-tu certaine ?

— Oh, il y a toujours des exceptions, des anomalies, des cas rarissimes ! Comme pour la couleur des yeux. De là à croire que j'en fais partie… Je ne sais pas. On peut faire des tests, des recherches…

Diane n'avait plus le choix. Elle prit une grande inspiration avant d'avouer :

— Inutile. Tu es dans le vrai.

Sa sœur la dévisagea, atterrée.

— Saurais-tu quelque chose que j'ignore, Diane ?

— Oui.

— Dont tu ne m'as pas parlé ?

— Ce n'était pas mon rôle.

— Maintenant, ça l'est !

Caroline était blême, ses yeux se remplissaient de larmes, et elle continuait de scruter Diane.

— Vas-y ! Je t'écoute.

— Pas ici. Rentrons, je t'en prie, je t'expliquerai tout quand on sera chez toi. Donne-moi ta clé de voiture, je vais conduire.

Trop bouleversée pour protester, Caroline la suivit vers la sortie. Tout le long de la route, elle resta muette, regardant droit devant elle. Une fois arrivée, elle claqua rageusement la portière et s'engouffra dans sa maison. Derrière elle, Diane remuait dans sa tête toutes les phrases qu'elle allait prononcer.

— Tu n'es pas couchée ? s'étonna Caroline, contrariée de découvrir Éliette assise dans la cuisine.

— J'attendais des nouvelles. Votre père, ça va ?

— Oui, ce n'était pas grave. Il reste en observation mais tout va bien.

— Ah, tant mieux !

Éliette les scruta l'une après l'autre et comprit qu'il y avait un problème.

— Vous préférez que je vous laisse ? proposa-t-elle en se levant.

— Non, soupira Caroline, tu peux rester avec nous. Mais je te préviens, la conversation risque d'être pénible !

Tandis qu'Éliette s'affairait à réchauffer le loup, marmonnant qu'il serait forcément desséché, les deux sœurs s'installèrent face à face.

— J'aurais voulu que tu l'apprennes autrement, commença Diane.

— Il n'y a pas de bonne façon pour ce genre de révélation. Donc, c'est vrai ?

— Pour ce que j'en sais, oui.

— Et comment diable es-tu au courant ?

— Quand j'étais petite, si tu t'en souviens, j'aimais bien écouter aux portes. Un jour, j'ai entendu maman téléphoner à une amie… Papa n'était pas là, et elle ne devait pas savoir que j'étais rentrée. Elle parlait librement d'une relation extraconjugale qu'elle avait eue quelques années plus tôt et dont elle gardait un souvenir ému ! Surtout lorsqu'elle te regardait, affirmant que tu lui ressemblais beaucoup.

— Tu veux dire, à son ancien amant ?

— Exactement. Elle prétendait que tu avais les mêmes yeux, le même rire en cascade et son caractère de battant. Tout ça assorti de commentaires peu flatteurs pour papa. C'était très choquant.

— Je vois... Quel âge avais-tu ?

— Douze ans. Toi, neuf.

— Et tu as gardé le secret tout ce temps ?

— Que pouvais-je en faire ? Le dire à papa ? Te le dire ? Imagine un peu ! Non, c'était trop énorme, j'ai enfoui ça au fond de ma mémoire.

Caroline baissa la tête, s'accordant le temps de digérer ce qu'elle venait d'entendre.

— As-tu d'autres détails ?

— Une ou deux fois, elle y a encore fait allusion à mots couverts, en parlant à la même amie je pense. On aurait dit qu'elle aimait s'en vanter, mais elle n'a pas dû le crier sur les toits.

Éliette déposa devant elles deux assiettes en déclarant :

— Les filles, vous racontez des choses terribles... Pour le poisson, j'ai ajouté un beurre blanc, ça devrait l'arranger un peu.

Caroline parut tomber des nues. Elle secoua la tête, comme si elle voulait se débarrasser de quelque chose.

— J'espère que tu es sûre de toi, Diane, ajouta Éliette.

— Oui. Et j'en suis désolée, crois-moi !

— J'aurais aimé que tu me le dises plus tôt, murmura Caroline.

— Quand ça ? Quel aurait été le bon moment d'après toi ? Il n'y en avait pas. Et j'ai toujours espéré que maman se déciderait à te parler. À ta majorité, par exemple. Ou même quand tu as obtenu ton diplôme de médecin. Une date symbolique. Mais non, elle ne disait rien, elle avait enterré l'histoire.

— Elle doit pourtant s'en souvenir ! explosa Caroline. Et cet homme, il vit toujours, il est dans les parages ? Suppose que je le croise sans le savoir ? Ah, c'est dément !

— Ne criez pas, supplia Éliette. Mangez plutôt quelque chose… Il ne faut pas rester le ventre vide. Surtout quand on a des soucis.

— Mais enfin, Éliette, tu te rends compte ?

— Oui. Seulement ce n'est pas comme si cet homme ne t'avait pas transmis certaines qualités. Et ça ne t'empêchera pas de continuer à aimer Théo.

— Bien sûr que non ! se récria Caroline, horrifiée à cette idée. C'est lui mon père. Enfin, c'est tout comme, ça ne change strictement rien. Mais l'autre, mon père biologique, l'inconnu, je veux le rencontrer.

— Tu y gagneras quoi ?

— Je saurai. De qui je viens, à qui je ressemble, de quoi je suis faite ! Bon sang, c'est facile à comprendre !

— Calme-toi, dit Diane d'une voix apaisante. Il faut que tu parles à maman pour qu'elle t'explique de qui il s'agit.

— Bien sûr qu'il faut qu'elle s'explique. Là, je me retiens d'aller la sortir de son lit !

— Attends demain.

— Demain, je travaille toute la journée.

— Eh bien, on peut lui proposer de venir dîner.

— Ici ? Non, on va forcément s'engueuler et je ne veux pas qu'ensuite elle ait la route à faire.

— Alors, nous irons, suggéra Diane. Maintenant, mangeons, tu ne dois pas perdre tout le bénéfice de ton escapade aux Baux.

Elle attaqua son loup, et Caroline finit par s'y résoudre aussi, sous le regard bienveillant d'Éliette qui, au bout de quelques instants, profita du répit pour donner son avis.

— Ne sois pas trop sévère avec ta mère, Caroline. Elle avait sûrement ses raisons pour te cacher la vérité. Elle a dû penser que ça détruirait l'harmonie de votre famille, que ça te ferait de la peine, et à Théo aussi s'il venait à l'apprendre. Il ne faut pas juger à la hâte…

— Tu es la voix de la sagesse, ironisa Diane. Mais le non-dit pèse aussi très lourd dans une famille. Et pour chacun d'entre nous, connaître ses origines est important.

— Ne serait-ce que d'un point de vue médical, renchérit Caroline. Il y a des maladies génétiques héréditaires, des terrains à connaître. Je dois savoir tout ça, pour moi et aussi pour Gaëlle.

— D'accord, d'accord…, admit Éliette.

Caroline lui adressa un sourire affectueux, le premier de la soirée.

— Et ne t'inquiète pas, j'essaierai de rester mesurée avec maman.

Elle termina son assiette, réclama un verre de vin et Diane en fit autant. Éliette leur servit un rosé bien frais, qui ne provenait pas du domaine Lacombe.

— Au fait, annonça Diane, Paul a téléphoné. Je ne savais pas si tu avais envie de lui parler, alors je ne lui ai pas donné ton numéro de portable, que d'ailleurs il ne m'a pas demandé. Mais je pense qu'il rappellera.

— Je le ferai moi-même, répondit Caroline en levant son verre.

Elle trinqua avec sa sœur, but une gorgée.

— J’aurai sûrement du mal à m’endormir ce soir, ajouta-t-elle.

— La journée a pourtant été bien remplie.

— Oui, mais… tu sais quoi ? Je suis littéralement dévorée de curiosité !

— En ce qui concerne le monsieur inconnu ?

— Absolument. Je me pose mille questions.

Tout en débarrassant la table, Éliette lâcha :

— Ne te fais pas trop de souci. Connaissant ta mère, tu peux être sûre qu’elle ne l’a pas trouvé au fond du panier.

Les deux sœurs échangèrent un regard amusé, puis Diane se leva.

— Je peux te laisser et rentrer chez moi ?

— Je veille sur elle, intervint Éliette.

Caroline raccompagna Diane jusqu’à sa voiture et l’embrassa affectueusement.

— Merci de m’avoir dit ce que tu savais. Pour demain, je te laisse arranger ça avec maman. Avant d’aller chez elle, on passera à l’hôpital pour voir papa.

— On se prévoit encore une belle fin de journée !

Diane démarra et Caroline suivit des yeux la voiture jusqu’à ce que ses feux aient disparu.

— Regarde, dit Éliette derrière elle, le ciel est couvert d’étoiles !

Elles restèrent un moment à les observer, profitant de la douceur et du silence de la nuit.

— Les soirées en Provence sont incomparables, murmura Caroline.

— Il fait bon vivre ici, même les mauvais jours… Mais en était-ce un ?

Caroline réfléchit quelques instants, la tête toujours levée.

— Je l'ignore.

— Va savoir ! Peut-être es-tu la fille d'un prince ?

— Je voudrais n'être que la fille de Théo. Ça m'allait bien.

Elle songea à Gaëlle qui devait dormir. Elle lui avait téléphoné l'après-midi même, alors qu'elle était encore au bord de la piscine du domaine de Manville. Gaëlle avait dit qu'il pleuvait en Bretagne mais qu'elle avait fait du bateau avec son père et que c'était formidable. Erwan s'occupait bien d'elle, il l'adorait. Songer à son ex-mari lui fit paradoxalement penser à Paul. Elle avait la ferme intention de l'appeler, elle en avait très envie, mais seulement lorsqu'elle aurait réglé ses comptes avec sa mère.

*

Jean-François fulminait. Il avait enfin reçu de son notaire des propositions écrites, et dans le courant de la matinée il avait essayé de joindre ses fils pour leur en parler. Paul ne répondait pas, sans doute occupé dans ses vignes, et Louis lui avait opposé une sorte de fin de non-recevoir, prétextant que ces histoires de succession n'étaient pas d'actualité. Mais enfin, il ne serait pas éternel, et en discuter ne le ferait pas mourir plus tôt !

Il étudia avec soin les documents, bien décidé à choisir tout seul ce qu'il écrirait dans son testament. Contrairement à ce que ses fils pouvaient supposer, il voulait faire bien les choses, redoutant qu'ils ne se déchirent après lui. Et même si les bouleversements imposés par Paul pour l'exploitation le mettaient toujours en colère, il était néanmoins, dans le secret de son cœur, satisfait qu'un de ses fils ait repris le flambeau. Quant à Louis, avec lequel il s'entendait pourtant mieux, il comprenait mal son total désintérêt pour la vigne. Pouvait-on avoir grandi dans cet environnement et le renier, s'en foutre ? Certes, Louis semblait avoir un bon métier, il gagnait bien sa vie, mais il passait son temps à hésiter entre Paris et la Provence, incapable de se fixer. Au moins Paul, il l'avait clamé haut et fort, continuerait quoi qu'il puisse lui en coûter à exploiter le vignoble Lacombe auquel il était viscéralement attaché.

Une aide-soignante frappa et entra, portant le plateau du déjeuner qu'elle installa sur la table roulante, à côté du fauteuil.

— Monsieur Lacombe, il faudrait songer à descendre jusqu'à la salle à manger ! Le kiné peut vous aider à marcher jusqu'à l'ascenseur. Voir du monde vous ferait du bien, c'est mauvais de rester toujours seul. En ce moment, vos fils ne viennent pas souvent…

— Figurez-vous qu'ils sont occupés ! L'un est à Paris pour son travail, et l'autre prépare les vendanges dans ma propriété. Ils ne sont pas oisifs, croyez-moi.

Prendre la défense de ses fils était pour lui un comble, mais ses réserves à leur sujet ne regardaient pas le personnel de la maison de retraite. Son culte ombrageux de l'orgueil familial faisait partie de son mauvais caractère.

— Enfin, pensez-y pour demain, vous serez mieux en bas que coincé ici, insista-t-elle. Vous finirez par vous ennuyer.

— Qu'en savez-vous ? J'ai un important dossier à étudier, et pour ça j'ai besoin de silence.

Il désignait les papiers du notaire, fier de montrer qu'il ne s'occupait pas que de mots fléchés et qu'il gardait un lien avec la vie au-delà des murs de ce qu'il considérait comme sa prison. Une fois l'aide-soignante sortie, il jeta un coup d'œil au plateau et décida qu'il allait manger. Pas pour aller mieux, un but au-delà de ses espérances, mais seulement pour durer. Quelles que soient les conditions, il s'apercevait avec amertume qu'on tient toujours à la vie.

*

Paul avait longuement mûri son projet d'étiquette, les vins nature se parant volontiers d'images trop fantaisistes à son goût. Il estimait qu'une étiquette ne devait pas être difficile à déchiffrer et que, au contraire de certains de ses confrères, il lui fallait se garder de toute outrance marketing. Cela dit, il voulait un dessin qui exprime sa liberté et sa personnalité, sans s'affranchir totalement des codes conventionnels du vin. Chaque année, depuis qu'il était seul à décider, il en peaufinait le moindre détail. Penché sur les croquis, il finit par dire :

— Quand mon père a vu la précédente étiquette, sur une bouteille que mon frère lui avait apportée, il a dit qu'il avait le choix entre s'évanouir et me la faire manger.

L'imprimeur, qui était un copain, se mit à rire.

— Quoi qu'il en pense, tu défends un produit naturel, une vinification la plus respectueuse possible du raisin, et le goût du fruit avant tout. Mais tant qu'il n'y aura pas de réglementation précise pour ce type de vins, tu restes libre de faire ce que bon te semble.

— Je n'ai pas envie de piétiner les traditions pour autant. On va donc conserver quelques traits stylisés de la bastide, comme si c'était un fond d'écran. Tu vois ? D'autre part, écrire « Paul Lacombe » en toutes lettres est légitime, mon prénom évite la confusion, mais on va un peu modifier la police de caractères.

Il tria les différentes propositions étalées devant lui.

— Celle-ci est assez élégante… Et si on mélange ces deux-là, on arrive presque à ce que je veux. Une évolution sans heurt.

Superposant deux calques, il émit un petit claquement de langue satisfait.

— Pas mal du tout ! Enlève ce truc inutile, là en bas, et reste dans des couleurs pastel sur un fond blanc.

— Très bien. Je te prépare une maquette pour la fin de la semaine. Tu n'es pas un client facile. J'en ai d'autres qui s'amusent avec des trucs délirants, comme pour les bouteilles de bière.

— Ça ne me tente pas. Le vin est un breuvage noble, pas un soda pour ados !

— Toujours aussi intransigeant, hein ? Ça ne va pas t'amuser, mais ton père était pareil, dans un tout autre genre. Bon, on marque le millésime ou pas ?

— Tu sais bien que, sans sulfites ou presque, la conservation est un problème. Je n'en utilise que lors de la mise en bouteilles pour qu'il puisse voyager sans s'oxyder. En tout cas, appose le logo AB, un vin nature étant forcément bio. Et bien sûr, on garde la mention « Mis en bouteille à la propriété ». Pour le reste, tu suis la réglementation en vigueur pour bricoler la petite étiquette à l'arrière de la bouteille. Je te donnerai les noms des cépages de l'assemblage avec le degré d'alcool le moment venu.

Ils se serrèrent la main, contents l'un de l'autre, et Paul quitta l'imprimerie. Alors qu'il s'installait dans sa voiture, son portable vibra au fond de sa poche. Il ne connaissait pas le numéro affiché mais il prit la communication et reçut un vrai choc en entendant la voix de Caroline, qu'il identifia au premier mot.

— Paul ? Comment vas-tu ? C'est Caroline…

— Bien, très bien ! Et toi ? J'ai su par ta sœur que tu étais partie te reposer quelques jours…

— J'ai eu un petit coup de fatigue, rien de grave.

— Ah… Tant mieux !

Parler n'était pas facile, il s'aperçut qu'il ne savait pas quoi dire, intimidé comme un collégien, mais Caroline ne semblait pas plus à l'aise que lui.

— Donc, tu m'avais appelée ? reprit-elle.

— Oui… Oui, absolument. En fait, j'aurais aimé te… Eh bien, t'inviter un de ces jours si tu es libre.

— Pourquoi pas ?

— Je serais très content de te voir.

— Moi aussi.

— Alors, c'est parfait ! Quel jour t'irait ? Samedi soir, dimanche midi ? Je sais que tu travailles beaucoup dans la semaine.

— Oui, disons que j'ai du pain sur la planche au cabinet, et aussi des choses personnelles à régler d'abord. Samedi soir, ce serait très bien, ma fille est en Bretagne avec son père.

— Samedi, entendu. Je vais enregistrer ton numéro et je t'enverrai un SMS pour te dire où on se retrouve, sauf si tu préfères que je passe te chercher.

Aucun restaurant ne lui venait en tête et il voulait y réfléchir.

— Passe me prendre, d'accord. À samedi, Paul.

Elle raccrocha avant qu'il ait eu le temps de trouver une jolie formule d'au revoir. Il soupira. Quel empoté il faisait ! Il avait même failli bafouiller, voire ajouter qu'il l'invitait « en tout bien tout honneur ». Quel bien et quel honneur, grands dieux ? Il ne s'était pas comporté aussi stupidement depuis ses quinze ans. Et encore, adolescent il n'était pas maladroit avec les filles. Mais peu importait, il avait obtenu son rendez-vous ! Il se demanda ce que signifiaient ces « choses personnelles à régler ». Un truc sentimental ? Il espérait bien que non ! Tout excité, il passa en revue un certain nombre de restaurants, excluant d'office celui du premier dîner avec Diane et Louis, où Caroline était partie avec son frère. Il voulait choisir un endroit chaleureux, assez simple pour que les serveurs ne leur tournent pas autour, et assez original pour prouver qu'il avait de l'imagination. Et à propos d'imagination, qu'allait-il lui dire ? Que Louis se trouvait à Paris, et que, le chat n'étant plus là, les souris pouvaient danser ? Sûrement pas !

Quelqu'un tapa sur le capot de sa voiture, le tirant brusquement de ses pensées.

— En panne ? s'enquit son ami l'imprimeur. Il y a une demi-heure que tu es sorti et tu es toujours là…

— J'avais des coups de fil à passer, prétexta-t-il car il avait encore son téléphone à la main.

— À voir ton sourire épanoui, tu as dû avoir de bonnes nouvelles !

— On peut dire ça…

Il ne se sentait pas ridicule mais seulement très content. Comme la chaleur était devenue accablante dans sa voiture, il démarra, mettant en route la climatisation. Il avait toute la semaine devant lui pour penser à son dîner avec Caroline, sachant d'avance qu'il n'aurait pas droit à l'erreur. Ils allaient forcément évoquer Louis pour clarifier la situation, un sujet sensible puisqu'il n'était pas réconcilié avec son frère. Celui-ci n'avait donné aucune nouvelle depuis son départ, il pouvait tout aussi bien rentrer le lendemain que se réinstaller définitivement à Paris. Mais quoi qu'il décide, et quelles qu'en soient les conséquences, Paul ne laisserait pas passer sa chance, il l'avait attendue trop longtemps.

10

Le lundi soir, comme prévu, après être allées voir leur père, dont l'état était satisfaisant et qui devait sortir le surlendemain, Caroline et Diane se rendirent chez leur mère.

Manon les reçut dans l'appartement du premier étage où elle avait préparé le dîner.

— Je pensais bien que vous arriveriez tard ! s'exclama-t-elle gaiement. Vous avez vu Théo ? Il était plutôt en forme cet après-midi quand je suis passée, et ses médecins sont contents. Qu'en penses-tu, Caroline ?

— C'était juste une alerte, mais maintenant je veux qu'il voie Clément régulièrement et qu'il respecte son traitement. Je compte sur toi pour le lui rappeler tous les soirs.

— Je vais le surveiller, ne t'inquiète pas. Bon, je vous ai préparé des petits toasts à la tapenade pour l'apéritif, je sais que vous aimez ça, et j'ai une bouteille de champagne au frais. Je suis tellement contente que Théo soit tiré d'affaire ! Les pompiers ont été formidables, ils sont arrivés en quelques minutes, et dans ce genre de cas c'est très important. Croyez-moi, je vais les gâter au moment des étrennes.

Volubile, elle s'agitait avec un sourire réjoui.

— Avant tout, l'interrompit Caroline, nous devons avoir une explication, toi et moi.

Étonnée par le ton grave de sa fille, Manon cessa de sourire pour la dévisager.

— À quel sujet, ma chérie ?

— Au sujet de ce que tu m'as caché depuis ma naissance.

La phrase était assez claire pour que Manon se fige.

— Caché…, répéta-t-elle pour gagner du temps.

Elle se tourna vers Diane, espérant sans doute trouver de l'aide, mais Diane la fixait sans la moindre indulgence.

— Que veux-tu dire ? bredouilla-t-elle.

— C'est à toi de « dire », maman, pas à moi.

Un long silence s'installa entre elles. Manon jetait des coups d'œil à droite et à gauche, comme si elle voulait s'enfuir.

— J'attends que tu t'expliques, reprit Caroline sèchement. Au vu du groupe sanguin de papa, je ne pense pas pouvoir être sa fille.

Manon continuant à se taire, Diane intervint :

— Je m'en doutais depuis longtemps, mais c'était ton rôle de parler à Caroline. Maintenant, prends tes responsabilités.

— Tu t'en doutais ! explosa Manon. Impossible, j'ai toujours été très discrète !

— Pas avec une de tes amies, et tu parlais trop fort au téléphone.

Cette fois, Manon baissa la tête, accablée devant l'évidence.

— Bien, finit-elle par admettre, en effet, il y a eu quelqu'un d'autre.

— Une liaison ? s'enquit Caroline d'une voix glaciale.

— Qui n'a pas duré très longtemps. Nous étions pris chacun de notre côté.

— Un homme marié ? Qui est-ce ?

— Je ne vais pas te dire son nom, je ne veux pas que tu ailles le voir !

— Mais moi, je le veux absolument.

— Il ne sait rien, n'a jamais rien su, j'ai rompu aussitôt.

— Il habitait Aix ?

— Oui.

— Il y vit toujours ?

— Oh, Caroline, n'insiste pas... Pourquoi remuer le passé ?

— Un passé qui est aussi le mien.

— Mais c'est Théo qui t'a élevée, aimée, tu n'as rien à voir avec cet homme !

— Comment peux-tu proférer une sottise pareille ? J'ai ses gènes, son hérédité. Donc je tiens à savoir à quoi il ressemble. Que tu sois d'accord ou pas, je vais le rencontrer sous un prétexte ou un autre.

— Et Théo, tu penses à lui ?

— Sans doute bien plus que toi. On le laissera évidemment en dehors de notre histoire.

— Ah, tout de même... Tu comprends, aujourd'hui nous sommes un vieux couple, avec nos habitudes. On vit chacun chez soi mais on s'entend bien et on compte l'un sur l'autre. En plus, maintenant que sa santé est fragile, il faut le ménager.

— J'en suis convaincue, et je n'ai pas l'intention de le brusquer.

Diane observait sa sœur et sa mère, dressées l'une contre l'autre, ce qui la décida à aller chercher la bouteille de champagne.

— On ne fête rien, on ne trinque pas : on se console, déclara-t-elle en servant d'autorité trois coupes.

Caroline vint prendre la sienne et la vida à petites gorgées avant de revenir face à Manon.

— Alors, ce nom ?

Après une dernière hésitation, devinant sans doute que sa fille ne lâcherait pas l'affaire, Manon céda.

— Arnaud Méliande. Un avocat. Mais peut-être est-il à la retraite aujourd'hui. Je ne l'ai pas croisé depuis longtemps. Quand ça nous arrive, on se fait un petit signe de loin, mais on ne s'est pas reparlé depuis.

— Depuis votre liaison ? En tout cas, tu n'as pas mis longtemps à tromper papa après votre mariage ! Il y en a eu beaucoup d'autres ?

Manon se redressa, redevenant combative.

— Ça ne te regarde pas.

— J'aimerais pourtant savoir pourquoi tu ne te protégeais pas quand tu trompais ton mari.

— À mon époque, nous n'étions pas nombreux à utiliser des préservatifs.

— C'est bien dommage.

Cherchant à mettre un terme au réquisitoire, Manon contre-attaqua :

— Bon, je t'ai dit ce que tu voulais savoir, le reste m'appartient, c'est mon jardin secret.

Agacée par son attitude, Caroline réagit aussitôt :

— Très secret, en effet, tu ne l'as pas partagé avec moi ! Et papa ne s'est aperçu de rien ? Il a vraiment cru que j'étais sa fille ?

— J'ai fait ce qu'il fallait pour ça. On s'était un peu éloignés à l'époque, lui et moi, mais quand j'ai su que j'étais enceinte, je me suis rapprochée de lui.

— Joli calcul…

— Et que pouvais-je faire d'autre ? s'emporta Manon. Théo était fou de joie, l'autre ne savait rien, alors oui, j'ai menti, mais j'ai sauvé ma famille !

— Tu t'es surtout sauvée toi-même.

— Pas seulement. Ça t'a permis d'avoir une enfance normale, heureuse, et de bénéficier sereinement de l'amour inconditionnel de tes parents. Car Dieu m'est témoin que Théo t'aime, et moi aussi.

Bras croisés, Manon avait perdu son air coupable. Caroline se détourna, prit son téléphone et se mit à pianoter sur l'écran. Au bout de deux minutes, elle marmonna :

— Ah, voilà… Maître Arnaud Méliande, rue Thiers. Je trouverai une raison quelconque pour prendre rendez-vous.

— Que tu es têtue !

— Je dois tenir ça de lui, qui sait ? ironisa Caroline.

— Mais il reconnaîtra ton nom !

— J'en prendrai un autre. Celui d'Erwan par exemple, après tout je l'ai porté.

Manon haussa les épaules, exaspérée. Puis elle se tourna vers Diane qu'elle toisa, se remémorant ses petites allusions.

— Toi, si tu t'en doutais, comme tu le prétends, tu n'as pas non plus parlé à ta sœur. Tu as choisi de la préserver, alors ne venez pas me reprocher de l'avoir fait aussi !

— Pour me préserver, tu aurais dû tout me raconter dès que j'ai été en âge de l'entendre. Ou au moins à la naissance de Gaëlle ! Tu ignores sans doute qu'il y a des maladies héréditaires ?

— Il n'était pas malade.

— En es-tu si sûre ?

Manon leva les yeux au ciel sans répondre.

— Bien, j'en ai assez entendu pour ce soir, décida Caroline. On s'en va.

— Quoi ? Mais vous n'allez pas partir comme ça ?

— On ne va pas non plus rester dîner en bavardant gentiment de choses et d'autres. J'ai besoin de temps pour digérer ces révélations beaucoup trop tardives.

Elle ramassa son sac et se dirigea vers la porte, aussitôt suivie de sa sœur. Plantée au milieu de la pièce, un rictus amer pinçant sa bouche, Manon les regarda sortir. À quoi bon protester ? Caroline finirait par se calmer, elle ne pourrait pas éviter bien longtemps les repas familiaux, par égard pour Théo. Le plus ennuyeux était sa résolution d'aller voir Arnaud. Saurait-elle ne pas se trahir et rester dans son rôle de cliente anonyme ? Et lui, qu'allait-il en penser ? Elle lui ressemblait tellement ! Mais il ne verrait rien, il n'avait pas de raison d'avoir le moindre doute, il n'avait jamais rien su.

Encore un peu secouée par la scène qui venait d'avoir lieu, elle s'assit pour boire sa coupe toujours pleine. Penser à Arnaud était émouvant car ça lui rappelait sa jeunesse. Un temps heureux où elle séduisait qui elle voulait. Elle avait tant aimé plaire ! Mais contrairement à ce que pouvaient croire ses filles à présent, elle s'était souvent contentée du marivaudage, du flirt, sans pousser le jeu plus loin. Arnaud avait été une exception. Un coup de folie réciproque, un feu de paille… Feu vite éteint quand elle avait découvert qu'elle était enceinte. Et, ce qu'elle s'était bien gardée d'avouer à Caroline, elle avait ensuite attendu la naissance avec joie, certaine que l'enfant à naître serait magnifique. Parce que Arnaud était un très bel homme, le géniteur parfait. Si Caroline voulait vraiment savoir ce qu'elle tenait de lui, c'était son charme ravageur. Un enfant de Théo ou un enfant d'Arnaud, ça donnait Diane ou Caroline… Avait-elle bien fait pour autant ? Mais en réalité, elle n'avait rien fait, elle avait laissé faire. Et cette horrible soirée avait le mérite de la soulager de son secret. Plus d'allusions venimeuses, plus d'angoisse. D'ici peu, tout rentrerait dans l'ordre. Caroline se tairait, parce qu'elle aimait Théo. Au fond, tout était pour le mieux. Réconfortée, elle se resservit du champagne.

*

Si, lors des premières sorties, Louis s'était un peu forcé, il commençait à trouver un réel plaisir à la compagnie de Myriam, une journaliste rencontrée chez des amis. Bien sûr, ce n'était pas Caroline, à laquelle il pensait toujours, mais de manière moins aiguë.

Avec Myriam, il faisait la tournée des bars branchés, discutait d'économie ou de politique durant des heures, la raccompagnait chez elle et finissait dans son lit. Une vie plus mouvementée, celle qu'il avait cherchée en revenant à Paris, mais qui pourtant ne le comblait pas tout à fait. En ce début d'été, subir la chaleur étouffante d'une grande ville était asphyxiant. Une grève des éboueurs rendait les trottoirs insalubres, et les innombrables travaux de la capitale augmentaient le bruit d'une circulation à moitié paralysée. Louis songeait parfois, avec une certaine nostalgie, au calme de la bastide, à sa fraîcheur relative derrière les persiennes closes, et même aux vendanges, toujours précoces pour le rosé, qui auraient lieu au milieu de l'été. En fait, il commençait à se languir de la Provence.

Il n'avait pas pu s'empêcher d'en parler, et Myriam, très intéressée, lui avait posé mille questions sur l'exploitation, sur la démarche courageuse de son frère pour passer au vin nature, sur la propriété qu'il décrivait volontiers. Elle avait fini par obtenir la promesse qu'il l'emmènerait là-bas un jour. Une promesse qu'il n'était pas du tout certain de vouloir tenir. Revoir Paul serait un problème pour lui, il le savait. En choisissant de s'éloigner, il avait pris une sage décision qui lui avait évité de se comporter comme un sale type en mettant son frère dehors. Il n'avait rien dit à Myriam de cette querelle qui l'opposait à Paul, persuadé que, tout bien réfléchi, il n'y tenait pas le beau rôle. Avec le recul, son accès d'autorité lui semblait un peu ridicule, néanmoins il refusait toujours d'imaginer que Paul et Caroline aient pu se rapprocher depuis son départ. Une supposition qui ravivait toute son amertume. Pourquoi son frère aurait-il la chance qu'il n'avait pas eue, celle de se faire aimer de cette femme exceptionnelle qu'était Caroline ?

Son studio meublé, au dernier étage d'un immeuble haussmannien, lui avait paru charmant lorsqu'il l'avait loué, mais il se trouvait sous les toits et la température y était étouffante, ce qui l'empêchait de se concentrer sur son travail. Myriam lui avait spontanément suggéré de s'installer chez elle dans la journée, avec son ordinateur portable, mais il avait décliné l'offre et préféré se rabattre sur un terrain neutre, un espace de coworking situé près de chez lui. Il ne voulait pas s'engager trop vite avec la jeune femme, même s'il passait volontiers ses nuits chez elle.

La signature de deux nouveaux contrats plaçait son avenir sous les meilleurs auspices. Son succès professionnel le rendait plus léger, plus optimiste et plus serein. Au point qu'il avait proposé à Myriam une escapade d'une semaine en Corse. Un bon moyen pour tester ses sentiments, et aussi pour jouir du climat méditerranéen qui finalement lui manquait. Après ces vacances, il serait toujours temps d'organiser l'automne et l'hiver à venir.

*

Caroline écoutait sa patiente, la gorge serrée. Cette femme d'une soixantaine d'années, élégante et dynamique lors de ses dernières consultations, semblait avoir sombré dans la dépression. Ses vêtements étaient négligés, ses cheveux ternes et mal coiffés. Elle venait de subir un drame familial épouvantable, ainsi qu'elle était en train de le raconter d'une voix sans timbre. Son fils et sa belle-fille avaient eu un accident de voiture où ils avaient trouvé la mort tous les deux. Seul rescapé, le bébé à l'arrière, bien arrimé dans son siège auto.

— C'était mon fils unique, et c'était son premier enfant. Je me retrouve seule pour élever ma petite-fille. Les autres grands-parents vivent en Allemagne et ne sont pas en très bonne santé. Ce choc les a encore fragilisés, ils ne peuvent pas prendre en charge un bébé de dix-huit mois.

Elle avait perdu son mari cinq ans plus tôt, également dans un accident de voiture, et si elle avait fini par se remettre de ce deuil, aujourd'hui elle se sentait frappée par le destin, maudite, abandonnée de tous.

— Je ne dors plus la nuit mais je ne veux pas prendre de somnifères à cause de la petite, pour être sûre de l'entendre. Elle fait des cauchemars, évidemment… Elle ne comprend pas tout, ne réalise pas vraiment ce qui est arrivé, mais son inconscient se manifeste. Vous savez, je n'ai plus goût à rien, je me force mais je ne suis pas sûre d'être une très bonne grand-mère pour elle.

Comme elle s'était mise à pleurer, Caroline poussa vers elle une boîte de mouchoirs.

— Quel est le prénom de votre petite-fille ? demanda-t-elle doucement.

— Anaïs.

— C'est très joli.

— Oui… Mais elle est mal partie dans la vie, la pauvre !

— Pourquoi dites-vous ça ? Vous êtes sa famille. Et vous êtes encore assez jeune et en forme pour pouvoir l'élever. Vous devez absolument être forte, ne pas vous laisser aller, et l'amour d'un enfant va vous y aider, vous verrez. Restez assise…

Caroline contourna son bureau et vint prendre sa tension.

— Trop basse, je vais vous prescrire de la midodrine à doses légères. Mangez un peu plus salé et buvez beaucoup. D'autre part, vous flottez dans vos vêtements, vous devez avoir maigri.

— J'ai perdu huit kilos.

— Eh bien, il faut manger ! Et aussi vous rhabiller. Faites donc le tour des boutiques avec la petite Anaïs. Je crois me souvenir que vous n'avez pas de problèmes d'argent ?

— Non, mon mari m'avait mise à l'abri.

— Alors, profitez-en, c'est une chance dans votre malheur.

— J'ai plutôt des idées suicidaires qu'envie d'une jolie robe.

— Vous y pensez vraiment ? Que deviendrait Anaïs sans vous ? C'est elle qui n'aurait plus personne. Vous, vous l'avez. Et si je peux vous donner un dernier conseil, tâchez de vous accorder des petits plaisirs. Une grand-mère qui sourit, c'est rassurant, alors quoi qu'il vous en coûte aujourd'hui, essayez de lui offrir un environnement gai.

Caroline rédigea son ordonnance, ajoutant des remontants ainsi qu'un euphorisant homéopathique, et elle lui demanda de revenir sans faute la semaine suivante. Puis elle la raccompagna jusqu'au bureau de Diane qui surveillait la petite Anaïs endormie dans sa poussette. Elle les regarda sortir avant de se tourner vers sa sœur.

— La prochaine fois que l'une de nous deux osera se plaindre…, dit Caroline à voix basse. Cette femme a tout le malheur du monde sur les épaules ! Sans sa petite-fille, dont elle a la charge, je pense qu'elle aurait mis fin à ses jours. Tu as bien noté son prochain rendez-vous ? Je vais la surveiller régulièrement, jusqu'à ce qu'elle parvienne à remonter la pente en commençant par accepter le deuil de son fils. Mais perdre un enfant, c'est le pire qui puisse arriver.

Elle pensait à Gaëlle, soudain inquiète pour sa fille, mais Erwan devait rentrer avec elle en train, après une escale à Paris, ils ne seraient donc pas en danger sur les routes.

— Tu es trop concernée, murmura Diane. Si tu prends trop à cœur tous les problèmes de tes patients, tu vas t'écrouler.

— Comment ne pas compatir ? Cette femme était si triste !

— Quand tu travaillais aux urgences, tu voyais bien pire.

— C'était différent. Ici, je suis seule en face d'eux, seule pour trouver des solutions... de fortune. À propos, en reste-t-il d'autres dans la salle d'attente ?

— Non, encore heureux, il est huit heures ! Clément termine son dernier, un Anglais qui s'est fait piquer par des frelons et qui est arrivé ici en catastrophe.

— Puisqu'on parle de Clément, enchaîna Caroline en retrouvant son air malicieux, je trouve que vous passez plein de soirées ensemble ! Y aurait-il anguille sous roche ?

— Sûrement pas ! répliqua Diane un peu trop vite.

Son sourire forcé fit rire Caroline qui pourtant se garda bien d'insister. Sa sœur était toujours aussi secrète et elle ne voulait pas la pousser dans ses retranchements. Si elle avait envie d'en parler, elle le ferait à son heure.

— Tu es bien gentille de te préoccuper des états d'âme de ta demi-sœur, ajouta Diane, retrouvant son humour.

— Ne dis jamais une chose pareille ! Tu es ma sœur, ma grande sœur, ma vraie sœur, compris ?

— Oh là ! Pourquoi te fâches-tu ? Je plaisantais.

— J'espère bien. Entre toi et moi, rien de changé, entre papa et moi non plus.

— Mais tu as tout de même pris rendez-vous avec maître Méliande.

— J'ai dû inventer un bobard pour qu'il me reçoive au plus vite. C'est pour demain…

Entre impatience et crainte, Caroline esquissa une grimace.

— J'aurai peut-être une grosse déception, mais je veux le voir.

— Et tu ne lui diras rien ?

— Bien sûr que non ! À quoi ça servirait ?

— Peut-être a-t-il le droit de savoir ?

— Rien du tout. Il a trompé sa femme avec une femme qui trompait son mari, il ne mérite pas la satisfaction de constater qu'il a engendré quelqu'un qui…

— Quelqu'un de bien, Caroline. C'est ce que tu es.

Diane avait prononcé ces derniers mots de façon sentencieuse. À ses yeux, Caroline était une femme accomplie, qui pouvait faire la fierté de n'importe qui. Mais Théo devait rester le seul à en profiter.

Le patient anglais émergea du cabinet de Clément, apparemment très soulagé. Il régla sa consultation en baragouinant quelques mots de français et leur serra énergiquement la main à chacune avant de partir.

Clément les rejoignit alors, content d'avoir terminé sa journée.

— Les filles, lança-t-il, on se fait une petite bière en terrasse avant que le bistrot ne ferme ?

L'unique bar-tabac du village, qui vendait aussi des journaux, avait installé pour tout l'été quelques tables devant sa porte. Après avoir fermé le cabinet, ils s'y rendirent ensemble et Caroline en profita pour demander à Clément s'il pourrait la remplacer dans la matinée du lendemain.

— J'ai un important rendez-vous à Aix, expliqua-t-elle.

— D'accord. Je prendrai tes patients en plus des miens et je me passerai de déjeuner.

— Je te revaudrai ça, promit-elle, reconnaissante.

Elle se consumait d'une curiosité mêlée d'appréhension à l'idée de rencontrer son père biologique. Ce ne serait pas à proprement parler une rencontre mais plutôt un face-à-face qui lui permettrait de l'observer tout en débitant des mensonges sur la raison de sa présence.

Le mistral, qui soufflait depuis la veille, apportait un peu de fraîcheur bienvenue. Dans ce village perché et loin de tout régnait la plupart du temps une grande douceur de vivre. Caroline n'avait jamais regretté son choix, et Clément semblait convaincu à son tour. L'avenir, au moins d'un point de vue professionnel, s'annonçait bien. Pour le reste, Caroline se disait chaque matin que le dîner avec Paul s'était encore rapproché d'un jour. Mais elle ne voulait pas trop y penser, focalisée sur son entrevue avec Arnaud Méliande. Après ce moment crucial, sans doute se sentirait-elle plus légère et plus apte à profiter d'une soirée avec l'homme qui la faisait rêver depuis longtemps.

*

Sans nouvelles de Louis, Paul en déduisait que son frère ne souhaitait pas se réconcilier avec lui. Il avait conservé la lettre trouvée dans le réfrigérateur et se demandait parfois s'il ne devrait pas, à son tour, lui écrire. Mais pour lui annoncer quoi ? Qu'il avait profité de son absence pour inviter Caroline ? De toute façon, il ne connaissait pas son adresse à Paris. Il s'était donc contenté d'un SMS, qu'il avait mis une demi-heure à rédiger tant il avait pesé ses mots. Il n'était pas question de s'excuser, puisqu'il n'était coupable de rien, mais plutôt de faire un pas vers son frère, en signe de paix. *Je pense vendanger vers le 15 août, ça me ferait plaisir que tu viennes partager ces moments à la maison.*

Il s'était longuement interrogé sur l'expression *à la maison*. Oui, il s'y sentait toujours chez lui, néanmoins ce serait un jour la maison de Louis seul. Pour l'heure, il ne voulait pas faire référence à cette séparation à venir. Évidemment, si entre-temps, comme il l'espérait, sa relation avec Caroline avait progressé…

Quelques minutes après son envoi, il reçut une réponse laconique : *Aurais-tu oublié que nous sommes fâchés ?* Connaissant Louis, la question aurait pu être plus agressive. Spontanément cette fois, Paul écrivit : *J'aimerais que nous ne le soyons plus.* Il savait que son frère n'allait pas surenchérir mais que cette phrase lui trotterait dans la tête. Le premier contact ne s'était pas mal passé, c'était mieux que ce que Paul avait pu espérer.

Comme chaque matin, il partit arpenter ses vignes, examinant les pieds un à un, puis il gagna le chai où il contrôla la propreté des cuves avant de descendre dans la cave pour en vérifier la température. Les barriques, toutes en chêne français, s'alignaient en bon ordre. Cet élevage du vin en barriques était plus rare pour le rosé, mais Paul estimait que le chêne donnait une douceur, une sorte de sucrosité sans sucre, et que ses composants odorants naturels apportaient quelque chose de plus.

Il resta là un long moment, essayant d'imaginer, de manière impartiale, ce que son père avait ressenti devant tous les changements que Paul avait effectués peu à peu. Aujourd'hui, le vin de Paul Lacombe ne ressemblait plus du tout à celui de Jean-François. Mais ce n'était pas pour être à la mode ou dans l'air du temps que Paul avait agi, c'était par conviction profonde. Laisser s'exprimer le terroir en respectant la nature était pour lui une meilleure façon de pratiquer la viticulture, malgré les critiques et les sarcasmes des anciens. Son père avait eu des certitudes, jamais remises en question, tout comme Paul avait les siennes, qu'il ne remettait pas en question non plus. Tel père, tel fils ? L'idée le fit sourire, et il se promit d'aller lui rendre visite car il l'avait négligé ces jours-ci.

*

— Le contrat que vous souhaitez passer avec votre associé doit être établi par un notaire, déclara Arnaud Méliande avec un sourire très professionnel.

Face à lui, Caroline faisait semblant de l'écouter tout en le dévisageant. À soixante-six ans, cet homme était encore séduisant avec ses tempes argentées, son teint hâlé, ses traits fins et les mêmes yeux dorés que Caroline. Leur ressemblance, pour qui connaissait la vérité, était frappante, mais bien sûr l'avocat n'y avait prêté aucune attention. Il restait dans son rôle courtois et bienveillant d'homme de loi.

Elle lui avait débité un mensonge assez plausible concernant son association avec Clément, comme si elle voulait se prémunir d'un éventuel litige dans l'avenir.

— De nos jours, hélas, on ne peut pas se contenter d'un accord verbal, d'une parole donnée, reprit-il. Dans la mesure où cette association représente d'évidents avantages pour votre confrère, tout doit être noté et précisé. Vous m'avez rapporté que, s'il partage le salaire et les charges de la secrétaire du cabinet, en revanche il ne vous verse pas de loyer ?

— Non, répondit-elle distraitement. Je suis tellement soulagée d'avoir trouvé un confrère qui veuille bien s'installer en milieu rural ! Et puis, nous nous entendons très bien.

— Aujourd'hui. Mais demain, un conflit peut surgir, vous l'avez dit vous-même.

Elle trouvait qu'il avait une voix chaude, agréable, et que son bureau était meublé avec goût. Somme toute, puisqu'il était son père – une idée qu'elle avait encore du mal à s'approprier –, le constat était plutôt positif.

— Et si vous deviez revenir me consulter, en cas de problème, j'aimerais que vous ayez un document en bonne et due forme sur lequel je puisse m'appuyer.

Maintenant, si vous n'avez pas de notaire attitré, je peux très bien vous en établir les termes moi-même.

L'espace d'une seconde, elle pensa que ce serait agréable d'être en relation avec lui, mais aussitôt elle se l'interdit.

— Si, j'ai un notaire de famille, mentit-elle de nouveau. Je vais lui en parler.

À quoi bon une autre visite ? Elle avait vu ce qu'elle était venue voir, elle ne provoquerait pas une deuxième rencontre. Au contraire, puisque sa curiosité était satisfaite, elle devait en rester là. Ou bien lâcher la vérité comme une bombe, mais qu'en retirerait-elle ? Cet homme ne l'avait pas abandonnée, il n'était tout simplement pas au courant de son existence, aucun contentieux ne les liait.

Elle se leva, à la fois soulagée et à regret. Même si le rendez-vous n'avait pas duré bien longtemps, toute consultation d'avocat impliquait des honoraires.

— Pour le règlement ? s'enquit-elle.

— Non, répondit-il en riant, nous n'avons ouvert aucun dossier, je ne vais donc pas vous réclamer une provision ! Si nous devions nous revoir, nous aviserions.

— C'est très aimable, merci.

Il la raccompagna jusqu'à la porte de son bureau, mais elle s'arrêta juste avant de l'atteindre et désigna l'une des photos qui ornaient les murs.

— Le jour où vous avez prêté serment ?

— Vous êtes observatrice, docteur Serval ! Oui, c'est ce jour-là, j'avais loué ma robe, je m'en souviens très bien.

Sur le cliché, il n'avait pas encore trente ans et il était vraiment craquant. De quoi comprendre que Manon ait été séduite… Mais le plus frappant était l'évidente ressemblance entre ce qu'il était à l'époque et ce que Caroline était aujourd'hui.

— Maître Méliande…, souffla-t-elle en lui tendant la main, la gorge un peu serrée.

Elle se dépêcha de sortir pour qu'il ne remarque pas son trouble. Un sentiment de tristesse l'avait soudain envahie, alors qu'elle était restée plus détachée pendant leur rendez-vous. Une fois dans la rue Thiers, elle respira à fond puis s'éloigna à grands pas. Elle n'était pas près d'oublier le visage d'Arnaud Méliande. Une histoire sans suite dans la vie de sa mère, mais dont elle était issue. Si elle n'avait pas à rougir de cette origine, ainsi qu'elle venait de le constater, en revanche quelque chose s'était détraqué dans son quotidien. Comment ne pas y penser désormais, lorsqu'elle serait face à Théo ?

Ayant besoin de s'apaiser, elle décida d'aller flâner sur le cours Mirabeau. Elle aimait s'arrêter près des trois fontaines, lécher les vitrines des boutiques ou boire un café en terrasse, mais comme tout le monde elle déplorait l'abattage des platanes centenaires, atteints du chancre coloré, et remplacés par des érables planes qui n'avaient pas la même allure. Tout en musardant, elle s'interrogeait sur la façon dont sa mère et l'avocat s'étaient connus dans leur jeunesse. L'un et l'autre, bien que mariés, avaient su dissimuler leur liaison. Théo ne s'était douté de rien, mais il était de nature crédule et son amour fou pour Manon avait dû l'aveugler. De plus, il était toujours occupé à la fabrique ou à l'épicerie, il travaillait dur pour offrir une vie agréable à sa famille. Comme il était facile à berner, Manon en avait profité. Mais qu'elle n'ait jamais dit la vérité à Caroline restait inacceptable. Il allait lui falloir du temps pour arriver à pardonner. Et aussi pour les regarder tous deux, elle et Théo, avec la même affection et sans la moindre arrière-pensée... Caroline se fit le serment que jamais elle ne changerait d'attitude avec celui qu'elle considérait comme son vrai père, celui qui l'avait élevée avec tant d'amour. Et aussitôt les phrases de sa mère lui revinrent en mémoire : « Ça t'a permis d'avoir une enfance normale, heureuse, sereine... » Une vérité indiscutable, et c'était à cela qu'elle devait penser, à rien d'autre.

Jetant un coup d'œil à sa montre, elle retourna en hâte à sa voiture.

*

À peu près à la même heure, à Paris, Louis et Myriam étaient attablés à la terrasse d'un bistrot. La chaleur de juillet devenait caniculaire, insupportable, et les automobilistes s'énervaient sur le bitume en train de fondre, abusant du klaxon.

Penché vers Myriam pour l'entendre, Louis se sentait exaspéré. Paris, oui, mais pas avec cette température qui aggravait la pollution.

— Je n'ai jamais suivi de vendanges en direct, sur place. Je pourrai sûrement en faire un reportage intéressant pour mon journal.

Elle plaidait sa cause avec véhémence, cherchant à le fléchir, mais Louis rechignait encore à l'idée de retourner en Provence.

— J'aimerais tant voir ta maison, faire la connaissance de ton frère et l'interroger sur son travail ! Ceux qui cultivent la terre, surtout en prenant soin d'elle, sont devenus des sujets de société incontournables.

Comme il ne lui avait toujours pas expliqué qu'il était brouillé avec son frère, il manquait d'arguments pour refuser. D'autant plus qu'ils avaient passé une merveilleuse semaine en Corse, se baignant dans les petites criques, dégustant les produits locaux et arpentant les chemins de grande randonnée. Ce séjour leur avait permis de mieux se connaître, et ils s'étaient beaucoup rapprochés. Myriam était facile à vivre, sportive, bavarde, elle aimait s'amuser et s'adaptait à toutes les situations, mais plus Louis s'attachait à elle, moins il avait envie de la présenter à son frère. Bien sûr, il n'imaginait pas que l'histoire puisse se répéter et que Paul craque pour elle. En revanche, il n'était pas certain de pouvoir se retrouver sereinement en face de Caroline, au cas où elle serait présente à la bastide. Le spectacle de Caroline avec Paul, si ces deux-là avaient noué une relation, serait-il supportable pour lui ?

— J'ai encore quelques jours de vacances, insista-t-elle. Et toi, tu en prends quand tu veux !

— Pour assister aux vendanges, bien qu'elles soient précoces pour le rosé, il faut attendre le mois d'août, se défendit-il.

— Mais d'ici là, rien que pour échapper à cette chaleur étouffante, on pourrait y aller deux ou trois jours ?

— Il ne fera pas moins chaud en Provence, ricana-t-il.

— Rien à voir avec une grande ville. Et puis, il y a le mistral pour rafraîchir, non ?

— Il ne fait pas que rafraîchir, quand il souffle du matin au soir il rend cinglé.

— Écoute, reprit-elle sans se laisser distraire de son idée fixe, voilà ce que je te propose. On descend d'abord là-bas un week-end, comme ça je rencontre ton frère, on sympathise, et ensuite on pourra y retourner quand il aura commencé à récolter, mais on ne le gênera pas puisqu'on se connaîtra déjà et qu'il n'aura pas à me traiter en invitée. Il s'occupera de ses journaliers, et moi de mon reportage.

Louis se résigna et avoua, du bout des lèvres :

— Nous ne nous entendons pas toujours très bien, Paul et moi.

— Ah bon ? Pourquoi ?

— C'est compliqué.

— Si tu ne veux pas le voir, forcément ça change tout…

Elle paraissait si déçue qu'il hésita quelques instants.

— Pour quelle raison tiens-tu à y aller ?

— Parce que j'ai très envie de découvrir ta propriété. La photo que tu m'as montrée m'a mis l'eau à la bouche ! Tu sais, je n'ai pas connu de maison de famille, mes parents ont toujours vécu à Paris, dans un appartement. L'été, on louait des villas anonymes, en Bretagne ou sur la Côte d'Azur. Toi, tu as des racines, tu es né là, et ton père avant toi. Ça fait rêver…

Émue, Louis sentit qu'il fléchissait.

— Bon, finit-il par accepter. J'ai un travail à terminer, mais on pourrait partir dimanche et rentrer mardi ou mercredi.

Elle lui sauta au cou, manquant de renverser leur table.

— Tu es un amour !

Ce n'était pas uniquement l'insistance de la jeune femme qui avait emporté son accord, il en était tout à fait conscient. D'autres sentiments se mêlaient à sa décision, une nostalgie diffuse, la curiosité de savoir où en était Paul avec Caroline, le désir refoulé de se retrouver chez lui ainsi que la fierté de montrer son royaume à Myriam.

— Je prends nos billets de TGV, s'enthousiasma-t-elle, et je réserve une voiture de location !

— Non, ma voiture s'ennuie, enfermée dans le parking de mon immeuble, elle va se dégourdir sur l'autoroute.

Myriam, toujours aux anges, approuva aussitôt.

— Bonne idée ! Comme ça, on pourra s'arrêter où on veut pour déjeuner.

Devant sa joie, il fit taire ses dernières réserves. Après tout, il n'était pas interdit de séjour chez lui ! Myriam souriait, ravie, et il la trouva décidément très jolie avec ses longs cheveux blonds et ses yeux bleus. Le contraire de Caroline, évitant ainsi toute comparaison.

Une sirène de police les empêcha de parler quelques instants, ce qui les fit rire. Quand un calme très relatif fut revenu, Louis prit la main de Myriam dans la sienne.

— Je suis content de te faire plaisir, ma chérie.

C'était la première fois qu'il l'appelait ainsi, mais le mot lui était venu spontanément. Était-ce un indice que leur relation devenait sérieuse ? Il se prit à l'espérer car ce serait pour lui le signe de sa guérison. Et dans ce cas, une réconciliation avec Paul pourrait s'envisager.

11

Paul avait choisi La Balade des Saveurs, à L'Isle-sur-la-Sorgue, un restaurant chic, sobre mais chaleureux, qui proposait des produits de saison. Attablés sur la petite terrasse, ils consultaient les menus.

— Un carré d'agneau avec une mousseline de persil m'irait très bien, déclara Caroline.

Depuis qu'il était passé la prendre chez elle, ils se sentaient aussi empruntés l'un que l'autre et parlaient peu. Devant la gêne ambiante, Caroline se lança la première pour aborder le sujet auquel ils pensaient tous les deux.

— Comment va Louis ?

— Aucune idée. Bien, je suppose, mais il est à Paris et je n'ai quasiment pas de nouvelles.

— Quasiment ?

— Un SMS assez bref…

Décidée à se montrer directe, elle ajouta :

— Êtes-vous toujours fâchés depuis cette ridicule bagarre ?

— C'est lui qui avait commencé.

— Tu lui as cassé une côte.

— J'ai seulement riposté.

— Et vous n'arrivez pas à vous réconcilier ?

— Je suppose que ça viendra. En tout cas, je le souhaite.

— Alors, fais le premier pas.

— Je l'ai fait.

— Bon, écoute, il est venu au cabinet parce qu'il avait très mal, et il m'a tout raconté. J'ai mis les choses au point avec lui et j'espère qu'il a compris, mais je me sens responsable de votre brouille, ce qui m'embarrasse vis-à-vis de lui… et de toi.

— Il n'y a plus aucune raison, puisque vous vous êtes expliqués.

Faisant signe au serveur, Paul commanda d'office deux coupes de champagne.

— Quelque chose à fêter ? demanda Caroline avec un sourire un peu crispé.

— Ce dîner, tellement attendu. À cause de Louis, en effet. Maintenant, l'affaire est classée, n'est-ce pas ?

— Oui…

Comme elle ne paraissait qu'à moitié convaincue, il crut bon de se montrer plus précis.

— Tu es sortie avec lui et tu n'as pas donné suite. Il a eu beaucoup de mal à l'accepter, et encore davantage quand il a constaté que tu me plaisais. Parce que tu me plais, tu le sais forcément. Plaire est d'ailleurs un mot bien faible. Alors, si tu es d'accord, on fait table rase du passé et on repart de zéro, en laissant mon frère en dehors de cette soirée.

Soulagée par cette mise au point très claire, Caroline se détendit un peu.

— D'ailleurs, précisa-t-il pour achever de la tranquilliser, même si tu as été le sujet principal de notre brouille, d'autres choses nous séparent, Louis et moi. Notre père s'acharne à établir un testament qu'il nous détaille par le menu et qui crée des problèmes. Comme dans toutes les familles, je suppose.

— À qui le dis-tu !

Elle s'était mise à rire et il lui lança un regard interrogateur.

— Je n'ai pas envie d'en parler, mais chez les Serval aussi nous connaissons quelques… différends. Des histoires anciennes qui ont refait surface.

— Avec Diane ?

— Oh, non ! Ma sœur a toujours été formidable avec moi, il n'y a aucune ombre entre nous.

— Alors, tant mieux, je l'aime bien.

Ils levèrent leur coupe pour trinquer, enfin heureux d'être ensemble et d'avoir livré leurs arrière-pensées. En le regardant, Caroline éprouvait une irrésistible attirance, un sentiment qu'elle n'avait connu qu'avec Erwan, bien des années plus tôt. Peut-être devait-elle s'en méfier, mais elle n'y parvenait pas, et sentir son cœur battre de cette façon lui procurait une sorte d'allégresse contre laquelle elle ne voulait pas lutter. Ils parlèrent des vignes, pas trop abîmées par la grêle, évoquèrent le problème des déserts médicaux qui semblait sans solution. Comme ils ne se quittaient pas des yeux, ils en oubliaient de manger et mirent une heure à terminer leur carré d'agneau. Paul proposa un dessert, puis un café, cherchant à reculer le moment de quitter le restaurant et de choisir une destination. Cependant, lorsqu'ils furent enfin installés dans sa voiture, il fut bien obligé de poser la question.

— Je te raccompagne chez toi ou tu acceptes de… de prendre un dernier verre à la maison ?

Jusque-là, il s'était limité à sa coupe de champagne, sachant qu'il aurait à conduire, et maintenant il avait vraiment envie de ce verre, au moins pour se donner du courage.

— Allons chez toi, répondit-elle sans hésiter. Mais si tu bois, tu ne pourras plus me ramener.

— Ce n'est pas mon intention. Sauf si quelqu'un t'attend. Ta fille, peut-être ?

— Elle ne rentre que demain soir.

Paul n'avait pas encore démarré. Il se tourna vers elle, lui adressa un sourire vraiment craquant, puis il se pencha pour l'embrasser.

*

— Finalement, tu sais faire la cuisine ! constata Diane.

Elle s'amusait de voir Clément s'agiter devant une casserole fumante et une poêle qui grésillait.

— Seulement les pâtes à la bolognaise. J'en réclamais toujours à ma mère, et à force de la regarder faire, j'ai fini par apprendre. Il suffit d'avoir un steak haché, des oignons, des tomates fraîches et un paquet de spaghettis.

— Mais tu es comme tous les hommes, tu sèmes le chaos quand tu te mets aux fourneaux.

Elle désigna le plan de travail, l'évier et les plaques de cuisson, avant d'éclater de rire devant son air penaud.

— Ne te vexe pas, c'est gentil d'être venu préparer le dîner, et je suis sûre qu'on va se régaler. Tu nettoieras tout ça après.

Il se retourna pour s'assurer qu'elle ne se moquait pas de lui.

— Où est ta passoire ? finit-il par demander.

— Placard du bas, sur ta droite.

Pour une fois, il n'avait pas suggéré d'aller dîner ailleurs, il était venu chez elle avec tout ce qu'il fallait, y compris une bouteille de vin italien qu'ils avaient déjà entamée.

— Ce sera prêt dans une minute ! annonça-t-il.

Avant qu'il arrive, elle avait rangé ses tubes de peinture, ses pinceaux, et une toile inachevée. Elle avait moins le temps de peindre, et peut-être moins envie depuis plusieurs semaines.

— J'ai mis le couvert dehors, il fait encore trop chaud pour rester enfermés.

— Alors va vite t'asseoir, j'arrive…

Il la rejoignit deux minutes plus tard, portant fièrement son plat.

— Et voilà, madame est servie !

Son inaltérable bonne humeur plaisait beaucoup à Diane qui savait d'avance que la soirée serait agréable en sa compagnie.

— J'espère que Caroline et Paul profiteront de leur dîner pour avancer un peu, dit-elle tandis qu'il remplissait leurs assiettes.

— Je prends volontiers les paris.

— Si Paul ne saisit pas sa chance, c'est qu'il ne mérite pas Caroline.

— Il la saisira, crois-moi !

Diane attaqua ses spaghettis, et dès la première bouchée, elle s'extasia.

— Grâce soit rendue à ta mère pour t'avoir appris ça… Un régal !

Ils mangèrent de bon appétit puis, lorsque Diane eut terminé, Clément proposa de la resservir. Tandis qu'il prenait la pince à pâtes, elle posa la main sur son poignet pour l'arrêter.

— Non, je n'ai plus faim, c'était parfait.

Clément baissa les yeux sur la main de Diane, qui la retira aussitôt.

— J'aimais bien…, dit-il à mi-voix.

— Quoi ?

— Ce contact.

Sur la défensive, elle le toisa, mais finalement son regard s'adoucit.

— Tu sais bien qu'il n'en est pas question.

— Pourquoi ? Que t'ont-ils donc fait, les hommes, à part mettre les cuisines en désordre ?

— Vous n'êtes pas fiables. Mais je dois reconnaître que toi, tu es plutôt gentil.

— Gentil ? C'est tout ?

— Pour l'instant, oui.

Avec un petit sourire malicieux, Clément chuchota :

— Ce « pour l'instant » me suffit.

— Ne rêve pas ! railla-t-elle.

Mais elle lui rendait son sourire, apparemment plus amusée que contrariée.

Clément n'était pas déçu, il ne s'attendait pas à mieux, devinant qu'avec Diane la patience serait un atout maître.

— D'ailleurs, ajouta-t-elle pour détendre l'ambiance, je me demande ce que tu fais ici un samedi soir, au lieu d'aller draguer à Aix ou à Cavaillon…

— Je n'ai jamais su draguer, ma réputation est usurpée.

De nouveau, elle éclata de rire avant de désigner son assiette.

— Finalement, j'en reprendrais bien un peu.

Bonne vivante, elle ne se souciait pas de ses quelques kilos superflus, ce qui la rendait encore plus attirante aux yeux de Clément qui aimait les femmes épanouies. Il était aussi très intrigué par la personnalité secrète de Diane. Elle vivait dans l'ombre de sa sœur, cachait d'anciennes blessures sous son humour et semblait toujours disponible pour les autres. La manière dont elle l'avait aidé lorsqu'il était arrivé prouvait une nature généreuse, et discuter avec elle était un plaisir grâce à son esprit ouvert.

— Et ensuite ? As-tu prévu un dessert puisque c'est toi l'organisateur de ce dîner ?

— En arrivant, j'ai mis dans ton congélateur un sorbet aux fruits rouges.

— Parfait ! Mais faisons une petite pause avant de le déguster. Je vais chercher des bougies à la citronnelle, histoire d'éloigner les moustiques.

— Tu y crois ?

— Je crois surtout que ça fera joli sur la table, la nuit va tomber.

— Et quand nous en serons au café, aurai-je le droit de voir la toile que tu as rangée face au mur ?

— Sûrement pas, c'est une croûte ! Je peins pour me détendre, je ne me prends pas pour une artiste, je n'ai pas de talent caché !

Alors qu'elle se dirigeait vers la porte de la maison, elle se retourna pour ajouter, avec un petit sourire ambigu :

— Du moins... Pas celui-là.

Il se demanda s'il s'agissait d'une plaisanterie ou s'il devait chercher un sens à ces derniers mots.

*

Caroline fut tirée de son sommeil par une bonne odeur de café et de pain grillé. Ouvrant les yeux, elle découvrit le plateau du petit déjeuner que Paul venait de poser au pied du lit. Il ne portait qu'un peignoir en coton, dont il n'avait pas noué la ceinture, et ses cheveux étaient encore mouillés de sa douche.

— Bien dormi ?

— Pas assez, soupira-t-elle.

Il avait laissé entrouverte la fenêtre pour profiter de l'air plus frais du matin, mais le soleil était déjà haut. Elle regarda autour d'elle, ce qu'elle n'avait pas fait la veille, lorsqu'ils étaient montés vers minuit, trop occupés à se déshabiller l'un l'autre. La fusion avait été immédiate, Paul était un bon amant, attentif et respectueux.

— Bonjour, dit-elle en tendant la main vers lui.

Il vint aussitôt s'asseoir à côté d'elle et la prit dans ses bras.

— Bonjour, Caroline, chuchota-t-il à son oreille.

Tendrement, il lui ébouriffa les cheveux, caressa ses épaules.

— Si je ne t'avais pas vue en me réveillant, j'aurais cru avoir rêvé cette nuit magique...

Elle s'abandonna au plaisir des mains de Paul qui à présent descendaient sur ses seins. Le désir qui les avait tenus éveillés jusqu'à l'aube n'était pas retombé. Quand il l'embrassa, elle se sentit électrisée. Faire l'amour avec lui l'avait libérée de toutes ses craintes et elle avait envie de recommencer. En la soulevant délicatement pour la reposer en travers sur les oreillers, il murmura :

— Sinon, on va renverser le plateau.

Il ne voulait donc pas s'interrompre pour aller le mettre ailleurs. Mais il était déjà au-dessus d'elle et son regard gris la scrutait.

— Tu es tellement jolie, tellement attirante… J'aime tout de toi.

Elle aurait pu lui dire la même chose. Il était mince, musclé par son travail de la terre, bronzé parce qu'il était toujours dehors. Elle noua ses jambes autour de lui et l'attira en elle. Ils avaient toute la journée pour s'aimer sans contrainte, ils allaient en profiter.

*

Louis avait conduit sagement, s'obligeant à respecter les limitations de vitesse. Il était content de se retrouver au volant de sa BMW dont il ne s'était pas servi à Paris. Quand Myriam avait proposé de le relayer, il avait décliné son offre avec tact, ce qui avait fait rire la jeune femme. Elle l'avait gentiment traité de macho.

— Je te la prêterai, promis, mais aujourd'hui laisse-moi en profiter.

Ils étaient partis très tôt, prévoyant d'arriver à la bastide dans l'après-midi pour qu'elle ait le temps de la découvrir au soleil. Et surtout parce que Louis n'était pas sûr de l'accueil de son frère, ni d'être lui-même très heureux de le revoir. Bien élevé, car leur père avait été assez strict, Paul ferait probablement bonne figure devant Myriam, mais viendrait forcément le moment d'une explication entre eux. La manière dont ils s'étaient quittés ne présageait pas de grandes effusions.

— Tu as prévenu ton frère, je suppose ?

— Je préfère lui laisser la surprise.

— Et si le frigo est vide ?

— Paul a toujours des réserves. Légumes et fruits frais, congélateurs pleins, et bien sûr du vin. Le sien, en principe.

Mais Paul n'allait sûrement pas s'activer en cuisine pour eux. D'ailleurs, le dîner n'était pas la préoccupation majeure de Louis. Sa crainte était toujours de tomber sur Caroline, et il espérait vraiment qu'elle ne soit pas là. Sinon, quelle attitude adopter ?

Ils n'avaient quitté l'autoroute que le temps d'un déjeuner dans une grillade Courtepaille, et maintenant le paysage avait changé avec les premiers cyprès et les toits de tuiles roses. Malgré toutes les questions qu'il se posait, Louis se sentait heureux de retrouver la Provence. Comme l'avait fait remarquer Myriam, il était né là et d'autres générations de Lacombe avant lui. Son enfance et son adolescence, endeuillées par la perte de sa mère, avaient été adoucies par l'affection de son frère. Leur complicité leur avait permis de faire face ensemble, et une fois adultes ils avaient continué à très bien s'entendre… jusqu'à Caroline.

— À quoi penses-tu ? demanda Myriam. Tu as l'air tout songeur et tu n'as pas dit un mot depuis une demi-heure !

— J'étais plongé dans mes souvenirs. Et concentré sur ma conduite. Ces petites routes sont dangereuses, mais nous sommes presque arrivés. Ouvre bien les yeux, quand je vais prendre le chemin, là-bas à gauche, tu vas découvrir la maison.

Il s'engagea dans la longue allée qui conduisait à la bastide. Penchée en avant pour mieux voir, Myriam poussa un sifflement admiratif. Séduite par l'élégante façade ocre qui présentait deux ailes, avec ses portes-fenêtres cintrées et ses volets bleu paon, elle s'exclama :

— Quelle merveille ! Ça paraît immense…

— Les pièces sont grandes, mais il n'y en a pas tant que ça.

— Et vous avez chacun votre aile, ton frère et toi ?

Il ne répondit pas, scrutant les abords. Il ne voyait que la voiture de Paul, près de laquelle il vint se ranger. Il prit son temps pour ôter sa ceinture de sécurité, couper le contact et descendre.

— On emporte nos sacs ? suggéra-t-elle.

— Tout à l'heure…

En plein milieu de l'après-midi, son frère était sans doute dans les vignes, et se rencontrer ailleurs que dans la maison lui parut une bonne idée.

— Louis ?

La voix de Paul le prit au dépourvu, mais elle lui était si familière qu'il en fut presque ému.

— Vous êtes Paul ? s'enquit joyeusement Myriam en allant vers lui.

En haut du perron, Paul esquissa un sourire indécis tandis que la jeune femme grimpait les marches.

— Je suis Myriam, l'amie de Louis.

— Enchanté…

— On voulait vous faire une surprise ! Elle n'est pas mauvaise, j'espère ?

— Non…

Paul semblait désemparé. Il serra la main que lui tendait Myriam avant de descendre rejoindre Louis, qui était resté près de sa voiture.

— Salut. Tu aurais dû appeler.

— Quel accueil ! ironisa Louis. Bon, c'est vrai, j'aurais dû te prévenir.

— Bien sûr, tu es chez toi, mais…

Ses hésitations finirent par alerter Louis.

— Mais quoi ?

Paul tourna la tête vers la façade, en direction de la fenêtre de sa chambre.

— Je ne suis pas seul, lâcha-t-il.

Louis comprit immédiatement. Il l'avait prévu comme une éventualité sans vraiment se demander de quelle façon il réagirait, et maintenant il était au pied du mur.

— Caroline est là ?

— Oui. Elle est sur le point de partir, mais elle est là. Je vais la raccompagner chez elle.

Durant quelques instants, ils se regardèrent sans rien ajouter. En haut du perron, Myriam hésitait. Elle avait forcément remarqué que les deux frères restaient face à face dans une attitude qui pouvait paraître hostile.

— Eh bien, déclara enfin Louis, je suppose que ce n'est pas un drame.

Paul sembla apprécier cette ouverture qu'il n'attendait pas.

— Veux-tu aller te promener dans les vignes avec ton amie ? suggéra-t-il.

Sa proposition permettait d'éviter une rencontre, pourtant Louis décida de ne pas se dérober à ce qui aurait lieu tôt ou tard. Au même instant, Caroline apparut en haut des marches. Apparemment, elle ne souhaitait pas non plus fuir l'affrontement. Elle serra la main de Myriam en se présentant, puis descendit vers les frères. Louis eut l'impression qu'on lui envoyait un uppercut dans l'estomac. Caroline, malgré ses yeux cernés et ses cheveux en bataille qui disaient assez quel genre de dimanche elle venait de passer avec Paul, restait pour lui la plus séduisante des femmes.

— Bonjour, Louis. Comment vas-tu ? Tu as une mine de Parisien !

Il aurait pu rire mais se contenta de répliquer :

— Tu parais fatiguée aussi.

C'était une pique inutile qu'il regretta aussitôt.

— Mais tu es toujours très jolie, même quand tu travailles trop.

Elle lui posa une main sur l'épaule et l'embrassa sur les joues.

— Tu viens en vacances avec ton amie ?

— Seulement deux jours.

— Alors, profitez-en bien.

Il n'arrivait pas à lui en vouloir. Elle était venue le trouver spontanément, car après tout elle n'avait rien à cacher, elle était libre et elle le prouvait. Se tournant vers Paul, il le toisa puis eut un geste d'impuissance.

— On se voit tout à l'heure, quand tu rentreras ?

Incapable d'en faire davantage, il espéra que Paul saisirait la perche tendue.

— Avec plaisir ! Installez-vous et buvez un verre en attendant.

Myriam les avait rejoints mais se tenait un peu à l'écart. Néanmoins, elle avait entendu la phrase de Paul, à qui elle adressa un grand sourire.

— De votre rosé ? J'ai hâte de le goûter !

— Louis saura le trouver.

Tandis que Paul et Caroline s'éloignaient vers la voiture, Myriam murmura :

— Qui est cette Caroline ? Sa petite amie ?

— Eh bien, il faut croire…

Pour ne pas avoir l'air amer, il se reprit et ajouta :

— Et c'est aussi notre médecin.

— Ah bon ? Il y en a encore dans ce coin perdu ?

— De moins en moins. Mais elle, on l'a. Les gens l'adorent, c'est une enfant du pays.

— Comme toi.

— Comme Paul, surtout. Lui ne bougera jamais d'ici.

— Alors vous garderez cette belle maison ?

— Évidemment ! Sinon comment mon frère pourrait-il apposer la mention « Mis en bouteille à la propriété » sur ses étiquettes ? Allez, viens, je te fais visiter.

Rentrer chez soi était somme toute très agréable, il le sentit en ouvrant la porte.

*

Arrêté à proximité de la petite maison de Caroline, Paul la serrait dans ses bras sans pouvoir la lâcher.

— Gaëlle va arriver, dit-elle doucement. Son père a prévu d'être là vers sept heures.

Résigné, il s'écarta un peu d'elle.

— Tu préférerais qu'il ne me voie pas ?

— Non, pourquoi ? Je n'ai rien à cacher, pas plus à Erwan qu'à Louis.

La détermination paisible de Caroline lui arracha un sourire.

— Mais tu veux profiter de ta fille que tu n'as pas embrassée depuis longtemps, je comprends.

Du bout des doigts, il effleura sa tempe, sa joue.

— Tu vas me manquer. C'était le meilleur dimanche de ma vie.

— Il y en aura d'autres.

Elle le regarda partir et s'éloigner en agitant la main par la fenêtre de sa voiture. Paul était exactement ce qu'elle avait imaginé, l'homme qui allait lui permettre d'envisager l'avenir, peut-être de recréer une famille, en tout cas d'être heureuse. Car un bonheur sentimental était bien la seule chose qui manquait à son existence. Pour le reste, entre sa fille et l'exercice de sa vocation de médecin, elle était comblée.

« J'ai bien fait d'attendre », songea-t-elle en se souvenant des rares aventures sans lendemain qu'elle avait connues depuis son divorce. Quand ça ne fonctionnait pas, elle le savait très vite, comme avec Louis. Paul, au contraire, rendait la vie lumineuse.

Elle rentra chez elle, certaine qu'Éliette avait mis la maison sur un pied de fête pour le retour de la petite fille.

En ce dimanche soir, tout était vraiment pour le mieux.

Cet ouvrage a été composé et mis en page
par Nord Compo à Villeneuve-d'Ascq

Imprimé en France par CPI
en avril 2021
N° d'impression : 3042986

Pocket – 92 avenue de France, 75013 PARIS

S31560/01